DIE GÖTTER WECKEN

IHRE DUNKLE WALKÜRE

BUCH VIER

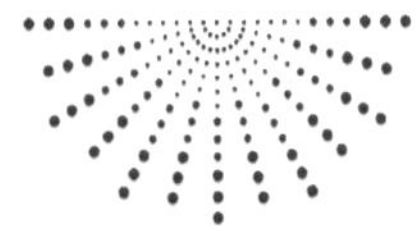

EVA CHASE

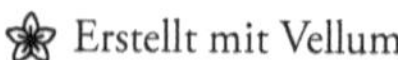 Erstellt mit Vellum

KAPITEL EINS

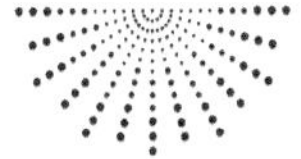

Aria

Für manche Leute war es ein schlechter Tag, wenn es regnete, der Absatz ihres Schuhs brach oder sie zur spät zur Arbeit kamen. Vor diesen Leuten war noch nie ein blutrünstiger Riese aus dem Nichts auf einer flammenden Brücke erschienen, bereit, sie und alle abzuschlachten, die ihnen wichtig waren.

In dem Moment, in dem der Riese Surt auf mich und meine Götter zukam und sein loderndes Schwert mit einem bösartigen Grinsen schwang, wünschte ich mir, ich wäre einer dieser Leute mit ihren wundervoll alltäglichen Leben.

„Hallo Asgard", brüllte er. „Ich bin endlich gekommen, um zu beenden, was ich begonnen habe."

Die Flammen seiner Brücke bogen sich nach unten und versengten das Gras dort, wo ich gerade meinen ersten richtig friedlichen Tag in Asgard verbracht hatte. Hitze waberte über meine Haut und der dünne Rauch verstopfte meine Nase und Mund. Mit einem Schulterzucken ließ ich meine Walküre-Flügel hervorbrechen. Mittlerweile waren sie schon so lange ein Teil von mir, dass sich ihr Gewicht eher beruhigend als belastend anfühlte, als sie aus meinem Rücken sprossen. Ich zog mein altes Klappmesser aus meiner Hosentasche und wünschte mir, ich hätte eine größere Waffe.

Thor und Balder, die mit mir auf der Wiese gelegen und den Frieden genossen hatten, machten sich neben mir ebenfalls bereit. Thor hob seinen magischen Hammer, spannte seinen kantigen Kiefer an und in seinen normalerweise braunen Augen loderte Zorn. Balders Hände strahlten das übernatürliche Leuchten aus, das er in eine Waffe verwandeln konnte. Schatten hatten sich auf sein normalerweise fröhliches jungenhaftes Gesicht gelegt.

Loki sauste auf seinen Flugschuhen herbei. „Es ist schön, dich zu sehen", rief er Surt zu. „Damit ersparst du uns den Ärger, dich aufzuspüren. Wir werden diesen Krieg beenden, allerdings nicht mit dem Ausgang, den du dir wünschst."

Er hatte sich selbst ein Schwert geschnappt. In seiner anderen schlanken Hand hielt er einen knisternden Feuerball, der so hellrot war wie seine Haare.

Surt gluckste tief und grollend, während er über die flammende Brücke marschierte. Die Flammen erzitterten unter seiner muskulösen Gestalt. Er war beinahe so groß wie Thor und seine Magie machte ihn zu einem eindrucksvollen Feind – wir waren jedoch zu fünft und er war allein.

Zumindest sah es in jenem ersten Moment so aus. Dann ergoss sich ein Schwarm schlurfender Körper hinter ihm über den höchsten Punkt der Brücke.

Mein Herz verkrampfte sich beim Anblick der tödlich bleichen Gesichter. Der Geruch feuchter Fäulnis stieg mir einen Augenblick später in die Nase. Sie waren Draugar – die untoten Gestalten, die Surt zu einer Armee versammelt hatte.

Wir hatten seine Armee allerdings *vernichtet*. Erst gestern hatten wir seine versteckten Höhlen zum Einsturz gebracht, die Wesen dadurch begraben und anschließend zu Asche verbrannt. Woher war diese Meute Soldaten gekommen?

Etwas schimmerte auf ihrer Haut und in ihren Haaren. Mir wurde bewusst, dass es Wasserrinnsale waren – geschmolzenes Wasser. Hier und da hingen noch Eiszapfen und Schnee an ihren Kleidern, die in der Hitze der Brücke schmolzen, als sie auf uns zumarschierten.

Irgendwo hinter mir fluchte Hödur. Der Gott der Dunkelheit konnte die Bedrohung zwar nicht sehen, hatte jedoch vermutlich genug von den Gerüchen und Geräuschen wahrgenommen, um zu verstehen, was vor sich ging.

„Jetzt seid ihr plötzlich nicht mehr so selbstbewusst, was?", grollte Surt. „Habt ihr wirklich gedacht, dass ich alles auf eine Karte setzen würde? Es war schon immer eure größte Schwäche, dass ihr eure Feinde stets unterschätzt habt, Asen."

„Also hast du den Großteil deiner Armee nach Niflheim gebracht", sagte Loki säuerlich. „Wie unglaublich clever. Du hast Glück, dass sie aufgetaut sind."

Niflheim war ein Reich aus Eis, das die Götter flüchtig erwähnt hatten. Ich war noch nie dort gewesen. Es war der letzte Ort, an dem wir nach der Armee eines Riesen gesucht hätten, der eine solche Begeisterung für Feuer hegte. Vor allem, wenn wir jeden Grund zu der Annahme hatten, dass wir diese Armee bereits dezimiert hatten.

Mein Herz schlug schneller. Hatte unser Sieg gestern überhaupt nichts bedeutet? Wir hatten definitiv einen Teil seiner Truppen vernichtet. Allerdings hatte er möglicherweise mehr Draugar versammelt, als wir vermutet hatten.

„Wir haben die Armee zerstört, die du in Muspelheim zurückgelassen hast, und wir werden die zerstören, die du hierhergebracht hast", verkündete Thor. „Kein Riese wird Asgard erobern!"

Er hob seinen Hammer und die anderen drei Götter strömten zu mir. Nach all den Schlachten, in denen wir bereits gekämpft hatten, bewegten wir uns instinktiv und folgten dem Gefühl der Verbundenheit, das wir teilten, seit die vier Götter ihre Kräfte kombiniert hatten, um mich als Walküre von den Toten zurückzuholen.

Als ich vorsprang, sah ich, dass Freya hinter uns erschien. Ihre goldenen Haare flatterten hinter ihr und sie schwang ihr Schwert, aus dem ein Magieblitz schoss.

„Das hier ist dein Ende, Hundesohn", schrie eine scharfe Stimme. Tyr kam mit einem Dolch in seiner verbliebenen Hand angerannt. Ich vermutete, dass sich der Kriegsgott sogar mit einem fehlenden Glied noch wacker schlagen konnte.

Wie jedes Mal, wenn ich an der Seite der vier Götter kämpfte, an die ich gebunden war, dehnte sich mein Bewusstsein aus. Ich spürte, wie ihre Herzen im Takt mit meinem schlugen und Energie durch ihre Körper floss, als sie ihren Angriff starteten. Wie zuvor verschmolzen ihre Kräfte miteinander, als sie diese entfesselten. Funken aus Licht und Dunkelheit, die in einer feurigen Intensität loderten, wirbelten um Thors Hammer, der geradewegs auf Surt zuflog.

Im gleichen Moment machte der Riese eine ruckartige Handbewegung und die Brücke schlingerte. Sie schleuderte ihn in einem epischen Bogen über unsere Köpfe hinweg und sorgte dafür, dass seine Armee noch schneller zu uns strömte. Thors Hammer und die Magieflamme, die ihn umgab, warfen ein Dutzend Draugar um. Allerdings waren dort hunderte, vielleicht sogar tausende von ihnen.

Der Donnergott wirbelte herum, sobald Mjölnir wieder in seiner Hand war. Loki, Hödur und Balder zogen den Kreis um mich herum enger. Jetzt war auf einer Seite der Riese und auf der anderen waren die Draugar.

Surt ließ uns keine Zeit für eine Neuformierung. Er griff uns sofort an, wobei Feuer an seinem Schwert leckte. Wir sprangen den Flammen aus dem Weg. Loki warf die erste Reihe Draugar mit einer Woge seiner eigenen Flammen um, andere hoben allerdings Schilde, von denen die Hitze auf uns abprallte. Seine brennende Magie nutzte nicht viel, wenn die Soldaten von einem Feind bewaffnet worden waren, der ebenfalls eine Affinität für Feuer besaß.

Odin erschien am Rand der Wiese und stapfte mit seinem silbernen Speer zu uns. Tyr und Freya huschten seitlich an der Draugar-Horde vorbei. Ich vermutete, dass sie versuchten, den Riesen zu umzingeln, aber Surt rannte wieder los – auf uns zu und um uns herum, während er die Luft mit seinem Schwert durchschnitt.

Thor riss mich zur Seite, doch eine der Flammenzungen leckte über meine Wade und brannte sich durch meine Jeans hindurch zu meinen Knochen. Ein stechender Schmerz strahlte mein Bein empor.

„Kleine Walküre", sagte Surt, der nicht einmal innehielt, um Luft zu holen, bevor er erneut angriff. „So klein und zerbrechlich zwischen den Göttern. Dennoch bist du irgendwie aus dem Gefängnis meines Raben ausgebrochen. Ich bezweifle allerdings, dass du *mir* entkommen kannst."

Thor drückte meine Schulter, ich nickte kurz und wir fünf bewegten uns gleichzeitig, um uns dem Angriff des Riesen zu stellen. Irgendwo zu meiner Linken stieß ein Draugr einen ächzenden Laut aus, als ihm einer der Götter das Leben nahm. Thor und Loki marschierten los, Balders Licht flackerte Thors Hammer entlang und Hödurs Dunkelheit wickelte sich um Lokis Schwert.

Surt unterbrach seinen Angriff jedoch, setzte seine Füße mit einem Knall auf, der den Boden erschütterte, und schlug mit seiner Klinge aus. Einige der Flammen, die sie aussandte, zerbarsten, als Lokis Schwert sie durchtrennte. Andere wurden von Thors Hammer zerschlagen. Dennoch schoss ein dicker zischender Strahl auf mich zu.

Ich versuchte, ihm auszuweichen, doch mein verwundetes Bein knickte unter mir ein, als mich ein frischer Schmerzensstich durchbohrte. Mit einem Flügelschlag und einem Zischen warf ich mich zur Seite, war allerdings nicht schnell genug. Die Feuerzunge peitschte über meinen Arm und Oberkörper und warf mich zu Boden.

Da schrie ich. Es fühlte sich an, als würden eintausend brennende Nadeln meine Haut durchstechen.

Einen Augenblick später legte sich eine kühle Decke aus Schatten auf mich und erstickte die Flammen. „Ari!", sagte Hödur heiser.

Surt brüllte. Ich rappelte mich auf, stolperte, keuchte und biss die Zähne zusammen. Wir mussten weiterkämpfen. Die Götter brauchten mich, auch wenn es sich anfühlte, als würde mein halber Körper noch in Flammen stehen.

Ein starker Rauchgeruch kitzelte meine Nase. Einige der Draugar waren an uns vorbei zu den Hallen von Asgard gestürmt. Ihre verzauberten Waffen hatten die Strohdächer und alles Brennbare in deren Innerem in Brand gesetzt. Funken flogen wie leuchtender Schnee aus den Fenstern.

Nein. Das hier war jetzt mein Zuhause oder kam dem zumindest am nächsten. Ich hatte die bisherigen Kämpfe nicht überstanden, um diesen Ort an irgendein Riesenarschloch zu verlieren.

„Greift ihn wieder an", würgte ich hervor. „Wir können ihn stürzen."

Die Draugar umschwärmten uns allerdings ebenfalls. Lodernde Messer und Klingen pikten uns aus jeder Richtung und Surt sprang mit einem weiteren Brüllen zu uns.

Thor machte Anstalten, seinen Hammer zu schleudern, doch die Klinge eines Draugr schnitt so tief in seinen

Unterarm, dass Blut hervorquoll. Surt zielte mit seinem Feuerstrahl auf mich.

Er hatte mich aus einem Grund aufs Korn genommen. Das wurde mir plötzlich bewusst, als sein Feuerball auf mich zuflog. Sein Augenmerk galt mir, weil ich schwächer war als die Götter und über Kräfte verfügte, die er nicht verstand.

Er wollte vor allen Dingen *mich* zerstören – oder mich zumindest als Erste vernichten.

Dieses Mal schwang ich mich so schnell in die Luft, wie meine Flügel schlagen konnten. Der Feuerball krachte gegen meine Schenkel und schleuderte mich mehrere qualvolle Meter durch die Luft. Meine Flügel erzitterten vor Schmerz. Ich ließ mich auf den Boden fallen und rollte mich auf der Erde herum. Dabei spürte ich nichts als das fiese, pochende Knistern und das Verlangen, dem irgendwie ein Ende zu setzen.

Letztendlich blieb ich mit dem Gesicht im Gras liegen, atmete den Rauch ein, der den erdigen Geruch der Wiese durchzog, und spannte jeden Muskel in meinem Körper an. Allein die Luftbewegung an meiner rohen Haut brachte mich zum Schluchzen. Ich wollte mich aufrappeln, mich bewegen und *etwas* tun, doch meine Glieder weigerten sich.

Schreie und das Klirren von Waffen erschollen um mich herum. Ein Ächzen, das sich eher nach einem Gott als einem Zombie anhörte, vibrierte durch die Luft. Weiteres Knallen. Das Trällern eines magischen Feuers, bei dem ich zusammenzuckte.

Jemand ging neben mir in die Hocke. „Macht weiter", krächzte ich. „Kämpft weiter. Keine Sorge. Ich …"

„Du hast genug geredet, Fee", unterbrach mich Loki sarkastisch, jedoch angespannt. „Wir bringen dich von hier weg."

Von der Wiese? Aber Surt … die Draugar …

Er hob mich hoch und obwohl er mich sachte festhielt,

erfasste meinen Körper ein Mahlstrom aus Schmerzen. Tränen liefen über mein Gesicht und brannten auf meinen aufgeschürften Wangen. Ich war mir nicht sicher, ob ich unterhalb meiner Rippen noch ein Gefühl hatte, da ich nichts außer diesem fiesen Brennen spüren konnte.

„Gehen wir!", rief Loki und rannte los, wobei er mich zärtlich an sich drückte, um mich vor dem Wind zu schützen, der sich regte, als er über die Landschaft raste. Ich schaffte es, mich lange genug auf meine Umgebung zu konzentrieren, um zu erkennen, dass wir nicht Schutz in der Stadt suchten. Er rannte an den Gebäuden Asgards und den gefliesten Straßen vorbei zum Rand des Reichs, wo Odin eine Brücke heraufbeschwören konnte, die wie ein Regenbogen schimmerte.

Er brachte mich aus Asgard weg.

„Nein", murmelte ich. Wenn wir gingen, würde Surt gewinnen. Wir durften das Reich der Götter nicht an ihn und seine Zombies verlieren.

„Es wird alles gut werden, Ari", versprach Loki auf seine lässige Art. „Wir werden dich wieder zusammenflicken und dieses Kohlehirn aus meiner Sippschaft in seine Schranken weisen. Wo ist der verdammte Göttervater?"

Bei dieser letzten Frage gelang es ihm nicht, die Furcht vollständig aus seiner Stimme zu verdrängen. Erst da kam mir trotz der Schmerzen, die mir den Verstand vernebelten, der Gedanke, dass Surt nicht durch unsere Flucht gewann. Möglicherweise hatte er bereits gewonnen.

KAPITEL ZWEI

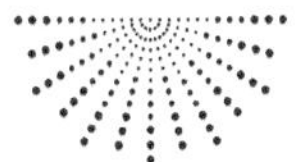

Thor

Als ich hinter Loki an unserer Stadt vorbeirannte, fühlte es sich mit jedem Schritt so an, als würde ich einen Teil von mir zurücklassen. Zähneknirschend kämpfte ich gegen den Zorn an, der in mir aufwallte.

Wir waren zu selbstgefällig gewesen und hatten angenommen, dass uns der Sieg gehören würde, bevor das zugetroffen hatte. Und jetzt hatten Surt und seine Armee uns überwältigt. Asgards Hallen brannten. Unsere *Walküre* war verbrannt worden.

Ich konnte Aris schlanke Gestalt in den Armen des Tricksters kaum erkennen, doch einige Strähnen ihrer blonden Haare flatterten in der Brise. Die Spitzen waren schwarz verkohlt. Sie hatte kein Wort gesagt, seit Loki sie hochgehoben hatte.

„Sobald wir irgendwo Unterschlupf gefunden haben,

sollte ich sie heilen können", sagte Balder, der auf einem Lichtstrahl neben mir her sauste. Trotz seiner Worte wirkte das Gesicht meines Bruders grimmig. Aris Heilung hing davon ab, dass sie noch am Leben war, wenn wir an einen Ort gelangten, an dem Surt sie nicht noch einmal verbrennen konnte.

„Er hat nur sie angegriffen", schimpfte Hödur hinter uns. „Er wollte sie als Erste ausschalten."

„Weil er weiß, wie stark sie ist … wie stark sie uns macht", erwiderte ich. Ein Funke Stolz durchzuckte kurz die Wut in meiner Brust, als ich mich daran erinnerte, wie Ari ohne das geringste Zögern aufgesprungen war, um gegen den Riesen und seine Armee zu kämpfen.

Ihre Stärke hatte jedoch unsere Schwächen offenbart, als wir sie verloren hatten. Wir Götter hatten während Ragnarök bereits gegen Surt und eine Armee gekämpft, damals waren jedoch Dutzende Götter in Asgard gewesen. Wir übriggebliebenen sieben konnten nicht darauf hoffen, ihn und die Masse an Untoten zurückzudrängen, die er mit flammenden Klingen und Schilden ausgestattet hatte.

Unsere größte Hoffnung war die gewaltige Macht gewesen, die wir vier gemeinsam mit Aris Hilfe erzeugen konnten – die Macht, die uns alle verband. Ohne Ari wurden unsere Magie und Waffen weder stärker noch verschmolzen sie miteinander. Ich hatte gespürt, dass diese Verbindung ins Schwanken geraten war, als Ari im Kampf das erste Mal ins Straucheln geraten war. Sowie Surts letzter Flammenstoß sie umgeworfen und verkohlt hatte, waren unsere Versuche, ihn und seine Draugar aufzuhalten, vollkommen in sich zusammengefallen.

Es war mir gelungen, seiner Schulter mit Mjölnir einen Schlag zu versetzen, was er allerdings kaum zu spüren schien. Im gleichen Augenblick hatte mir einer seiner untoten

Soldaten eine brutale Wunde unterhalb meines Brustkorbs zugefügt. Wenn ich nur den Bruchteil einer Sekunde langsamer ausgewichen wäre, hätte ich meine Leber verloren. Wegen des Schnitts brannten meine hektischen Atemzüge. Mit dem Blut, das über meine Seite lief, ließ ich tatsächlich ein Stück von mir in Asgard zurück.

Wir würden zurückkehren. Wir würden zurückkehren und *alles* zurückerobern.

Freya sauste mit ihrem Falkenumhang an uns vorbei und schleuderte Magieblitze auf die Angreifer, die uns dicht auf den Fersen waren. Ihr reizendes Gesicht war schmerzverzerrt. Eine Brandwunde zog sich über ihren Unterarm bis zu ihrer Schwerthand.

Ich konnte sie und die anderen nicht allein kämpfen lassen. Als wir die Steinfliesen des Hofs erreichten, der sich fast bis zu der Stelle erstreckte, an der sich Bifröst bilden würde, sprang ich in die Luft und drehte mich. Ich landete mit einem dumpfen Knall, der vermutlich die Wolken über Midgard zum Donnern brachte, das sich unter uns befand.

Im Bruchteil einer Sekunde erfasste ich die Szene, vor der wir flohen. Freya war vom Himmel herabgestoßen, um Odin Rückendeckung zu geben, der mit seinem Speer die Draugar aufschlitzte, die ihn beinahe eingeholt hatten. Hödur hielt gerade so lange inne, dass er eine Schattenwoge losschicken konnte. Sie warf einige der untoten Gestalten um, bevor die anderen Draugar sie mit ihren feurigen Waffen zerstörten. Tyr hatte irgendwo im Gewühl seinen Dolch verloren, machte jedoch alles zu einer Waffe, was er finden konnte. Er schleuderte einen Stein mit so viel Kraft, dass er den Schädel eines Draugr zertrümmerte.

Hunderte Untote verfolgten uns und Surt näherte sich der Spitze dieser Menge. Weitere Draugar strömten durch unsere Stadt und setzten alles in Brand, was sie erreichen konnten. Meine Hände ballten sich an meinen Seiten zu Fäusten. Rauch füllte meinen Mund und verschleierte den Himmel. Wie konnte er es *wagen*, unser Zuhause auf diese Weise zu zerstören?

Wenn wir Surt aus dem Weg räumen … wenn wir ihn vernichten könnten, würde sein ganzer Angriff in sich zusammenfallen. Die Draugar hatten kein Interesse an diesem Kampf, sie handelten nur auf seinen Befehl.

Ich drehte den Hammer in meiner Hand und warf ihn mit aller Kraft und allem Zorn, der in mir steckte, auf den Riesen.

Mjölnirs glänzende Oberfläche schimmerte durch die Luft, doch trotz der Geschwindigkeit, mit der ich ihn losgeschickt hatte, sah Surt ihn kommen. Er packte den Körper eines schlurfenden Draugr und warf ihn meinem Hammer als eine Art Schild entgegen, ehe er zur Seite auswich.

Der Draugr explodierte in einem Regen aus untotem Fleisch, was seine Begleiter kaum zu bemerken schienen. Mjölnir flog so schnell weiter, dass Surts Bart zuckte, krachte jedoch in eine Reihe Draugar neben dem Riesen anstatt in diesen. Sein harsches Lachen bebte durch die Luft, als mein Hammer in meine Hand zurückflog. Ein frustriertes Knurren vibrierte in meiner Kehle.

In den wenigen Sekunden, in denen ich innegehalten hatte, war seine Armee mehrere Meter näher gekommen. Ich hatte nicht genügend Draugar vernichtet, um einen echten Unterschied zu machen. Ich fing Mjölnir auf und wollte Loki zum Rand des Reichs folgen. In diesem Augenblick sprang Surt vor und holte mit seinem Schwert aus.

Das gruselige Feuer, das daran entlangloderte, löste sich von der glänzenden Klinge und zischte wie ein tosender Waldbrand auf uns zu. Hödur schleuderte den Flammen eine weitere Schattenwelle entgegen und Freya sandte eine

Magieschwade aus, die meine Haut kühlte, als sie an mir vorbeisauste.

Der Großteil der Flammen verglomm. Eine kleine Flammenzunge raste jedoch über die Fliesen zu Tyr und warf ihn in die Luft.

Surt hatte seine Feuermagie bereits zu Beginn der Schlacht auf diese Weise benutzt, als er seine Brücke dazu gebracht hatte, ihn über uns hinweg nach Asgard zu katapultieren. Jetzt hatte er meinen Götter-Kollegen zu seiner flammenden Klinge befördert. Tyr stolperte vor dem Riesen auf den Boden. Ich riss meinen Hammer zurück, doch Surt zog sein Schwert bereits über die Kehle des Kriegsgottes.

Die Klinge durchtrennte Tyrs Hals sauber und ließ nur einen rauchenden Stumpf zurück. Ich verlor seinen Kopf sofort aus den Augen, da er in die Horde Draugar rollte.

„Ein Gott weniger, bleiben nur noch sechs", brüllte Surt mit einem bösartigen Grinsen. Er ließ sein Schwert durch die Luft wirbeln. „Euer Volk ist einmal von den Toten auferstanden. Dann wollen wir mal sehen, ob ihr das wieder tut … oder ob dieser Segen mit eurer zweiten Chance endete."

Mein Magen schlingerte. Während ich rückwärts vor den angreifenden Draugar floh, schnellte mein Blick zu der Wiese, auf der wir nach Ragnarök auferstanden waren – die Wiese, die jetzt eine verbrannte Fläche war. Surt entriss einem seiner Soldaten einen Speer und rammte ihn in Tyrs Brust. Er wuchtete den schlaffen, kopflosen Körper in die Luft und schwenkte ihn wie eine Trophäe.

Unsere ersten Körper, die während Ragnarök verstümmelt worden waren, verschwanden bei unserer Wiederauferstehung. Nun beobachtete ich Surts Darbietung mehrere Herzschläge lang und wünschte mir mit aller Kraft, dass Tyrs Gestalt verschwinden und sich in der Ferne unversehrt und gesund neu formen würde.

Die geschwärzten Beine des Kriegsgottes baumelten leblos herab. Sein Körper blieb solide – solide und tot.

Surt lachte erneut schallend. Er schleuderte den Speer mit Tyrs Leiche so kraftvoll zur nächsten Halle, dass sich die Waffe in den Stein grub. Der Körper meines Kameraden hing dort von der Wand des Gebäudes, nicht nur als Trophäe, sondern als Warnung.

Wir hatten nicht gewusst, ob wir das asgardische Geschenk der Wiedergeburt erneut erhalten würden, ob wir nach wie vor unsterblich oder bloß mit einem endlosen Leben gesegnet waren, solange wir dieses schützten. Jetzt war diese Frage mit grausamer Gewissheit beantwortet worden.

Nicht nur Ari konnte in diesem Kampf sterben. Jeder von uns konnte sein Leben verlieren.

Surt beschleunigte seine Schritte und rannte mit einer Armbewegung auf uns zu, mit der er seine Draugar zu einer schnelleren Geschwindigkeit antrieb. Ich riss meinen Blick von Tyrs viel zu sterblichem Körper los und machte auf dem Absatz kehrt.

Loki hatte den Rand des Reichs erreicht. Odin, der ihn gerade einholte, knallte das Ende seines Speers auf den Boden. Bifröst bog sich durch die Luft und Wolken nach unten. Das regenbogenfarbene Schillern war der schönste Anblick, den ich jemals gesehen hatte. Aris Körper, den Loki in den Armen hielt, sah beinahe so schlaff wie Tyrs aus. Mein Zorn verglomm unter der kalten Woge meiner Angst um sie.

„So ist's recht", brüllte Surt. „Klemmt den Schwanz ein wie die Feiglinge, die ihr wirklich seid. Asgard gehört mir!"

Jede Faser meines Wesens brüllte bei dieser Aussage empört, doch ich sah keine Möglichkeit, ihn jetzt zu besiegen. Gemeinsam mit den anderen eilte ich zur Brücke. Hödurs Schatten schlängelten sich an mir vorbei über die Fliesen und wiesen ihm den Weg.

Wir beide erreichten die Brücke als Letzte. Ich packte

seinen Ellenbogen und eilte mit ihm über die glänzende Oberfläche des Regenbogens. Loki flitzte bereits hinab in die Wolken. Als ich ihm folgte, verblasste Bifrösts Oberfläche in meinem Rücken.

„Ich werde nicht zulassen, dass er uns folgt", erklärte mein Vater, dessen tiefe Stimme tonloser als üblich klang. Eine von Surts Feuerzungen hatte einen Teil seiner breiten Hutkrempe verbrannt. Asche sprenkelte den dunkelblauen Reiseumhang auf seiner Schulter. „Weder er noch seine Verbündeten werden meine Brücke betreten."

Ich war mir nicht sicher, ob der Riese das überhaupt versuchen wollte. Surts Lachen folgte uns, als wir zur Welt der Menschen flohen, klang jetzt allerdings fern, als hätte er seine Verfolgung aufgegeben.

Er *würde* uns allerdings schon bald nach Midgard folgen, oder? Soweit wir wussten, sah sein Plan vor, die beiden letzten stabilen Reiche unter seine Kontrolle zu bringen. Es ergab Sinn, dass er mit Asgard begonnen hatte. Es war kleiner und einfacher für ihn, uns unvorbereitet zu erwischen, indem er uns dort überraschte. Das weitläufige und wunderbare Reich der Menschheit war jedoch sein nächstes Ziel.

Meine Brust zog sich vor Anspannung zu. Das Engegefühl wurde von der blutenden Wunde an meiner Seite, dem Schnitt an meinem Arm und dem Anblick von Midgards Wäldern und Städten verstärkt. Von allen Göttern wurde ich als der Beschützer der Menschheit betrachtet. Ihr Reich unterlag meiner Verantwortung, doch ich hatte es nicht einmal geschafft, mein eigenes Reich vor dem Eindringling zu verteidigen. Bei den Sterblichen musste ich es besser machen, da sie für einen Kampf gegen Surt viel schlechter gerüstet waren als wir.

Zuerst musste ich jedoch wissen, dass meine neue menschliche Begleiterin überleben würde.

Ich trieb mich dazu, schneller zu rennen, aber nicht einmal meine muskulösen Beine konnten es mit Lokis verzauberten Schuhen aufnehmen. Er hatte bereits den Boden erreicht. Odin hatte Bifröst neben einer Scheune positioniert, die, nach dem eingefallenen Dach zu urteilen, schon lange nicht mehr benutzt worden war.

Der Trickster trug Ari in die Scheune. Balder flog ihm hinterher. Als ich die Tür erreichte, hatte Loki Ari bereits auf den mit Stroh bedeckten Boden gelegt. Der muffige Geruch, der mir in die Nase stieg, war vermutlich der Grund dafür, dass er seine rümpfte. Seine bernsteinfarbenen Augen waren allerdings auf die Walküre geheftet.

Ihre Flügel hatten sich in ihren Rücken zurückgezogen, sodass sie aussah, als wäre sie bloß ein Mensch. Ihr Gesicht war von den schlimmsten Verbrennungen verschont geblieben, ihre Augen waren geschlossen, ihre Lippen geöffnet und ihr Kiefer schlaff. Der Rest ihres Körpers war ein Grauen aus versengtem Stoff sowie schwarz und rot gefleckter Haut. Meine Finger schlossen sich so fest um Mjölnirs Griff, dass meine Fingerknöchel wehtaten.

Ari war nicht nur eine Waffenschwester und Freundin. Sie hatte Teile von mir gesehen, deren Existenz ich selbst beinahe vergessen hatte, und mir geholfen, sie hervorzukramen. Sie hatte mir die Zärtlichkeit und Zuneigung gezeigt, von der ich gedacht hatte, dass ich sie nie wieder finden würde.

Ich hatte mich an den Gedanken gewöhnt, dass ich den Rest meiner Tage mit ihr an meiner Seite verbringen würde – und wenn der Trickster und die Zwillinge ebenfalls ihre Zuneigung erhielten, schmälerte das nicht, was sie und ich hatten. Es zeigte lediglich, wie groß ihr Herz war. Sie hatte *mein* Herz gefangen, und zwar so gründlich, dass es mir erst jetzt richtig bewusst wurde, als ich beobachtete, wie sich Balder über ihren verwüsteten Körper beugte, und ich spürte, wie dieses hämmernde Organ in mir beinahe zerriss.

„Kann ich irgendetwas tun?", fragte ich, da sich jede Faser in meinem Körper danach sehnte, sich nützlich zu machen.

Der Lichtgott schüttelte den Kopf, ohne aufzuschauen. Er legte seine Hände sanft auf Aris Brust. Ein Leuchten begann, aus seinen Fingern in ihren Körper zu sickern.

„Ihr Herz schlägt noch", verkündete er mit vor Erleichterung heiserer Stimme. „Sie atmet, allerdings nur schwach. Es wird einige Zeit dauern, aber ich kann sie retten."

Loki stand auf und verzog den Mund. Als er mir schließlich in die Augen sah, gelang es ihm jedoch, seine Lippen zu seinem üblichen verschlagenen Lächeln zu biegen.

„Machen wir dem Heiler Platz, damit er ungestört seine Magie wirken kann, Donnergott."

Widerwillig trat ich aus der Tür. Hödur blieb seinem Zwilling zugewandt stehen. Der blinde Gott war angespannt, konnte Aris Genesung allerdings genauso wenig beschleunigen wie ich.

Odin hatte sich neben den verwitterten Zaun entlang der unbefestigten Straße sinken lassen, die das Ackerland vom Wald trennte. Freya kauerte neben ihm. Sie hatte seinen Mantel beiseitegeschoben, wodurch seine Hose entblößt war, die dunkel und feucht vor Blut war. Einer oder mehrere von Surts Soldaten hatten meinen Vater ebenfalls erwischt.

Balder würde alle Hände voll zu tun haben, da er einige von uns zusammenflicken musste.

Eine frische Woge des Zorns packte mich. Ich marschierte zur Straße und testete Mjölnirs Gewicht in meiner Hand. Mit einem befriedigenden Ruck schleuderte ich den Hammer auf einen der Bäume in der Nähe.

Der Stamm zersplitterte wie der Körper des Draugr und

Spreißel prasselten gegen die benachbarten Bäume. Der Wipfel der Kiefer krachte in den Wald hinab. Meine vorübergehende Freude verpuffte. Damit erreichte ich nichts. Es war eine sinnlose Zerstörung.

„Du tropfst", stellte Loki lässig fest und nickte zu meiner Wunde. „Ich kann das zwar nicht mit Magie heilen, könnte die Wunde jedoch ausbrennen."

„Mir geht's gut", murrte ich, was vermutlich nicht die klügste Antwort war. Bei dem Gedanken daran, mich mit meinen Verletzungen zu befassen, während Ari noch bewusstlos war, zog sich alles in mir zusammen.

Ich schlenderte am Zaun entlang um den verlassenen Bauernhof herum und redete mir ein, dass ich Wache hielt. Solange ich in Bewegung war, konnten meine Sorgen und Kummer nur an meinen Fersen knabbern und nicht in mein Innerstes vordringen. Ich hatte gerade meine achte Runde beendet, als eine schwache, jedoch klare Stimme aus der Scheunentür drang.

„Wo sind wir?"

Mein Herz machte einen Satz. Ich platzte durch die Türöffnung und kam nur schneller als Loki und Hödur an, weil ich näher bei der Scheune gewesen war.

Ari lehnte an der Wand. Ihre Wange war mit Ruß verschmiert und ihre Kleider hingen in verbrannten Fetzen von ihrem kleinen Körper, doch ihre Glieder waren nun rosagefleckt und nicht mehr das rohe Grauen von zuvor.

Balder packte ihre Schulter, während er ihr erklärte, wo wir gelandet waren. Seine weiß-blonden Haare klebten an seiner Stirn und waren feucht vor Schweiß wegen all der Energie, die er verbraucht hatte.

Aris Blick sprang von ihm zum Rest von uns, als wir hereinkamen. Ein Lächeln erhellte ihr Gesicht, das sogar ihre blaugrauen Augen erreichte. „In Ordnung", sagte sie. „Also wie erobern wir Asgard zurück?"

Hier war sie, gerade erst von der Schwelle des Todes zurückgekehrt und schon bereit, sich wieder in den Kampf zu stürzen. Ein freudiges Lachen kitzelte meine Kehle hinauf. Der Laut war jedoch kaum über meine Lippen gepurzelt, als sich meine Brust erneut verkrampfte.

Wie *würden* wir Asgard zurückerobern? Ich hatte keine Ahnung, womit wir anfangen sollten.

KAPITEL DREI

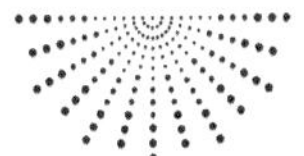

Aria

Die Götter berieten sich in der Scheune, vermutlich hauptsächlich, damit ich noch nicht versuchen musste, irgendwo hinzulaufen. Ich war nicht besonders scharf darauf, herumgetragen zu werden, doch obwohl ich nur an die raue Bretterwand gelehnt saß, pochte mein Körper so stark, dass ich meinen Beinen nicht zutraute, mein Gewicht zu tragen. Balder hatte zwar magische Hände, aber sogar göttliche Magie hatte ihre Grenzen.

Wie wahr dieser Gedanken war, wurde deutlich, als ich die Götter einen nach dem anderen ansah, die sich im Kreis um mich herum niedergelassen hatten, und feststellte, dass einer fehlte.

„Wo ist Tyr?", fragte ich und mein Magen verkrampfte sich bereits vor Grauen in Erwartung der Antwort. Irgendwie hatte ich das Gefühl, dass er nicht einfach nur spazieren gegangen war.

Die Götter sahen einander an, als hofften sie, dass ein anderer die Aufgabe übernehmen würde, mir zu antworten. Odin, der auf einer alten Kiste saß, seufzte und verlagerte den Griff um seinen Speer, den er an seine Schulter gelehnt hatte.

„Tyr ist in der Schlacht gefallen, als wir uns zurückgezogen haben", erzählte er. „Wir haben einen würdigen Kameraden verloren."

„Verloren", wiederholte ich. „Also ist er nicht … er wird nicht … Ihr wart euch nicht sicher, ob einer von euch wirklich sterben *kann*."

„Jetzt sind wir uns sicher", erwiderte Loki in schelmischem Ton, für seine Verhältnisse jedoch verhalten. Die Möglichkeit, dass die Götter sterben könnten, hatte bei jedem Kampf wie eine dunkle Wolke über uns gehangen. Jetzt, als Strahlen des schwindenden Sonnenlichts durch die Lücken in den Scheunenwänden fielen und ich die Götter musterte, fühlte es sich jedoch so real und solide wie meine Hände an. Denn nun war es eine Tatsache und keine Möglichkeit mehr. Zum ersten Mal hatten wir uns einem Feind gestellt, der so stark war, dass er die Götter aus ihrem Zuhause vertrieben hatte.

Natürlich hätten sie möglicherweise nicht fliehen müssen, wenn sie nicht versucht hätten, mich zu retten. Meine Hand sank auf mein Knie und massierte dort eine schmerzende Stelle. Die äußeren Male von Surts Angriff verblassten, ich konnte allerdings nach wie vor die Linien nachfahren, die sein magisches Feuer in mich gefressen hatte.

„Er hat uns überrascht", sagte ich. „Wenn wir bereit und richtig ausgerüstet sind – wenn wir *ihn* überraschen können – muss auf unserer Seite niemand mehr fallen. Stimmt's? Also wie sieht der Plan aus?"

„Ich vermute, dass der schwierigste Teil darin besteht, nach Asgard zurückzukehren, ohne geradewegs in einen

Hinterhalt zu marschieren", meinte Hödur, dessen dunkelgrüne Augen instinktiv über die Gesichter der anderen wanderten, obwohl er keinen von uns sehen konnte. Ich wusste, dass er aufgrund der Geräusche unserer Bewegungen und unserer Atemzüge ein klares Bild davon hatte, wo wir uns befanden. Sein jungenhaftes Gesicht hatte stets härter als das seines sanften Zwillings ausgesehen, jetzt wirkte seine Miene jedoch geradezu verkniffen.

„Surt weiß, wo Bifröst Asgard erreicht", fuhr der dunkle Gott fort. „Er weiß, dass der einzige andere Eingang nach Asgard die Pfade auf Yggdrasil sind. Er wird sowohl den Brückenansatz als auch den Fuß des großen Baums von seinen Draugar überwachen lassen. Wenn wir Asgard auf einem dieser Wege betreten, können wir ihn nicht überraschen."

„Gibt es wirklich keinen anderen Weg nach Asgard?", fragte ich. „Surt ist es mit seiner Feuermagie gelungen, dort zu erscheinen, wo er hinwollte. Gibt es keine Götter, die etwas Derartiges bewerkstelligen können?" Ich schaute zu Odin. „Kannst du deinen Regenbogen an eine andere Stelle lenken?"

Odin schüttelte den Kopf und sein silber-brauner Bart schwang hin und her. „Bifröst hat seinen Ursprung in Asgard. Ich rufe die Brücke vom Ort ihres Ursprungs zu mir. Daher kann ich lediglich das andere Ende nach meinem Willen steuern." Den Göttern zufolge befand sich der verlassene Bauernhof, zu dem er uns heute gebracht hatte, irgendwo mitten im ländlichen Frankreich.

„Es gibt möglicherweise andere Arten, eine Brücke zu erschaffen", wandte Loki ein. „Wir fünf wissen, dass wir das nicht tun können. Wir haben es versucht, als du verschwunden warst, Göttervater. Wenn wir jedoch einen der Götter aufspüren können, der ein Händchen für diese Art der Magie hat ..." Er schnippte mit den Fingern. „Heimdall."

„Er war der Wächter der Brücke", sagte Thor. „Das hat nichts mit der Erschaffung der Brücke zu tun."

Loki winkte abweisend ab. „Er herrscht über Verbindungen und kann eine Sache an eine andere binden. Das kommt einer Brücke meiner Meinung nach sehr nahe."

„Das hilft uns nur, wenn wir Heimdall finden können", warf Hödur ein. „Wir haben in den letzten Wochen viel Zeit auf die Suche nach den anderen Göttern verwandt und Tyr ist der Einzige, der aufgetaucht ist."

„Damals hatten wir Munin nicht auf unserer Seite", entgegnete ich. „Sie hat auf ihren Reisen durch Midgard möglicherweise einen von ihnen gesehen." Mein Herz setzte aus. „Wo ist der Rabe?"

Odins ehemaliger Rabe der Erinnerung war erst vor kurzem ein Mitglied unserer Gruppe geworden. Davor war sie so lange unser Feind gewesen, dass ich ihre Abwesenheit nicht sofort bemerkt hatte. War sie ebenfalls gefangen oder sogar von Surt und seinen Draugar getötet worden?

„Wir wissen es nicht", antwortete Freya mit einer gewissen Schärfe in der Stimme. Ich vermutete, dass es eine Weile dauern würde, bis sie der Rabenfrau verzieh, dass sie ihren Ehemann gefangen genommen und Surt erlaubt hatte, ihn zu quälen.

„Keiner hat sie während des Kampfs gesehen", berichtete Balder, dessen Stimme so klar und melodisch wie eh und je war. „Ich würde ihr keinen Vorwurf machen, wenn sie gleich zu Beginn geflohen ist. Sie ist keine Kriegerin."

Meine Schultern spannten sich an. „Wenn Surt sie erwischt, bringt er sie womöglich um. Er weiß mittlerweile bestimmt, dass sie ihn an uns verraten hat."

Thor neigte den Kopf zur Tür. „Balder hat ein Lichtbild erstellt, das sie erkennen sollte, wenn sie nach uns sucht. Falls der Riese sie hat, müssen wir einfach hoffen, dass wir nach Asgard zurückkehren, bevor er Rache an ihr nimmt."

Nach Asgard zurückkehren. Langsam nahm eine Idee in meinem nach wie vor benebelten Kopf Gestalt an. „Ich kann geradewegs nach Walhalla zurückspringen", sagte ich. „Natürlich kann ich nicht allein gegen Surt und seine Armee kämpfen, aber ich könnte wenigstens das Reich auskundschaften und nachschauen, wo die Wachen stationiert sind ..."

Alles, was ich möglicherweise noch gesagt hätte, blieb mir im Hals stecken, als sich Hödurs Gesicht verdunkelte. „Nein", protestierte er. „Wir *wissen*, dass Wachen in Walhalla sind, und zwar eine ganze Menge. Sie werden den Eingang zu Yggdrasil bewachen, schon vergessen? Sie halten vielleicht sogar extra nach dir Ausschau, falls Surt von dieser Walküre-Fähigkeit weiß. Er wird dir keine Öffnung bieten. Er würde die Gelegenheit einfach nutzen, um *dich* zu töten."

Es war ein eigenartiger Gedanke, dass Hödur mich vor einem Monat nicht einmal in seiner Nähe haben wollte. Jetzt schwang sein Kummer darüber, dass ich durch Surts Hände auf der Schwelle des Todes gestanden hatte, in seinen Worten mit. Meine Verbindung zu den vier Göttern, die mich heraufbeschworen hatten, hatte sich auf alle möglichen, häufig sehr angenehmen Arten vertieft, seit ich bei ihnen gelandet war. Hödur hatte sich mir jedoch am meisten geöffnet. Er hatte mir sein Herz und seine Liebe angeboten und ihm war egal, ob ich mich dazu überwinden konnte, ihm das Gleiche zu gestehen, oder nicht.

Ich hatte es noch nicht geschafft, einem meiner Götter meine Gefühle zu beichten. Liebe war keine Emotion, mit der ich viel Erfahrung hätte, da mich meine Mutter jahrelang misshandelt hatte und mir durch die Hände ihrer festen Freunde noch Schlimmeres widerfahren war. Allerdings versuchte ich, ihnen auf andere Arten zu zeigen, wie viel sie mir bedeuteten. In diesem Moment wünschte ich mir, ich könnte meine Arme um Hödur legen und ihm zeigen, dass ich noch hier, am Leben und ungebrochen war. Dadurch würde dieses Treffen allerdings auch nicht produktiver werden.

„Surts Wachen halten vielleicht *nicht* nach mir Ausschau", widersprach ich. „Sie könnten alle vor dem Kamin Position bezogen haben. Ich glaube, ich kann zumindest teilweise beeinflussen, in welchem Teil des Raums ich erscheine. Wenn ich zwischen den Tischen lande, bemerken sie möglicherweise nicht einmal, dass ich mich an ihnen vorbeischleiche."

Alle Götter machten ein finsteres Gesicht, sogar Freya. Loki streckte eine Hand aus und drückte meinen Arm. Seine Berührung sandte eine kribbelnde Wärme über meine Haut, obwohl keinerlei Magie darin lag. „Ausnahmsweise bin ich mit Mr. Schwarzmaler einer Meinung. Es ist das Risiko nicht wert. Wir haben Zeit, andere Strategien auszuprobieren."

Das Risiko nicht wert. Genauso, wie es das Risiko nicht wert war, den Kampf fortzuführen, als ich verwundet worden war? Ein Kloß stieg in meiner Kehle auf.

„Eventuell ist Yggdrasil trotzdem der Schlüssel", sagte Freya. „Sie können den Eingang bewachen, doch kein anderer als ein Einwohner Asgards kann ihn öffnen. Wenn wir in einem der anderen Reiche eines der Tore nach Asgard finden und genügend Kampfkraft versammeln, können wir möglicherweise die Draugar überraschen und töten, die er in Walhalla positioniert hat, bevor sie Alarm schlagen. Wir müssen lediglich bereit sein, ihn direkt im Anschluss anzugreifen." Die Göttin der Liebe und des Kriegs presste ihren Mund entschlossen zu einem Strich zusammen.

„Wissen wir, wo das Tor in Midgard ist?", erkundigte ich mich.

„Es gibt keines", antwortete Thor. „Es wurde vor einer Ewigkeit auf dieser Seite verschlossen, als die Wahrscheinlichkeit zu groß wurde, dass Menschen es zufällig fanden und sich in Schwierigkeiten brachten." Er blickte zu Hödur. „Aber wir wissen, wo ein Tor nach Svartalfheim ist, und kennen den Standort ihres Tors nach Asgard."

Hödur nickte langsam. „Ich könnte zu den Schwarzalben gehen und ein gutes Wort für uns einlegen. Ich glaube, es würde sämtliches Wohlwollen zerstören, das wir bei ihnen wieder aufgebaut haben, wenn wir einfach nach Gutdünken durch ihr Zuhause trampeln."

Vor nicht allzu langer Zeit hatten die Schwarzalben Surt geholfen, allerdings aus nachvollziehbaren Gründen. Svartalfheim, ihr Reich in unterirdischen Höhlen, hatte nach der jahrhundertelangen gedankenlosen Vernachlässigung durch die Götter angefangen, zusammenzubrechen. Surt hatte ihnen einen Platz in einem der Reiche versprochen, die noch stabil waren, wenn sie ihm bei deren Eroberung halfen. Hödur hatte ihr Vertrauen zurückgewinnen können, indem er ihnen geholfen hatte, ihr Zuhause zu reparieren, es war jedoch ein zaghafter Waffenstillstand.

„Wenn wir die Dreckfresser um Hilfe ersuchen, könntest du sie vielleicht auch um einige ihrer kreativen Waffen bitten", bemerkte Loki grinsend.

Ich merkte auf. Daran hatte ich nicht gedacht. Die Schwarzalben hatten den Großteil der prächtigsten Waffen der Götter geschmiedet, von Thors Hammer bis hin zu Odins Speer.

„Ich werde sehen, was ich tun kann", erwiderte Hödur. „Ihr dürft nicht vergessen, dass sie nicht besonders begeistert von uns sind. Vor wenigen Wochen haben sie noch versucht, uns zu *töten*."

„Ein schwerwiegendes Missverständnis, das nun korrigiert wurde. Aber ich verstehe."

„In der Zwischenzeit könnten wir Übrigen weitere Nachrichten an den Orten hinterlassen, an denen die anderen Götter wahrscheinlich vorbeikommen werden", schlug Thor vor. „Dadurch ist Tyr immerhin zu uns zurückgekehrt.“

Allerdings war nach tagelangem Suchen nur Tyr gekommen. Ich kaute auf meiner Unterlippe herum. „Was denkt ihr, wie viel Zeit uns bleibt, bis Surt seinen Angriff auf Midgard startet?“

„Er wird warten, bis er sich sicher ist, dass er Asgard verteidigen kann“, antwortete Freya. „Dazu braucht er womöglich nur ein oder zwei Tage. Danach … Wir können nur hoffen, dass er seinen Sieg eine Weile genießen wird, bevor er versucht, seine Eroberung auszudehnen. Ich halte es jedoch für unklug, sich auf eine Verzögerung zu verlassen. Außerdem lässt sich nicht sagen, wo oder wie er seinen Angriff auf dieses Reich beginnen wird.“

„Wenn er mit seiner flammenden Brücke in Midgard ankommt, werde ich seine Magie spüren.“ Loki wackelte mit den Fingern. „Sie sorgt dafür, dass meine Magie empfindlicher reagiert.“

Als draußen ein flatterndes Geräusch erklang, schlossen wir alle unsere Münder und unsere Blicke zuckten zur Tür. Eine Sekunde später segelte ein Rabe herein. Er kreiste über unseren Köpfen, ließ sich in der Scheune auf den Boden fallen und verwandelte sich in eine dünne Frau mit knotigen Gliedern.

Munin verschränkte die Arme vor der Brust und betrachtete uns mit ihren dunklen Augen. Ihre Haltung erweckte den Eindruck, als würde sie abwägen, ob sie wieder aus der Tür rennen sollte.

Bis vor kurzem hatte sich keiner von uns mit der Rabenfrau besser verstanden als mit unseren Schwarzalben-Verbündeten. Als Hüterin der Erinnerung war sie einst Odins Dienerin gewesen und hatte jahrhundertelangem angestautem Zorn Luft gemacht, indem sie Surt bei der Gefangennahme des Göttervaters geholfen hatte.

Anschließend hatte sie uns mit schrecklichen Momenten aus unserer persönlichen Vergangenheit in einem Gefängnis gequält, das sie erschaffen hatte.

Sie hatte uns den Tipp gegeben, Surts Festung zu zerstören. Plötzlich konnte ich nicht anders, als mich zu fragen, wie viel sie über seine Entscheidung gewusst hatte, den Großteil seiner Armee in ein anderes Reich zu bringen. Trieb sie noch immer ein doppeltes Spiel?

„Ich habe euch so schnell gesucht, wie ich konnte", erklärte sie und legte den Kopf schief wie ein Vogel. „Als ich erkannte, dass ihr Asgard verlasst, wurde Bifröst bereits eingezogen."

„Wie bist du dann hierhergekommen?", fragte Thor. Sein Ton war ruhig, seine Hand war jedoch auf seinen Hammer gesunken, der an seiner Seite ruhte.

„Ich bin geradewegs zu Yggdrasil geflogen, bevor Surt Zeit hatte, es zu bemerken." Munin erschauderte. „Er wäre nicht erfreut gewesen, mich zu sehen."

Meine Walküre-Sinne halfen mir, Emotionen und Beweggründe zu spüren. In alten Zeiten hätte mir das bei der Entscheidung helfen sollen, wer auf dem Schlachtfeld leben und sterben sollte. Eindrücke von göttlichen Wesen aufzufangen, war schwieriger als bei Sterblichen, Munins Entsetzen fühlte sich jedoch echt an. Ich entspannte mich und lehnte mich an die Wand.

„Was hast du gesehen, bevor du gegangen bist?", fragte Freya.

„Vermutlich nicht viel mehr als ihr", antwortete die Rabenfrau. „Ich war nur wenige Minuten hinter euch. Eine Menge brennender Gebäude, eine Menge Rauch. Surt, der gebrüllt hat, wie wundervoll er ist." Sie blickte zu Odin. „Für den Fall, dass ich das zuvor nicht deutlich genug gemacht habe, ich habe ihn nie *gemocht*. Unsere Vereinbarung entstand lediglich aus Gründen der Notwendigkeit."

Odin nahm diese Aussage mit einem Nicken zur Kenntnis. Ich wusste, dass die zwei viele Gespräche miteinander geführt hatten, auch wenn ich nicht bei allen anwesend war. Er sah nicht besonders besorgt aus, allerdings waren die Stimmungen des Göttervaters allgemeinhin schwer zu erkennen. Man könnte sogar sagen, dass er eigenartig auf verschiedene Dinge reagierte. Man könnte auch weitergehen und sagen, dass er vollkommen verrückt war.

„Wir haben uns gerade darüber unterhalten, dass wir die anderen Götter suchen sollten, die Asgard verlassen haben", erzählte ich. „Vielleicht hast du sie während deiner Zeit in Midgard gesehen? Es hat sich so angehört, als wärst du auf viel mehr Erkundungsflüge gegangen, als diese Gruppe bei ihren Besuchen in diesem Reich unternommen hat."

Munin hielt inne und trat von einem Fuß auf den anderen. „Du meinst, du möchtest, dass ich euch zu ihnen bringe."

„Du bist nicht verpflichtet, uns zu helfen", versicherte Odin ihr.

Thor lachte laut auf. „Ich würde sagen, dass sie das ist. Hätte sie Surt nicht geholfen, hätte der Riese womöglich nie eine Armee zusammenstellen können, die so groß war, dass er Asgard angreifen konnte."

Munins Schultern zuckten und bewegten sich auf eine Art, die an das Ausschütteln von Federn erinnerte. „Ich hatte meine Gründe. Und ich diene jetzt niemandem." Sie wich einen Schritt zur Tür zurück.

„Ah, lasst uns nicht streiten", ergriff Loki das Wort. „Es gibt genügend Draugar-Schädel, die wir einschlagen müssen, ohne dass wir uns gegenseitig an die Gurgel gehen, oder?"

„Und sie gehört zu uns", warf Balder leise ein. „Sie kommt aus Asgard, auch wenn sie sich vorübergehend gegen uns gewandt hat."

Ich fing den Blick der Rabenfrau auf. „Geh nicht. Alle

sind einfach nur … aufgebracht nach dem, was dort oben passiert ist.“

Munins Kiefer mahlte. Sie kam nicht näher, blieb jedoch wenigstens, wo sie war.

„Die anderen Götter“, begann sie. „Möglicherweise habe ich die ein oder andere Idee, wo sie sein könnten.“

KAPITEL VIER

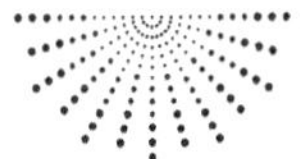

Aria

Eine Schneewehe brannte in meinem Gesicht, als ich nach unten segelte und neben Munin und Freya auf einem eisigen Felsvorsprung landete. Ich grub meine Füße tiefer in die pelzgefütterten Stiefel, die mir Loki besorgt hatte, und zog den Mantel um mich herum fester zu, den er so verändert hatte, dass er Platz für meine Flügel bot. Meine Walküre-Kraft schützte mich ein wenig vor der Kälte, allerdings nicht komplett. Außerdem weckte die Kälte all die Schmerzen, die nach der gestrigen Begegnung mit Surt noch nicht vollständig verheilt waren.

Das würde ich allerdings niemandem verraten. Die Götter hatten bereits ein großes Theater veranstaltet, weil ich mich diesem Unterfangen anschließen wollte. Als würde ich in einer staubigen Scheune herumsitzen wollen, während ein verrückter Riese vorhatte, diese gesamte Welt zu zerstören. Meine geschärften Sinne könnten uns möglicherweise bei der

Entdeckung der Göttin helfen, nach der wir suchten, falls sie versuchte, vor uns wegzulaufen. Ich *hatte* zugestimmt, vorher eine Nacht lang durchzuschlafen, und das musste ihnen reichen.

Munin und Freya schien das Wetter nichts anhaben zu können, egal ob sie in ihrer Menschen- oder Vogelgestalt waren. Auf dem Felsvorsprung hatten sie ihre Raben- und Falkengestalt abgestreift, damit wir uns unterhalten konnten. Munin trug nun ihr übliches, locker sitzendes, schwarzes Kleid und Freya eine elegante Bluse und Hose, wobei ihr gefiederter Umhang nach wie vor um ihre Schultern lag. Ich zog die Flügel enger an meinen Körper und der Wind kitzelte über die silberweißen Federn.

„Ihr zwei solltet hierbleiben, während ich allein näher an die Stellen heranfliege, die sie für gewöhnlich aufsucht", meinte Munin. „Wir müssen genau wissen, wohin wir gehen werden. Andernfalls macht sie sich womöglich aus dem Staub, wenn sie eine ganze Truppe auf sich zukommen sieht." Ihr Mundwinkel bog sich nach oben. „Die Götter sind nicht immer so aufmerksam, wie sie es gerne denken. Sie bemerken mich selten, wenn ich vorbeifliege."

„Komm zu uns zurück, sobald du sie gefunden hast", erwiderte Freya und warf ihre goldenen Locken über ihre Schultern. Sie legte eine Hand auf ihren Schwertgriff und ließ den Blick über den verschneiten Berghang schweifen, als würde sie damit rechnen, dass Surt hier erscheinen würde.

Munin sprang in ihrer Rabengestalt auf und flog tiefer in das Tal hinein, an dessen Eingang wir kauerten. Sie hatte gesagt, dass sie Skadi, die Göttin der Jagd und des Winters, so oft in dieser Gegend gesehen hatte, dass sie vermutete, die Jagdgöttin hätte sich hier häuslich niedergelassen. Eine Jägerin klang nach einer guten Verbündeten.

„Denkst du, es wird einfach werden, Skadi dazu zu überreden, mit uns zurückzukehren?", fragte ich.

Freya zuckte mit den Achseln. „Skadi war schon immer eine Einzelgängerin, Asgard jedoch immer treu. Sie wird nicht wollen, dass Asgard oder dieses Reich Surt in die Hände fällt."

„Glaubst du, sie wird eher auf dich hören als auf die anderen? Ich denke …" Plötzlich fragte ich mich, ob ich dieses Thema überhaupt ansprechen sollte. Doch ich hatte bereits damit begonnen, weshalb ich einfach weitersprach. „Du willst bestimmt weiter nach deiner Tochter suchen."

Als wir vor einer Woche mit der Suche nach den anderen ehemaligen Einwohnern Asgards begonnen hatten, hatte Freya mir erzählt, dass sie ihr Zerwürfnis mit der jüngeren Göttin bereute, die sie vermutlich zuletzt vor ein paar Jahrhunderten gesehen hatte.

„Ich weiß nicht, wo ich sonst noch nach Hnoss suchen soll", erwiderte Freya. „Und ich kenne Skadi besser als einer der Rüpel, mit denen wir reisen. Sie war eine Weile mit meinem Vater verheiratet – und er war ihr wirklich wichtig. Sie wollten beide jeweils ein Leben, das sich zu stark von dem des anderen unterschied."

Ein Hauch von Wehmut huschte über ihr Gesicht. Wie viel davon war dem Gedanken an Odin geschuldet, der ständig ohne sie zu seinen Wanderungen aufbrach, und wie viel dem Gedanken an ihre Tochter, die sie seit hunderten von Jahren nicht gesehen hatte – teilweise, weil Hnoss ihren neuen Stiefvater nicht gemocht hatte?

Verkorkste Familiendynamiken waren mir nicht fremd. Ich wusste, wie es war, den neuen Kerl zu hassen, den die eigene Mutter angeschleppt hatte, und zu wissen, dass er nichts Gutes im Schilde führte. Natürlich hatte Odin wenigstens gedacht, dass er das Richtige tat, auch wenn er die Zerstörung seines Reichs vorangetrieben und Loki gezwungen hatte, zu diesem Zweck den Schurken zu spielen.

Die Freunde meiner Mutter hingegen … vor allem ein Bestimmter …

Ich schob diesen Gedanken beiseite. Ich würde Trevor keine Macht mehr über mich geben. Mittlerweile war ich über alles hinweggekommen, was er mir angetan hatte, über all den Schmerz, den er verursacht hatte, und über die Arten, auf die er unsere Familie zerrissen hatte. *Meiner* Mom war scheißegal gewesen, was mir zugestoßen war – diese Tatsache hatte sie glasklar gemacht. Für Freya und ihre Tochter bestand noch Hoffnung. Freya war ihre Tochter wichtig.

Die eisige Kälte sickerte allmählich durch meine Stiefel. Ich trat auf der Stelle, um den Blutfluss anzuregen, und ein scharfer Stich durchfuhr meine Hüfte. Nein, dieser Körper funktionierte definitiv noch nicht einwandfrei.

„Geht es dir gut?", erkundigte sich Freya, wobei mich ihre blauen Augen so scharf musterten wie in ihrer Falkengestalt.

„Mir ist nur ein wenig kalt", log ich.

Es spielte keine Rolle, dass ich mich noch nicht vollständig von meinen Verletzungen erholt hatte. Ich musste alles in meiner Macht Stehende tun, um bei der Beendigung dieses Kriegs gegen Surt zu helfen, nicht nur um die Götter zu unterstützen, die ich nun als Familie betrachtete, sondern auch um einen Teil meiner ursprünglichen Familie zu schützen, der mir noch immer am Herzen lag.

Mein kleiner Bruder Petey lebte bei einer Pflegefamilie, die wir für ihn organisiert hatten. Ich hatte gedacht, er würde dort vor allen sicher sein, die ihn bedrohen könnten. Jetzt wollte ich nicht einmal daran denken, was mit diesem liebenswerten Kind passieren würde, falls Surt Midgard ebenfalls eroberte – oder falls er herausfand, dass ich einen Bruder hatte, den er benutzen konnte, um mir wehzutun. Petey verdiente nichts von alldem.

Er verdiente etwas Besseres von *mir*. Hödur hatte seine

Erinnerungen gelöscht, damit er sich nicht aus Versehen versprechen und etwas über unsere echte Mutter verraten konnte. Wenn die Agentur herausfand, wer er war und woher er gekommen war, müssten sie ihn zurückschicken. Zurück zu ihr und ihrem jüngsten Liebhaber, der Fingerabdrücke auf Peteys Hals hinterlassen hatte.

Eine schwarze Gestalt, die sich scharf vor dem weißen Schnee abzeichnete, segelte zu uns zurück. Munin landete neben uns und lächelte, als sie sich in eine Frau verwandelte.

„Sie ist hier", verkündete sie. „Auf der anderen Seite dieses Hangs steht eine Hütte. Ich glaube, Skadi lebt dort. Sie ist tiefer im Tal und jagt Hasen. Ich bezweifle, dass wir sie völlig überraschen können, doch wenn wir uns ihr schnell genug nähern, wird sie dich sehen und hoffentlich ein Gespräch abwarten."

Freya nickte und zog sich ihren Umhang über den Kopf. Sofort war sie ein goldener Falke und sauste in den Himmel.

Bevor Munin sich ebenfalls verwandeln konnte, packte ich ihren Arm. Bis jetzt hatte ich kaum eine Gelegenheit gehabt, mit ihr allein zu sprechen.

„Zuvor", begann ich, „als du mit Surt zusammengearbeitet hast ... Hast du ihm jemals von meinem Bruder erzählt?" Ich wusste, dass sie von Peteys Existenz wusste. Sie hatte ihn benutzt, um mich in dem Gefängnis aus Erinnerungen zu quälen, in dem sie uns eingesperrt hatte.

Die Rabenfrau schüttelte den Kopf. „Ich hatte nie einen Grund dazu. Du hast gesehen, wie Surt ist. Bei einem ‚Verbündeten' wie ihm, behält man am besten alle Trümpfe in der Hand für den Fall, dass man sie später braucht."

Diese Bemerkung sollte vermutlich tröstlich sein, abgesehen von der Andeutung, dass sie es ihm wahrscheinlich verraten hätte, wenn sie der Meinung gewesen wäre, es würde sie aus einer misslichen Lage herausholen.

„Hast du gehört, dass ihm einer der Schwarzalben von Petey erzählt hat?", fragte ich. Sie hatten Peteys Leben bedroht in dem Versuch, mich von der Zusammenarbeit mit den Göttern abzubringen. Hödur hatte zwar sämtliche Erinnerungen an meinen Bruder so gut wie möglich aus ihren Gedächtnissen gelöscht, doch ich wusste nicht, wie viele Einzelheiten ihrer Pläne sie Surt anvertraut hatten.

Munin sah mir in die Augen und in ihren schimmerte ein Funke, der beinahe neugierig wirkte. „Meines Wissens hat Surt keinerlei Informationen über deinen Bruder. Er hat nicht einmal auf *dich* geachtet, bis du aus meinem Gefängnis ausgebrochen bist. Selbst wenn einer der Dreckfresser etwas gesagt hat, können sie nicht wissen, wo dein Bruder ist, oder?"

„Nein." Sie wusste es nur wegen der Erinnerungen, die sie in meinem und Hödurs Kopf gefunden hatte. Ich stieß die Luft aus, die ich angehalten hatte. „Okay. Es tut mir leid. Ich musste es einfach wissen."

„Es freut mich, dass ich helfen konnte", entgegnete sie in einem eigenartigen Tonfall, als würde sie diese Freude überraschen.

Freyas Falke kreiste über uns und stieß einen leisen ungeduldigen Schrei aus. Ich winkte ihr und stieß mich mit einem Flügelschlag von der Felskante ab.

Meine Knie pochten kurz von dem Sprung, doch meine neuesten Glieder waren Surts schlimmsten Angriffen entgangen. Es war eine Erleichterung, durch die Luft zu gleiten und meinen restlichen Körper kaum bewegen zu müssen, während der Wind an meinen Schwingen zerrte. Freya segelte zum Gipfel des Berghangs, auf den Munin gedeutet hatte, und ich beeilte mich, schneller zu fliegen und ihr hinterherzujagen. Der Rabe glitt neben mir her.

Wir flogen über den Hang und setzten auf der anderen Seite zum Sinkflug an. Eine Holzhütte, deren Dach wie alles in dieser Gegend mit Schnee bedeckt war, stand ungefähr eine Meile entfernt vom Gipfel. Meine geschärfte Walküre-Sicht bemerkte Fußabdrücke zwischen der Tür und einem Haufen gehackten Feuerholzes, der an der Seite der Hütte gestapelt war. Ein Hauch Kiefernrauch von einem Feuer, das erst vor wenigen Stunden gelöscht worden war, stieg mir in die Nase.

Weitere Fußabdrücke führten zu einem kleinen Schuppen, der einige Meter entfernt auf der anderen Seite stand. Von dort durchzogen lange Streifen den Schnee, die hügelabwärts führten. Nachdem ich diese Spuren eine Weile betrachtet hatte, wurde mir bewusst, dass Skadi Ski fuhr.

Freya sauste den Abhang hinab. Ich erwischte eine Windböe, die mich hinter ihr hertrug. Wenig später entdeckte ich eine Gestalt in einer enganliegenden Jacke und einer weißen Wollmütze, die sie sich über ihre dunkelbraunen Haare gezogen hatte. Sie stand auf ihren Ski, hatte die Arme gehoben, um eine Bogensehne zurückzuziehen, und zielte mit dem Pfeil auf etwas, was sich gegenüber von ihr zwischen den Bäumen befand, ich allerdings nicht erkennen konnte.

Sie ließ den Pfeil fliegen. Freya erschien unter ihrem Umhang und ließ ihn sich über den Rücken fallen. „Skadi!", rief sie mit ihrer hellen, jedoch energischen Stimme.

Der Kopf der anderen Göttin fuhr herum und der Bogen entglitt ihren Händen. Ich ließ mich zurückfallen, als Freya Skadi begrüßte. Munin kreiste einmal über uns und flog zur Hütte zurück. Ich fragte mich, ob sie überhaupt vorhatte, sich der Göttin der Jagd zu offenbaren.

„Freya", begrüßte Skadi sie und schützte ihre Augen vor der Sonne, während sie sie anstarrte. Sie schüttelte ungläubig den Kopf und lächelte angespannt. „Es ist lange her. Was machst du hier draußen?"

„Es ist wirklich lange her", erwiderte Freya ruhig, aber schnell. „Und ich weiß, dass du deine Ruhe vor den Ränkespielen Asgards wolltest. Ich hätte dich nicht gestört, wenn es sich nicht um eine unglaublich drängende Situation handeln würde." Sie holte tief Luft. „Surt ist zurückgekehrt. Er hat Asgard erobert – das gesamte Reich."

Skadis Augenbrauen schnellten empor und ihre Augen leuchteten auf. „Das können wir nicht zulassen."

„Genau", stimmte Freya zu und lächelte erleichtert.

„Komm mit mir zu meiner Hütte, wo wir uns hinsetzen können und du mir beim Packen die ganze Geschichte erzählen kannst", schlug Skadi vor. Sie schaute zu mir und musterte mich von Kopf bis Fuß, während ich in der Luft schwebte. Eine Spur Verachtung schlich sich in ihre Stimme. „Weshalb hast du eine Walküre mitgebracht?"

Freya zögerte. „Wir halten es für unklug, wenn einer von uns alleine reist", antwortete sie, was vermutlich die Erklärung war, die Skadi ihrer Meinung nach am einfachsten akzeptieren würde.

„Als ob du den Schutz von einer von Odins Kriegerpuppen brauchst. Nun, komm mit."

Mein Mund weigerte sich, geschlossen zu bleiben. „Ich bin keine Puppe", widersprach ich. „Und ich verfüge über ein sehr gutes Gehör."

Skadi verdrehte die Augen. „Du wurdest für die Zwecke der Götter erschaffen und wirst viel schneller brechen als einer von uns. Klingt für mich nach einer Puppe. Versuch einfach, mitzuhalten."

Ich biss mir auf die Zunge, damit ich keine der spitzen Bemerkungen aussprach, die ich gerne erwidert hätte. Freya warf mir einen flehenden Blick zu und wandte sich wieder an Skadi. „Aria hat sich als sehr fähig erwiesen. Ich bezweifle, dass irgendein Grund zur Sorge besteht, dass sie uns ausbremsen wird."

Natürlich würde ich mit ihnen mithalten können. Ich hatte meine Flügel und Skadi musste mit ihren Ski einen Hügel erklimmen.

Wie sich jedoch herausstellte, hatte ich die Kraft der Göttin unterschätzt. Skadi sauste den Berghang mit kräftigen Schüben aus den Schenkeln hinauf, wobei sie mit jedem Stoß mindestens 160 Meter überwand. Ich konnte zwar mithalten, doch als wir die Hütte erreichten, begannen die Sehnen in meinen Flügeln, allerdings ebenfalls zu pochen.

Skadi streifte ihre Ski ab, marschierte in die Hütte und überließ es Freya, mir die Tür aufzuhalten. Munin blieb auf dem Dach hocken.

In der Hütte, die nur über ein Zimmer verfügte, war der Kiefernrauchgeruch stärker, die Jagdgöttin machte sich jedoch nicht die Mühe, die Holzscheite erneut anzuzünden. Das war ein Jammer, da ich mich über eine kleine Pause von der ständigen Kälte gefreut hätte. Sie öffnete eine Truhe am Fuß ihres schlichten Holzbettes.

„Erzähl mir, was passiert ist", verlangte sie. „Nur die wichtigen Teile."

„Nun", begann Freya und sank auf den einzigen Sessel des Raums, „Surt hat diese Invasion anscheinend über lange Zeit geplant. Seiner Meinung nach beendet er nur, was er während Ragnarök begonnen hat."

Sie fasste die Ereignisse der letzten Jahrzehnte schneller zusammen, als ich es hätte tun können: Dass sie und die fünf Götter, die in Asgard geblieben waren, auf einen ihrer regelmäßigen Besuche nach Midgard gegangen waren und Odin kurz darauf zu einer seiner üblichen Wanderungen aufgebrochen war. Dass er zehn Jahre lang nicht zurückgekehrt war, länger denn je zuvor, und sie begonnen hatten, sich Sorgen um ihn zu machen. Dass die anderen vier

Götter mich heraufbeschworen hatten und ich sie letztendlich zu Odin geführt hatte, der sich in Surts Fängen befunden hatte, aus denen wir ihn befreit hatten.

Freya ließ die Einzelheiten des Gefängnisses aus, in dem wir eingesperrt gewesen waren, genauso wie unsere Anstrengungen, Frieden mit den Schwarzalben zu schließen, und unsere Versuche, Surts Armee zu zerstören. Das war vermutlich sinnvoll. Das Einzige, was Skadi wirklich wissen musste, war, dass Surt mit einem Großteil dieser Armee in Asgard erschienen war und uns fertiggemacht hatte.

„Wir waren auf den Angriff nicht vorbereitet", beendete Freya ihren Bericht. „Und es waren nur sieben von uns dort … nun, und Ari."

Ich versuchte, mich nicht anzuspannen, weil ich nur nachträglich erwähnt wurde. Wie viel hatte ich zu ihrer Verteidigung beigetragen? Wie sehr hatte ich sie mit der Schwäche zurückgehalten, die Skadi so barsch hervorgehoben hatte?

Sie lag nicht ganz falsch. Die Götter hatten mich gemacht und ich war viel zerbrechlicher als ihr beinahe unsterbliches Selbst.

„Also versammelt ihr so viele von der alten Garde, wie ihr könnt", ergänzte Skadi. Sie hatte ein Bündel Pfeile und eine Rüstung in einen Beutel gestopft, den sie sich jetzt über die Schulter warf. Sie hakte einen weiteren Bogen, der größer war und golden schimmerte, an den Träger. „Natürlich werde ich helfen. Und ich kann sogar noch etwas beitragen. Ich weiß, wo Njörd sich in diesem Reich niedergelassen hat."

Ein belustigtes Funkeln erhellte Freyas Augen. „Ihr habt es nie geschafft, euch komplett voneinander zu lösen, oder?"

Njörd musste Freyas Vater sein – Skadis ehemaliger Ehemann, den Freya zuvor erwähnt hatte. Eine leichte Röte überzog Skadis Wangen, ehe sie mit den Schultern zuckte. „Ich sage bloß, dass ich weiß, wo er ist. Und ich glaube, er trifft sich ab und zu mit deinem Bruder. Möglicherweise können wir beide zusammentrommeln. Es klingt, als wäre Eile geboten. Bist du bereit für eine längere Reise?"

Sie richtete die Frage an Freya, warf mir allerdings einen bedeutungsvollen Blick zu. Freya entging das nicht. Bevor ich mich empören konnte, stand sie auf und legte eine beruhigende Hand auf meinen Rücken. „Wir sind bereit. Du hast recht – je schneller wir alle versammeln können, desto besser."

Und sie würden mich nicht zurücklassen. Ich wünschte mir allmählich, ich könnte *Skadi* zurücklassen. Aber sie konnte eindeutig mit einem Bogen umgehen und war taff genug, um gegen Surt zu kämpfen. Es war nicht so, als wäre ich noch nie in meinem Leben jemandem begegnet, der kein Blatt vor den Mund nahm.

Normalerweise war ich jedoch stärker als derjenige – oder in der Lage, zu gehen, wenn mich derjenige nervte.

Draußen befestigte Skadi ihre Ski mit geschickten Handgriffen an ihren Füßen. „Das ist der schnellste Weg, diesen Berg zu verlassen", erklärte sie, als sie meinen Blick bemerkte. In ihrer Stimme schwang eine Herausforderung mit. *Auf keinen Fall ist eine Walküre schneller als ich.*

Freya schwang sich in ihrer Falkengestalt in die Luft und Skadi sauste los. Sie hatten bereits einen Vorsprung. Ich machte Anstalten, ihnen nachzuspringen, als mein Fuß auf dem glitschigen Schnee wegrutschte. Meine andere Wade schmerzte, als ich mein Gleichgewicht wiederfand. Ein Speer aus Schmerz durchbohrte meine Muskeln vom Knöchel zur Hüfte und ich konnte mir das Keuchen nicht verkneifen, das sich meiner Kehle entriss.

Skadi schwenkte zur Seite, um zu mir zurückzuschauen, da ich angehalten hatte, vornübergebeugt war und keuchte. „Kommst du?", fragte sie.

Ich presste meinen Kiefer zusammen und ballte die

Hände, um gegen den Schmerz anzukämpfen. Anschließend richtete ich mich auf und erhob mich mit einigen Flügelschlägen vom Boden. Es war kein beeindruckender Abgang, der langsame Steigflug erlaubte mir jedoch, mein wundes Bein zu schonen.

„Ich bin direkt hinter dir", entgegnete ich, obwohl ich wusste, dass ich die Anspannung nicht komplett aus meiner Stimme vertreiben konnte. Skadi schnaubte leise und raste davon. Ich hatte gerade alles bestätigt, was sie über Walküren dachte, und es lagen noch viele Meilen vor uns.

Es gab nichts, was ich tun konnte, außer mit den Flügeln zu schlagen und ihr hinterherzueilen.

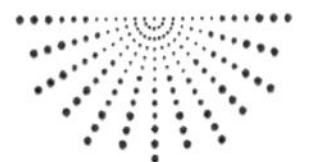

KAPITEL FÜNF

Hödur

Der kalte Felsen erzitterte unter meinen Händen, doch als ich weitere Schatten in seine raue Oberfläche drängte, beruhigte er sich. Vor meinem inneren Auge konnte ich sehen, wie sich die winzigen Risse füllten und zusammenwuchsen, die sich in diesem unterirdischen Gang gebildet hatten.

Die Anstrengung sandte ein Kribbeln durch meine Schulter- und Rückenmuskulatur. Ich spannte meinen Kiefer an und drängte noch mehr von meiner dunklen Energie in die Höhle, in der ich mich befand.

Dieser Fels wäre erst gar nicht schwächer geworden, hätten wir Götter uns nicht ausschließlich auf unser eigenes Reich und Midgard konzentriert und die anderen Reiche vernachlässigt. Die Schwarzalben aus Svartalfheim hatten uns gebraucht und wir hatten sie jahrhundertelang ignoriert, da wir zu sehr mit unseren bevorzugten Freizeitaktivitäten beschäftigt gewesen waren. Daher war ich mir nicht sicher, ob wir es ihnen wirklich übelnehmen konnten, dass sie sich an Surt gewandt hatten, als die ersten Decken ihres Zuhauses eingestürzt waren. Er hatte ihnen immerhin versprochen, ein neues Zuhause für sie zu erobern, wenn sie ihm halfen, eine Armee für ihn zu versammeln.

Wenn ich wollte, dass sie jetzt *uns* halfen, musste ich ihnen zeigen, wie fest entschlossen wir waren, diese vergangenen Fehler wiedergutzumachen. Hätte ich die Macht gehabt, die Risse im gesamten Reich auf einmal zu versiegeln, hätte ich das getan. Doch ich hatte gelernt, dass die Reparatur einer Höhle reichte, um mich ins Schwitzen zu bringen und mir den Atem zu rauben.

Als ich spürte, dass meine Magie ungehindert bis zum Ende des Gangs fließen konnte, zog ich mich zurück. Mit Ausnahme der leisen Atemzüge meiner Begleiter war kein Laut zu hören.

Der Kommandant dieses Schwarzalben-Clans hatte darauf bestanden, hierzubleiben und mich bei der Arbeit zu beobachten. Das Tor von Midgard nach Svartalfheim befand sich auf der anderen Seite ihres Reichs als das, durch das ich bisher von Asgard gekommen war. Deshalb hatte ich noch nie mit diesem Mann gesprochen. Er hatte mir erzählt, dass die anderen Einwohner dieses Höhlenbereichs vor einigen Tagen evakuiert worden waren, als Stücke der Decke herabgefallen waren.

„Sie ist jetzt stabil", verkündete ich und wandte ihm mein Gesicht so gut zu, wie ich seine Position einschätzen konnte. „Ich kann bald zurückkehren und an einer anderen Höhle arbeiten."

Seine Schritte tappten an mir vorbei in die Höhle. Die kühle Luft bewegte sich an meiner feuchten Haut. Ich wischte mir mit dem Handrücken über die Stirn und wünschte mir, ich hätte daran gedacht, ein wärmeres Oberteil mitzunehmen. In Midgard, wo wir aktuell lebten, war Sommer, in Svartalfheim wurde es allerdings nie richtig warm.

Ein Klopfgeräusch hallte aus dem Inneren der Höhle, als der Kommandant die Wände scheinbar mit einem Metallstab testete. Er kehrte zu mir zurück.

„Es scheint alles so zu sein, wie du behauptet hast. Ich habe gehört, dass der Blinde aus Asgard Teile unseres Reichs wiederherstellt. Es fiel mir jedoch schwer, das zu glauben, ohne es selbst zu sehen."

„Wir haben uns zu lange von euren Leuten ferngehalten", erwiderte ich und neigte respektvoll den Kopf. „Ich gebe mein Bestes, um Wiedergutmachung zu leisten. Wir möchten, dass alle Reiche sicher für ihre Bewohner sind."

Ich war sogar so weit gegangen, dem örtlichen Kommandanten in der Nähe des Asgard-Tors meine fortwährende Hilfe mit einem Blutschwur zuzusichern. Dem Schwarzalb vor mir hatte ich die Narbe auf meiner Handfläche gezeigt, als ich hier angekommen war.

„Wir wissen deine Anstrengungen zu schätzen", entgegnete der Kommandant, dessen Stimme allerdings nach wie vor verhalten klang.

Irgendwann musste ich den anderen Grund für meinen Besuch ansprechen. „Ich möchte dir versichern, dass das, was ich heute getan habe – und weiterhin tun werde – ein Teil dieser Wiedergutmachung ist. Ich erwarte keine Gegenleistung und werde damit weitermachen unbekümmert dessen, wie du auf das reagierst, was ich als Nächstes sagen werde. Wir ... Hast du von dem jüngsten Angriff auf Asgard gehört?"

„Ah." Der Kommandant trat von einem Fuß auf den anderen. Anhand dieser einen Silbe konnte ich erkennen, dass er es bereits gehört und meine Absicht erraten hatte. „Euer Versuch, Surt und seine Armee auszulöschen, war nicht so erfolgreich, wie ihr gehofft habt."

Das war eine Möglichkeit, das Ganze zusammenzufassen. „Er hat Asgard erobert", erklärte ich. „Deswegen konnte ich euer Reich nur durch das Tor in Midgard erreichen. Wir müssen unser Reich zurückerobern – und das der Menschen schützen, in das er ebenfalls einfallen möchte. Wir werden euch natürlich nicht bitten, für uns zu kämpfen. Wenn ihr uns jedoch erlauben würdet, Asgard durch das Tor in eurem Reich zu betreten, könnte das einen großen Unterschied machen, sollten wir zu dem Schluss kommen, dass dies die beste Option für einen Gegenangriff ist."

„Yggdrasils Wurzel liegt viele Sektoren entfernt von hier", stellte der Kommandant fest. „Du willst, dass wir eine Armee aus Göttern beherbergen, bis sie diese weite Strecke hinter sich gebracht haben?"

„Es wird höchstwahrscheinlich keine besonders große Armee sein", musste ich zugeben. „Und wir würden nur durchreisen." Während wir das meilenlange Höhlennetzwerk durchquerten, könnten wir allerdings eine gewaltige Störung darstellen, vor allem da die Schwarzalben bereits in die stabileren Gegenden ihres Zuhauses gepfercht waren, nachdem so viel Höhlen eingestürzt waren. Ich befeuchtete meine Lippen. „Wir würden uns an eure Bedingungen halten."

„Und mehr würdet ihr nicht verlangen?"

Ich zögerte, doch wenn ich um den Rest nicht bat, würden die anderen mich zweifellos drängen, das Thema beim nächsten Mal anzusprechen, und dann hätte der Schwarzalben-Anführer das Gefühl, ich hätte ihn belogen.

„Falls ihr irgendwelche Waffen erübrigen oder schmieden

könnt, die uns bei der Rückeroberung unseres Reichs helfen können … wir würden uns auf jede uns mögliche Weise für eure Mühen erkenntlich zeigen."

„Allerdings nur, wenn ihr Asgard tatsächlich zurückerobert, wo sich all eure Reichtümer befinden", erwiderte der Kommandant.

„Das werden wir schaffen", sagte ich bestimmt. Wir hatten auch in Midgard Reichtümer in Form von Konten und Bargeld, die wir bei unseren Besuchen dort benutzt hatten. Diese Art der Bezahlung würde bei den Schwarzalben jedoch nicht gut ankommen. Sie wollten Gold. Allerdings konnten wir im Reich der Menschen möglicherweise einige Barren des Zeugs kaufen. „Ich kann mich erkundigen, ob wir einen Teil der Bezahlung vorstrecken können. Wir könnten euch einen Teil der vollständigen Belohnung vorher überreichen."

Der Kommandant summte leise und klang nach wie vor skeptisch. Meine Finger zuckten aus dem Drang heraus, sich zu einer Faust zu ballen, aber ich zwang sie, sich zu entspannen. Bei Asgard, wenn ich doch nur wie Loki und nicht auf den Mund gefallen wäre. Er hatte den Alben stets so gut wie alles abschwatzen können, manchmal sogar ohne eine Bezahlung. Schmeicheleien waren definitiv nicht meine Stärke.

„Surt wird wissen, dass wir beteiligt waren", stellte der Kommandant nach einem Augenblick fest. „Wenn ihr versagt, wird er unsere Leute genauso bestrafen wie eure."

„Wir werden nicht versagen", erwiderte ich, als könnte ich das garantieren. „Wenn ihr uns unterstützt, ist dieses Ergebnis auf jeden Fall gewiss."

„Nichtsdestotrotz … Ich muss das mit den anderen Sektor-Anführern besprechen. Ich kann eine derartige Entscheidung nicht allein für uns alle treffen."

„Natürlich nicht", stimmte ich zu, obwohl mir das Herz

sank. Ich glaubte ihm, dass er meine Bitte vortragen würde, hegte jedoch den Verdacht, dass er sie in keinem positiven Licht darstellen würde. „Ich werde in ein oder zwei Tagen zurückkehren, sobald ich dazu in der Lage bin. Dann kannst du mir mitteilen, ob du eine Antwort für mich hast. Wie auch immer sie ausfällt, wir werden uns auf jeden Fall in den Höhlen sehen."

„Wir werden dich willkommen heißen." Der Kommandant machte eine Geste und eine seiner Wachen näherte sich mit schweren Schritten. „Bitte bring unseren Gast zum Tor zurück."

Auf dem Herweg hatte ich auf die Abzweigungen und Luftveränderungen geachtet, weshalb ich vermutlich allein zum Tor zurückgefunden hätte. Außerdem waren wir nicht besonders weit gegangen. Einen Führer zu haben, verschaffte mir jedoch den Raum, meine Eindrücke dieses Gebiets zu bestätigen. Es machte den Anschein, als würde ich in den nächsten Tagen ziemlich regelmäßig in diesen Teil von Svartalfheim kommen.

Als ich aus dem Tor trat, schlugen mir eine heiße, schwüle Brise und die herben Gerüche von Pflanzen entgegen. Ich beschwor einen Teppich aus Schatten herauf, der mich vom Boden hob und über die Baumwipfel trug, wo ich ungehindert durch die Luft segeln konnte. Aufgrund des Geschmacks des Windes und der bebenden Stränge dunkler Magie, die unter mir über den Boden sausten, wusste ich, in welche Richtung ich mich wenden musste, um zu den anderen zurückzukehren.

Letzte Nacht waren wir von der muffigen Scheune zum Bauernhaus am Ende der Straße umgezogen, das ebenfalls verlassen war. Mit ein wenig Magie hatten wir dafür gesorgt, dass es auf die Einheimischen weiterhin unbewohnt wirkte, solange wir das Haus brauchten.

Es war gut, dass wir die Schutzzauber angebracht hatten,

um unsere Aktivitäten vor Außenstehenden zu verbergen, denn sobald ich meinen Schatten zum Bauernhof hinablenkte, drangen die Geräusche eines lebhaften Gesprächs an meine Ohren, das so laut war, dass es Aufmerksamkeit erregte.

Drei Stimmen, die ich seit einiger Zeit nicht mehr vernommen hatte, hatten sich den vertrauteren angeschlossen.

„Meine Güte, Thor, ich glaube, du bist noch muskulöser geworden, seit ich dich zuletzt gesehen habe." Die leicht heisere Altstimme gehörte Skadi.

„Balder, es ist schön zu sehen, dass es dir so gut geht." Dieser tiefe, fast schon knarrende Bass gehörte zu Njörd.

„Das nächste Mal sollten wir nicht bis zu einem Krieg warten, um uns zu treffen." Dieser lebhafte Tenor war Freyr.

Freyas und Aris Mission war also erfolgreich gewesen, sogar erfolgreicher als erwartet. Munin hatte sie nicht in die Irre geführt. Die Neuankömmlinge und unsere ursprüngliche Gruppe hatten sich auf dem Hof vor dem Haus versammelt. Aufgrund der Bemerkungen, die ich überhört hatte, erhielt ich den Eindruck, dass die drei gerade erst angekommen waren.

Ich befahl meiner Magie, mich am Rand des Hofs abzusetzen.

„Und hier ist Hödur", stellte Njörd fest. Meine Ohren waren so scharf, dass ich nicht anders konnte, als herauszuhören, dass er mit mir viel nüchterner sprach als mit meinem Zwillingsbruder. Balder war immer der Beliebte gewesen. Wer würde es nicht vorziehen, im sonnigen Licht zu baden anstatt in winterlicher Kälte?

„Also ist es ihm gelungen, deinem Hammer zu entgehen?", sprach Skadi zu meiner Linken und Thor gluckste selbstironisch.

Odin regte sich rechts von mir mit einem Rascheln seines

Mantels und alle verstummten. „Wir werden in diesen schweren Zeiten die Hilfe aller Einwohner Asgards brauchen", verkündete er. „Ich lobe mir euer schnelles Eintreffen."

„Wie hätten wir anders reagieren können, Göttervater?", entgegnete Freyr, in dessen warmer Stimme ein respektvoller Unterton mitschwang. Der Großteil der anderen Götter hatte Asgard verlassen, weil sie nur ungern unter Odins wachsamem Auge gelebt hatten. Dennoch erkannten sie seine Autorität an. „Nachdem Freya uns von Surts grauenhaftem Angriff erzählt hatte, wussten wir sofort, dass wir nicht warten sollten. Surt wird schnell und heftig niedergehen."

„Welche schlauen Pläne hast du dir einfallen lassen, hmm?", fragte Njörd mit einem leisen dumpfen Schlag, als hätte er Balder freundschaftlich auf den Rücken geklopft.

„Oh, ich halte es für das Beste, wenn ich das Planen größtenteils den Kriegsgöttern überlasse", erwiderte mein Zwilling mit einem Lächeln in der Stimme.

„Aber du wirst da sein, um uns den Weg zu erhellen. Verkauf dich nicht unter Wert." Skadi schnalzte mit der Zunge.

Sie verfielen in die üblichen Muster, als wären sie nie fortgewesen. Wohin war Loki gegangen? Vermutlich hielt er sich am Rand auf und wartete darauf, eine spitze Bemerkung einzuwerfen. Es hatte einen Grund, dass die meisten Götter nie besonders scharf auf seine Gesellschaft gewesen waren, sogar wenn sie ihm die Rolle verziehen hatten, die er während Ragnarök gespielt hatte.

Und es hatte einen Grund, dass sie mich kaum begrüßt hatten. Ich hatte keine aktive Rolle in Asgards Gemeinde gehabt, als sie größer gewesen war – zumindest keine, die über heimliche Gefallen hinausgegangen war, die in den Schatten erledigt wurden. Die Dunkelheit, die ich in mir trug, schien der Freude aller anderen in meiner Gegenwart stets einen Dämpfer zu versetzen. Ich hatte fast vergessen, wie es war, selbst am Seitenrand zu stehen, nur zuzuhören und selten etwas beizutragen.

Wenn wir bloß zu sechst waren, trugen wir alle ungefähr gleich viel zu den Gesprächen bei. Dann war ich ein notwendiger Teil des großen Ganzen. Das würde sich jedoch ändern, je mehr unserer ehemaligen Kameraden sich uns anschlossen.

Die Sehnsucht nach meinem Büro voller wissenschaftlicher und philosophischer Artikel in unserem Haus in Midgard durchfuhr mich. Außerdem sehnte ich mich nach der größeren Bibliothek in meiner Halle in Asgard, falls Surt nicht jede Seite darin verbrannt hatte. Wäre dies eine normale Situation und hätte ich Zugang zu den beiden Orten gehabt, hätte ich mich mit meinen Büchern zurückgezogen und mich in ihren Worten verloren, anstatt den unbeholfenen Versuch zu unternehmen, mich mit den anderen zu unterhalten.

Ich befeuchtete meine Lippen und die eine Stimme, über die ich mich immer freute, erreichte meine Ohren. Leider stellte sie die Frage, die ich am wenigsten beantworten wollte.

„Hödur ist aus Svartalfheim zurückgekehrt", verkündete Ari mit einem Hauch Verärgerung in der Stimme. „Wenn wir Surt aufhalten wollen, sollten wir ihm eine Gelegenheit geben, uns zu erzählen, was die Schwarzalben gesagt haben."

Ich spürte, dass mir alle Götter ihre Aufmerksamkeit widmeten. Ich schenkte unserer Walküre ein kurzes Lächeln, mein Magen verkrampfte sich allerdings. Dass ich stets am Seitenrand gestanden hatte, war genauso sehr meine Entscheidung wie die aller anderen gewesen. Was hatte ich außer Düsternis schon anzubieten?

„Die Schwarzalben wollten sich nicht verpflichten, uns

die Reise durch ihr Reich zu erlauben oder uns mit irgendeiner Ausrüstung für unseren Angriff zu versorgen“, musste ich zugeben. „Der Kommandant, mit dem ich gesprochen habe, sagte, er würde es mit einigen der anderen Anführer besprechen, aber … Ich glaube, wir sollten uns besser nicht auf sie verlassen.“

KAPITEL SECHS

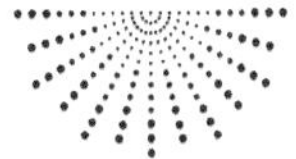

Aria

Der große Tisch im Esszimmer des Bauernhauses hatte keine Stühle, was die Götter jedoch nicht daran hinderte, ihn für ihre Versammlung zu nutzen. Da sich die neun um den abgenutzten Eichentisch drängten, den gestern jemand abgestaubt hatte, gab es nicht genug Platz für mich. Loki hatte meinen Blick aufgefangen und mich zu sich gewunken, als wir den Raum betreten hatten, doch ich hatte abgelehnt. Die Wahrheit war, dass ich meinen Beinen nicht zutraute, mich ohne eine Wand zu tragen, an die ich mich lehnen konnte.

Von dort, wo ich stand, konnte ich die Götter prima hören. Hinzukam, dass ich zu dem momentanen Gespräch kaum etwas beitragen konnte.

„Ich habe seit mindestens einhundert Jahren nicht mehr mit Heimdall gesprochen", sagte Njörd der Meeresgott mit dem langen, wettergegerbten Gesicht und den funkelnden blauen Augen, die denen seiner Tochter stark ähnelten. „Ich habe den Eindruck, dass er viel umherzieht."

„Ja, ich bin ebenfalls der Meinung, dass es nützlich wäre, ihn an Bord zu haben, allerdings bin ich mir nicht sicher, wo wir ihn finden können", stimmte Freyr zu, der Freyas Bruder und Njörds Sohn war. Seine goldenen Locken fielen nur bis zu seinen Ohrenspitzen und der goldene Schimmer eines Bartes färbte seinen schmalen Kiefer. „Ich vermute, dass ihr bereits an allen Orten nachgesehen habt, die mir eingefallen wären."

„Frigg wäre mit ihrer Magie in einem Kampf ebenfalls nützlich", bemerkte Skadi. „Aber du kennst ihre Vorlieben besser als jeder andere, Göttervater."

Odin runzelte bei der Erwähnung der Göttin, die wahrscheinlich seine erste Frau gewesen war, die Stirn. „Mir fallen ein oder zwei Orte ein, die wir möglicherweise noch nicht aufgesucht haben", gab er zu. „Ich bezweifle jedoch, dass sie besonders begeistert darüber sein wird, mein Gesicht vor ihrer Tür zu sehen."

„Ich kann mit ihr sprechen, wenn wir sie finden", bot Balder an und alle am Tisch nickten. Die Geschichte vom Tod des hellen Gottes fiel mir wieder ein. Frigg war seine Mutter – sie war diejenige, die jedem Objekt in der Welt den Schwur abgenommen hatte, Balder nie zu schaden … mit Ausnahme des Mistelzweigs.

Ich wollte nicht in den Erinnerungen verweilen, die dieser Gedanke hervorrief. Munin hatte Balders Tod in quälenden Einzelheiten für uns nachgespielt. Ich hatte zusehen müssen, wie er gefallen war, durchbohrt von einem Wurf aus Hödurs Hand, die Loki geführt hatte, und mit Odins stillschweigender Zustimmung.

Die drei neueren Götter wussten nichts von dem letzten Teil. Das war vermutlich der Grund dafür, dass sie sich ihre misstrauischen Blicke für den Gott der Dunkelheit und den

Trickster aufhoben und an den Lippen des Göttervaters hingen.

Skadi warf Loki nun einen Blick zu und kniff kurz die Augen zusammen, bevor sie sagte: „Was ist mit Vidar? Er konnte Thor in einem Kampf beinahe Konkurrenz machen.“

„Hey, jetzt aber“, protestierte der Donnergott gespielt entrüstet.

Die Jagdgöttin verdrehte die Augen. „Ich habe gesagt *beinahe*. Jedenfalls hat er sich während Ragnarök als sehr fähig erwiesen.“

Alle Blicke schienen sich bei dieser Bemerkung auf Loki zu heften. Ich wusste nicht, ob das bloß an der Rolle lag, die er damals gespielt hatte, oder ob er und dieser Vidar-Typ eine gemeinsame Vergangenheit hatten. Aufgrund der Informationen, die ich ab und zu über Ragnarök gehört hatte, seit ich mich den Göttern angeschlossen hatte, wusste ich, dass Heimdall Loki in dieser Schlacht getötet hatte. Das konnte es also nicht sein. Es hatte in jener Zeit jedoch eindeutig genug Kummer gegeben.

Loki reckte das Kinn, doch Odin sprach, bevor er es tun konnte. „Ja. Es wäre schön, noch einen meiner Söhne wiederzusehen.“

„Wisst ihr“, meinte Freyr und tippte sich ans Kinn, „ich glaube, ich kann ungefähr erraten, wo er sein könnte. Wir sind uns vor einigen Jahrzehnten in der Nähe der Küste Tansanias über den Weg gelaufen. Damals sagte er, er würde ins Landesinnere zur Savanne gehen. Ein derartiges Terrain scheint zu seinem Temperament zu passen. Ob er dortgeblieben ist, weiß ich nicht, aber es wäre einen Versuch wert.“

„Ein paar von uns sollten sofort dorthin gehen und nachsehen“, schlug Freya vor und richtete sich auf.

Ich stieß mich von der Wand ab und stellte mich aufrecht hin. Ich hatte zwar keine Ahnung, wie die restlichen

Götter tickten, nach denen wir suchen würden, doch sobald man mich in die richtige Richtung wies, konnte ich mit meinen Walküre-Augen und -Ohren behilflich sein. „Ich werde gehen.“

Njörd warf mir einen zweifelnden Blick zu. „Die Walküre? Ich vermute, dass er auf ein vertrautes Gesicht besser reagieren wird. Das richtige vertraute Gesicht.“

Er war nicht so herablassend wie Skadi, seine Ablehnung störte mich jedoch trotzdem. „Ich besitze ein übernatürliches Sehvermögen und Gehör“, erklärte ich. „Mit meiner Hilfe könnte mehr Boden abgedeckt werden und ich könnte nach Anzeichen dafür Ausschau halten, wo er sich aufgehalten hat. Ich überlasse das Reden gerne einem anderen.“

„Ari war schon viele Male zuvor eine große Hilfe“, warf Thor mit einem leicht drohenden Grollen ein, das jedem klarmachte, ihm nicht zu widersprechen.

„Sollte sie wirklich um die Welt fliegen, wenn sie sich noch nicht einmal von der ersten Schlacht erholt hat?“, fragte Skadi. „Sie hatte einen kleinen Sturz, als Freya zu mir gekommen ist.“

„Was?“ Hödur wirbelte zu mir herum. „Davon hast du gar nichts erzählt.“

„Mir geht es *gut*“, beharrte ich, doch als ich mich bewegte, um meinen voll funktionstüchtigen Körper vorzuführen, wählte mein verräterisches Bein diesen Moment, um einen weiteren Schmerzensstich durch meine Glieder zu jagen. Ich schwankte und presste meinen Kiefer zusammen. „Meine Beine sind nur noch ein wenig wund“, fügte ich rasch hinzu. „Ich kann problemlos fliegen.“

Hödur war bereits an meine Seite getreten und berührte meine Wange. „Balder sollte dich noch einmal untersuchen“, sagte er und senkte die Stimme. „Surt hat dich schlimmer getroffen als uns. Das ist nichts, dessen du dich schämen musst.“

Hatte mich der Riese wirklich schlimmer erwischt oder hatte mir der Angriff einfach schlimmer zugesetzt, als es bei den Göttern der Fall gewesen wäre? Ich verzog das Gesicht.

Loki meldete sich auf seine lässige Art zu Wort. „Wir wollen wirklich nicht, dass deinen reizenden Beinen ein zusätzlicher Schaden zugefügt wird."

Ich warf ihm einen finsteren Blick zu und der Trickster grinste mich an. Hödur packte meinen Arm und beugte sich näher. Balder war bereits vom Tisch zurückgetreten.

„Ich würde zurechtkommen", versicherte ich dem dunklen Gott.

„Natürlich würdest du das", erwiderte er, die blinden Augen auf mich gerichtet. „Dir wird es allerdings noch besser gehen, wenn Balder den Schmerz heilt, der dir zusetzt. Zwing mich nicht, dich aus dem Raum zu tragen, Walküre."

Ich schnitt eine Grimasse, was mir nichts nutzte, da er das natürlich nicht sehen konnte. Allerdings wusste ich, dass er seine Drohung wahrmachen würde. Vielleicht sollte ich tatsächlich in Erfahrung bringen, ob mir eine Heilung helfen würde, damit ich mich verteidigen konnte, wenn es wirklich nötig war.

„In Ordnung", murrte ich. Dann, einfach weil ich es konnte und wusste, dass es ihm einen Teil seiner Sorgen nehmen würde, und vielleicht weil es die einzige Möglichkeit war, die mir einfiel, den neuen Göttern zu zeigen, dass ich hier einen Platz hatte und nicht nur ‚die Walküre' war, neigte ich den Kopf nach oben und verschloss seine Lippen mit einem kurzen Kuss.

Hödur erwiderte ihn mit begieriger Wärme. Sein Mund bog sich zu einem sanften Lächeln, als ich zurückwich. Nun musste er vermutlich einen Haufen Fragen der anderen beantworten, er machte jedoch nicht den Eindruck, als würde ihn das stören.

Balder legte seine Hand auf meinen Rücken, als er mit

mir in den Flur trat. In einem Wohnzimmer zwei Türen weiter standen einige Sessel und ein Sofa. Balder sandte einen Lichtschwall durch den Raum, der den Staub von den Möbeln fegte. Er bedeutete mir, mich mit ausgestreckten Beinen aufs Sofa zu setzen, schloss die Tür hinter uns und zog einen der Sessel heran, damit er sich neben mich setzen konnte.

„Wo tut es weh?", fragte er.

„Es ist nur mein rechtes Bein. Manchmal in meiner Hüfte und manchmal mein Knie und manchmal mein Knöchel … Eigentlich überall", gestand ich. „Der Schmerz wird wahrscheinlich von allein weniger werden. Es ist erst einen Tag her."

„Dein Bein wird nicht von allein heilen, wenn du ständig in Bewegung bist", entgegnete Balder, hob die Augenbrauen und warf mir einen bedeutungsvollen Blick zu. Er legte seine Hand auf meine Wade und die Hitze seiner Hand sickerte durch meine Jeans hindurch. „Es gibt möglicherweise neue Risse in den Muskeln, die ich heilen kann."

„Na schön, wenn du und Hödur euch dann besser fühlen."

Balder lächelte und seine strahlend blauen Augen wirkten so klar, wie ich es bis vor ein paar Wochen nicht gesehen hatte. Als ich ihm zum ersten Mal begegnet war, schien er sich kaum jemals richtig auf mich zu konzentrieren und die meiste Zeit in einem träumerischen Nebel zu verbringen. Er wäre definitiv nicht aufmerksam genug gewesen, um mich zu necken. „Ich glaube, der Sinn des Ganzen besteht darin, dafür zu sorgen, dass *du* dich besser fühlst."

Er begann mit meinem rechten Knöchel, den er mit den Fingern umschloss. Eine leuchtende Empfindung kribbelte durch meine Haut und zu den Muskeln und Sehnen. Ich erlaubte mir, mich an der gepolsterten Armlehne des Sofas zu entspannen.

„Du bringst ihn zum Leuchten, weißt du", bemerkte Balder nach einem Augenblick.

Ich blinzelte. „Was? Wen?"

„Hödur." Seine Hand glitt zu meiner Wade und hinterließ eine Spur schimmernder Wärme. „Ich kenne ihn schon mein ganzes Leben – und offensichtlich auch *sein* ganzes Leben – und ich glaube nicht, dass ihm jemals jemand so viel Freude entlockt hat. Er macht sich um dich Sorgen, weil er dich nicht verlieren will." Er hielt inne, sein Daumen zeichnete einen sanften Bogen über mein Schienbein und sein Blick hob sich wieder zu meinem. „Keiner von uns will das. Du bist jetzt eine von uns, Aria."

Damit wollte er sagen, dass mich keiner der vier – meiner vier – verlieren wollte, die mich in ihre Welt geholt hatten. „Ich habe vor, bei euch zu bleiben", verkündete ich, seine Worte hatten jedoch ein Flattern durch meine Brust geschickt. Ich hatte den Großteil meines Lebens damit verbracht, mich für keinen anderen als Petey zu interessieren, *wollte* jetzt allerdings, dass ich ihnen wichtig war. Ich wollte jemand sein, der ihr Leben auf jede mögliche Art besser machte.

„Wenn ich das Licht in ihm hervorhole, bringe ich dann die Dunkelheit in dir zum Vorschein?", kam ich nicht umhin, zu fragen. „Wie … wie kommst du zurecht?" Schatten waren in den Lichtgott gesickert, während er in seinem vorübergehenden Tod gefangen gewesen war. Als er aus seinem friedlichen Nebel aufgewacht war, war auch die Dunkelheit erwacht, die sich in ihm eingenistet hatte. Es war ihm schwergefallen, sie zu kontrollieren, zumindest zu Beginn.

„Du hast mir geholfen, die Dunkelheit in mir zu akzeptieren, Aria", antwortete Balder, dessen Stimme auf eine Weise sanft wurde, bei der es in meinem ganzen Körper kribbelte. „Ich habe sie ab und zu rausgelassen, wenn es möglich war. Ich weiß jetzt allerdings, dass sie mein Licht nicht zwangsläufig verringern muss."

„Ein wenig Dunkelheit kann sehr nützlich sein", stimmte ich zu und konnte mich nicht davon abhalten, an den Moment zu denken, als wir uns in Walhalla auf intime Weise begegnet waren – wie er Hitze und Kälte in seiner Berührung vermischt und alle möglichen Empfindungen in meinem Körper ausgelöst hatte. Als seine Hand nun zu meinem Knie wanderte, sammelte sich frische Hitze zwischen meinen Schenkeln.

Möglicherweise hatte ich die Götter verändert, sie hatten mich allerdings mindestens genauso sehr verändert. Bevor ich sie kennengelernt hatte, war mir nicht bewusst gewesen, dass ich so viel für jemand anderen als meinen Bruder und mich empfinden konnte. Sie hatten mir eine zweite Chance auf ein Leben gegeben, mir neue Kräfte angeboten und mir geholfen, andere zu entdecken, die ich tief in mir vergraben hatte. Außerdem weckten sie den Wunsch in mir, mutig zu sein und die Schrecken meiner Vergangenheit hinter mir zu lassen.

Die Götter hatten mich zwar zu ihren eigenen Zwecken wiederbelebt, wegen ihnen gehörte dieses Leben jetzt jedoch allein *mir*. In gewisser Hinsicht war mein erstes Leben nämlich nicht meines gewesen, nicht seit dem Moment, in dem sich der Arschlochfreund meiner Mutter in mein Kinderzimmer geschlichen hatte.

Diese vier Götter gehörten zu mir und ich zu ihnen, ganz gleich, was ihre Kollegen davon hielten.

Balders Finger glitten meinen Schenkel hinauf. Die Anspannung in den Muskeln dort schmolz – und ein Blitz des Begehrens zuckte geradewegs zu meiner Mitte. Mir stockte der Atem.

Balder hielt inne und sah mir in die Augen. „Habe ich dir wehgetan?"

„Nein", antwortete ich und meine Wangen wurden heiß. „Ähm. Das Gegenteil."

Er sah kurz verwirrt aus, bevor Verstehen auf seinem Gesicht dämmerte. Es rief das leicht verruchte Lächeln hervor, das ich so sehr liebte. Oh ja, ein wenig Dunkelheit passte wunderbar zu Balders Licht.

„Das würde ich gerne ausnutzen", verkündete er. „Aber ich sollte noch dein anderes Bein untersuchen, nur für den Fall, oder nicht?"

Er griff nach meinem linken Knöchel. Dieses Mal ließ er seine Hand langsam über meine Glieder gleiten und streichelte mich durch meine Jeans hindurch auf eine Weise, die zuvor bei seinen Heilbemühungen nicht notwendig gewesen war. Jede Berührung seiner Fingerspitzen ließ die Flammen in mir höher lodern. Die Sehnsucht, die vorhin in mir aufgewallt war, verknotete sich zu Verlangen.

Balder beugte sich vor, während seine Hand meinen Schenkel liebkoste. Sein natürliches Leuchten wusch mit einem berauschenden Kribbeln über mich hinweg und raubte mir den Atem. Sein Daumen glitt über meinen Innenschenkel und kam der Stelle immer näher, die auf wundervolle, quälende Weise pochte und sich nach seiner Berührung sehnte.

„Du bist komplett geheilt", murmelte er. „Wenn du es nicht eilig hast, zu den anderen zurückzukehren …"

„Scheiß auf sie. Nein, ich habe eine bessere Idee. Fick mich." Ich vergrub meine Finger in seinen weichen Haaren und riss seinen Mund zu meinem.

Balders Kuss war so hell wie der Rest von ihm, wie ein Sonnenstrahl, der durch meine Nerven raste. Er begegnete meinem Begehren mit ebenso großer Leidenschaft. Seine Zunge teilte meine Lippen und glitt an ihnen vorbei, um meine zu necken. Er rutschte von dem Sessel und stützte seine Knie auf die Sofakante.

Seine Hand wanderte meinen Körper hinauf, ließ jedoch die Stelle aus, wo ich sie mir am meisten wünschte. Es war allerdings schwer, das zu bedauern, da seine Finger meinen Busen einen Augenblick später streiften. Ich wölbte mich wimmernd seiner Berührung entgegen. Ein Schimmern floss über meine Haut, gefolgt von einem Flackern kühlerer Dunkelheit, die über meinen Nippel leckte. Ich biss ihm beinahe in die Lippe in dem Versuch, mir ein Stöhnen zu verkneifen. Wenn wir zu laut wurden und die anderen Götter ihre Konferenz verließen, könnte uns jemand hören.

Andererseits warum sollte es mich interessieren, was sie dachten? Drei von ihnen konnten sich uns anschließen, wenn sie das wollten. Die anderen würden uns ohnehin verurteilen, ganz gleich, was ich tat.

Ich wollte Balders Strahlen in mich aufnehmen und von innen heraus von einem Licht erhellt werden, das so kräftig war, dass mir niemand jemals nahe genug kommen konnte, um mich zu verletzen – weder Surt oder bissige Bemerkungen noch irgendetwas anderes.

Der Gott des Lichts schob mein Oberteil hoch, sodass er ungehindert meine Haut liebkosen konnte, und ich hob die Arme, damit er es mir ausziehen konnte. Anschließend zog er sein eigenes Shirt aus.

„Ich will dich spüren", raunte er. „Alles von dir, an mir."

Mein Herz setzte einen Schlag aus. Balder sagte nur selten, was *er* wollte, da er stets so damit beschäftigt war, für Harmonie unter uns anderen zu sorgen. Wenn er etwas von mir erbat, würde ich alles in meiner Macht Stehende tun, um es ihm zu geben. Ich rechnete damit, dass ich seine Bitte genauso sehr genießen würde wie er.

Er kniete sich über mich auf das Sofa. Mein Herz stockte erneut, dieses Mal jedoch, weil mich Angst durchfuhr. Doch ich konzentrierte mich auf das Licht, die Wärme und die Flecken aus Dunkelheit, die meinen Lippen mit ihrem schwindelerregenden Kontrast ein Keuchen entlockten. Das hier war Balder, der freundlichste sanfteste Mann – das freundlichste sanfteste *Wesen* –, dem ich jemals begegnet war. Wenn ich Loki vertrauen konnte, war es ein Leichtes, dem hellen Gott zu trauen. Keine einzige Faser meines Wesens zweifelte daran, dass er eher sein Leben opfern würde, als mir zu schaden.

Balder senkte den Kopf auf meinen Busen. Ich atmete scharf ein, als er seinen Mund feucht über die Spitze gleiten ließ und sich Hitze und Kälte in seiner wirbelnden Zunge verbanden. Seine Hand sank zum Bund meiner Jeans, woraufhin ich mich ihm entgegenwölbte und ihm anbot. Mit einem behutsamen Ruck öffnete er den Reißverschluss.

Als er sich vorbeugte, um erneut meine Lippen zu erobern, machte ich mich an seiner Hose zu schaffen. Einen Augenblick später begrapschten wir uns gegenseitig und strampelten unsere Hosen und Unterwäsche beiseite. Mein Körper zitterte überall vor Verlangen, wo mich seine Fingerspitzen berührten. Allerdings hatte ich nicht vergessen, was er darüber gesagt hatte, dass er mich an sich spüren wollte.

Ich schlang einen Arm um seinen Rücken, legte den anderen über seine Schultern und zog ihn zu mir. Balder ließ das mit einem leisen Stöhnen zu. Er küsste mich stürmischer, als sich unsere Körper aneinanderschmiegten, unsere Beine miteinander verschränkten und sein Herz durch seine Brust hindurch an meinem schlug.

Ich wurde von ihm umschlungen. Ich wurde umarmt. Jede Bewegung seines Mundes verriet mir, dass ich geliebt wurde.

Die feste Härte an meiner Hüfte bestätigte, dass er definitiv an mehr als nur Kuscheln interessiert war. Ich wand mich, um seine Härte an meine Mitte zu führen, und verkniff mir ein Stöhnen. Balder rieb mit der Nase über meine Wange und knabberte meinen Kiefer entlang.

„Was willst du jetzt?", fragte ich mit belegter Stimme.

Mit der Zunge schnalzte er gegen meine Halsbeuge und löste damit noch ein lustvolles Erschaudern aus. „Ich will in dir sein, dich auf jede mögliche Weise spüren und Liebe mit dir machen wie eine verdammte Symphonie."

Einen Kraftausdruck von seinen Lippen zu hören, erregte mich wahnsinnig. Ich klammerte mich an seine Schulter und meine Hüften begannen bereits, aufmunternd zu schaukeln. „Ich bin bereit, wenn du es bist."

Er gluckste leise und schob seine Hand unter meinen Hintern, um den richtigen Winkel zu finden. Ein leiser Schrei löste sich aus meiner Kehle, als seine Härte in mich glitt. Er füllte mich mit Hitze, es war jedoch nicht das Gleiche wie Lokis Feuer oder Thors knisternde Blitze. Balders Hitze war ein stetes intensives Leuchten, das durch alle Nerven strahlte und sie beruhigt und vor Wonne bebend zurückließ.

Er veränderte seine Position erneut und streichelte meine Haare mit der Hand, die er neben meinem Kopf abgestützt hatte, um einen Teil seines Gewichts zu tragen. Sein nächster Kuss war so süß wie geschmolzenes Karamell. Er zog sich leicht zurück, ehe er immer tiefer in mich drang.

In meinen Brüsten setzte ein leichtes Pulsieren im Takt mit Balders rhythmischen Stößen ein – ein Prasseln heller Wärme und ein Hauch kühler Schatten, die meine Nippel mit einer Melodie aus Verlangen umspielten. Ich keuchte und bog mich der Empfindung entgegen. Das Lied, das er auf meinem Körper spielte, und die glatte heiße Haut seiner Brust sorgten dafür, dass mir schwindlig vor Wonne wurde.

Als er sein Tempo beschleunigte, glitt das Pulsieren über meinen Bauch, floss weiter und verdichtete sich, bis es meinen Kitzler erreichte. Es summte immer wieder und immer schneller im Einklang mit seinen Bewegungen über diese empfindsame Perle. Jedes Flattern von Wärme und Kälte entzündete Funken in meiner Mitte, die sich immer heller in meinem restlichen Körper ausbreiteten.

„Gefällt dir das?", fragte Balder beinahe schüchtern.

„Oh Gott, ja", antwortete ich und dann war ich verloren. Verloren in dem pulsierenden Leuchten an meinem Kitzler, der Süße seines Mundes und der leuchtenden Kraft jedes Stoßes in mir.

Licht begann, am Rand meines Sichtfeldes zu glitzern. Es wirbelte um mich herum und umgab mich mit Lust. Wonne flutete jeden Zentimeter meines Körpers und Balder war überall. Daraufhin ließ ich auch das letzte Zögern in mir ziehen. Ich ließ einfach los und erlaubte der Ekstase des Moments, mich dorthin zu tragen, wohin sie und Balder mich bringen wollten.

Mein Orgasmus rauschte wie eine Sonneneruption durch mich hindurch. Ich neigte den Kopf nach hinten und schluchzte vor Wonne. Einige Sekunden lang verlor ich den Überblick über meine Glieder, wusste nicht mehr, wo meine Haut anfing und endete, und vergaß alles außer dieser Wonne und dem erstickten Atemzug, als sich mir mein Liebhaber anschloss.

KAPITEL SIEBEN

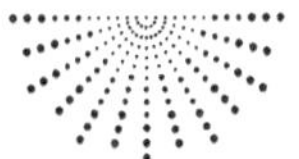

Aria

Ich döste eine Weile an Balder gekuschelt auf dem Sofa. Es bot uns beiden allerdings nicht besonders viel Platz, weshalb er fort war, als ich Stunden später aufwachte. Anscheinend hatte ich tiefer geschlafen, als ich gedacht hatte. Balder hatte eine Decke um mich gewickelt und mit seiner sonnigen Wärme getränkt. Ich kuschelte mich einige Minuten lang tiefer hinein, bevor ich mich dazu überwinden konnte, rauszugehen und in Erfahrung zu bringen, was das Gespräch der Götter ergeben hatte.

Als ich den Flur betrat, drangen Stimmen aus dem Esszimmer. Es klang, als wäre die Konferenz noch in vollem Gange. Vielleicht hatte ich doch nicht so lange geschlafen, wie ich gedacht hatte.

Mein Magen knurrte und verkündete, dass ich zumindest so lange geschlafen hatte, dass ich eine Mahlzeit verpasst hatte. Ich schlenderte in die Küche auf der Rückseite des

Hauses, um die Lebensmittel zu inspizieren, die jemand besorgt hatte, während Freya und ich in den verschneiten Bergen unterwegs gewesen waren. Das hatten sie hauptsächlich für mich getan, da die Götter Essen nicht so dringend brauchten wie ich, auch wenn es Thor genoss, seinen gewaltigen Appetit zu befriedigen.

Das Bauernhaus hatte keinen Strom, weshalb nur haltbare Dinge im Angebot waren, die nicht gekocht werden mussten. Ich rümpfte die Nase, als ich die Tüten durchwühlte. Ich wollte gerade eine Packung Sour-Cream-and-Onion-Chips öffnen – nicht die gesündeste Mahlzeit, die ich jemals gegessen hatte, allerdings auch nicht die schlechteste, um ehrlich zu sein –, als mir eine Gestalt ins Auge fiel, die am Küchenfenster vorbeiging.

Es war Odins breitkrempiger Hut, der etwas weniger breit war, nachdem ihn Surts feurige Magie erwischt hatte. Und er befand sich dort, wo er für gewöhnlich war, auf Odins Kopf.

Der Göttervater marschierte an dem Fenster vorbei in den Hof, wobei er seinen Speer wie einen Gehstock in der Hand hielt und sein Mantel hinter ihm her wehte. Er machte nicht den Eindruck, als wollte er so schnell stehen bleiben.

Ich reckte den Hals zum Fenster, konnte jedoch keinen anderen bei ihm sehen. Warum zog er allein los, während die anderen noch in ein Gespräch vertieft waren?

Es gab eine Menge Erklärungen für sein Verhalten, doch etwas an seinem schweigenden Abgang jagte ein Kribbeln über mein Rückgrat. Ich ließ die Chipstüte fallen und ging zur Hintertür.

Die Angeln quietschten, als ich sie öffnete. Odin hatte bereits den kaputten Maschendrahtzaun erreicht, der den Hof umgab. Er schwang ein Bein über das verbogene Metall und ich schoss die hintere Treppe hinab.

„Hey!", rief ich. „Wohin gehst du?"

Odin hielt inne und betrachtete mich über seine Schulter. Kurz glaubte ich, er würde entscheiden, dass ich eine Antwort nicht wert war. Sein einziges Auge war so unergründlich wie eh und je und die unebene Narbe, wo das andere gewesen war, verriet mir noch weniger.

Ich streckte meine Flügel aus, zum einen, weil ich glaubte, ich würde sie möglicherweise brauchen, und zum anderen als eine Art Drohung – wenn er einfach weiterging, würde ich ihm folgen. Der Göttervater musterte mich noch einen Moment, bevor er sich zu mir umdrehte. Ich faltete meine Flügel eng an meinen Rücken, als ich über das fleckige Gras des Hofs eilte, zog sie jedoch nicht ein. Wenn ich eines gelernt hatte, seit wir Odin gerettet hatten, dann, dass ich dem König der Götter nicht trauen konnte, auch wenn er vor kurzem Wiedergutmachung geleistet hatte.

Eine Wolke hatte sich vor die Sommersonne geschoben und das grelle Licht gedämpft, doch die schwüle Luft klebte an meiner Haut. Wenigstens trugen mich meine Beine dank Balders Zuwendung ohne das geringste Stechen, als ich zu ihm hastete. Die Extraportion Schlaf hatte vermutlich ebenfalls geholfen.

Ich blieb einige Schritte entfernt von Odin stehen und verschränkte die Arme vor der Brust. „Wohin gehst du?", wiederholte ich.

„Ich möchte einen Spaziergang machen in der Hoffnung, dadurch eine Vision zu erhalten", erklärte der Göttervater ruhig.

Klar, das klang nach einer typischen Odin-Vorgehensweise. Außerdem war es eine Antwort, der es wie üblich an Einzelheiten mangelte. „Wie lange?", fragte ich.

„Bis mich die Vision findet, die ich brauche."

Mein Rücken kribbelte erneut. Hatten ihn die Götter das letzte Mal, als er auf Wanderschaft gegangen war, nicht *jahrzehntelang* verloren?

„Du gehst", sagte ich. „Du verlässt uns. Hast du den anderen überhaupt gesagt, dass du gehst? Du siehst aus, als würdest du dich davonschleichen."

Odins Miene blieb reglos. „Sie wissen, wie ich agiere. Wenn ich nach Antworten suche, ist es am besten, wenn ich nicht von den Sorgen der restlichen Welt abgelenkt werde."

Die leichte Schärfe in seinem Ton deutete an, dass er die Ablenkung, die ich hier veranstaltete, auch nicht zu schätzen wusste. Nun, er konnte mich mal kreuzweise. Dass er sich ohne ein Wort ins Ungewisse davonschlich, war möglicherweise die Vorgehensweise, an die seine Frau, Söhne und Freunde gewöhnt waren. Es war jedoch an der Zeit, dass *jemand* ein Machtwort sprach. In den letzten Wochen war zudem sehr deutlich geworden, dass Odin viel zu lange mit schrecklich viel Schwachsinn davongekommen war.

„Was nutzt uns eine Vision, wenn du nicht hier bist, während wir alle Götter zusammentrommeln, um es mit Surt aufzunehmen?", wollte ich wissen. „Du wirst *hier* gebraucht."

Er blinzelte langsam. „Es gab eine Zeit, in der es den Anschein machte, als würdest du meine Führung nicht wertschätzen."

Ich schüttelte den Kopf. „Nein, mit diesem Argument kommst du nicht durch. Nur weil ich nicht möchte, dass du *alles* bestimmst, ohne auf die Meinung anderer zu hören, heißt das nicht, dass ich es in Ordnung finde, wenn du uns einfach im Stich lässt und es uns überlässt, deine Kämpfe für dich auszufechten. Du kannst mit diesem Speer umgehen und ihn nicht nur als Gehstock benutzen."

„Visionen zu suchen, ist der beste Vorteil, den ich zu den Kämpfen beisteuern kann", wandte Odin ein. „Sie bieten uns Einblicke, die über die neun Reiche hinausgehen. Sie führen uns möglicherweise zu den Göttern, die wir brauchen, um das Blatt zu unseren Gunsten zu wenden. Vielleicht zeigen sie uns auch eine andere Vorgehensweise, die wir andernfalls womöglich nicht in Erwägung gezogen hätten."

Waren es nicht diese grottenschlechten Visionen, die ihn davon überzeugt hatten, es wäre eine gute Idee, Loki als Schurken darzustellen und das Ende der Welt schneller herbeizuführen? Vielleicht war es besser, wenn wir die Vorgehensweisen, die die Visionen vorschlugen, nicht in Erwägung zogen.

Ich bezweifelte allerdings, dass es Odin so sehen würde. Er hatte sich zwar für einige seiner vergangenen Taten entschuldigt, jedoch keinerlei Reue für sein Handeln während Ragnarök gezeigt. Ich vermutete, dass man sich einer Sache mit Haut und Haaren verschrieb, wenn man sich erst einmal dazu entschlossen hatte, sein eigenes Zuhause und alle darin zu zerstören.

„Bist du dir sicher, dass dies das Beste ist, was du tun kannst?", fragte ich stattdessen. „Oder ist das nur der Vorteil, den du uns verschaffen kannst, der dir zugleich erlaubt, nicht in der Nähe zu sein, wenn alles in Flammen aufgeht? Was bringt dich auf den Gedanken, dass du schnell genug eine Vision haben wirst, um uns zu helfen? Surt könnte seine Invasion in fünf Minuten beginnen."

„Der Riese hat vor seinem ersten Angriff Jahrhunderte gewartet", entgegnete Odin ruhig. „Ich rechne damit, dass er sich mit seinen nächsten Schritten Zeit lassen wird."

„Das *weißt* du nicht."

Odin klopfte mit dem Ende seines Speers auf den Boden. „Im Vergleich zu unserem Leben warst du nur einen Herzschlag lang Teil dieser Welt, Walküre. Ich kann selbst beurteilen, was richtig ist. Und ich werde keine Visionen finden, indem ich hier stehe und die Angelegenheit mit dir bespreche."

Mit wirbelndem Mantel drehte er sich wieder zum Zaun

um. Er trat über den eingefallenen Bereich und marschierte davon, wobei seine Schritte noch flotter waren als zuvor.

Ich schwankte und wollte ihm hinterherfliegen, war mir allerdings nicht sicher, ob mir das etwas nutzen würde. Wenn er frustriert genug war, würde er mich dann mit seinem Speer aufspießen? Das würde ich ihm durchaus zutrauen.

Seiner, Skadis und anscheinend auch Njörds Meinung nach bedeutete ‚Walküre‘ nicht besonders viel. Einige der anderen Götter wären zwar aufgebracht über meinen Tod, das hieß allerdings nicht, dass das Odin aufhalten würde. Ihm schienen die Gefühle der anderen egal gewesen zu sein, als er Loki dazu gebracht hatte, Hödur so anzuleiten, dass er Balder tötete.

Eine kleine dunkle Gestalt flog neben mich. Munin verwandelte sich beim Landen von einem Raben in eine Frau. Es gelang mir, nicht zusammenzuzucken. Ich war mir nicht sicher gewesen, ob sie geblieben war, nachdem sie uns zu Skadi geführt hatte. Anscheinend hatte sie sich in ihrer Vogelgestalt vor dem Haus aufgehalten.

Sie hatte offensichtlich mein Gespräch mit dem Göttervater mitangehört. Nun sah sie Odins schnell kleiner werdendem Rücken hinterher und blickte anschließend zu mir.

„Er weiß, welche Pfade er beschreiten muss“, erklärte sie.

Ich starrte sie an. „Es ist okay für dich, was er tut? Solltest du nicht aufgebrachter als alle anderen sein, dass er uns sitzen lässt?“

Sie zuckte mit den Achseln. „Ich mochte es nicht, dass er mich herumkommandiert und einfach erwartet hat, dass ich nach seiner Pfeife tanze. Ich hatte kein Problem damit, dass er entscheidet, was er mit seiner Zeit anfängt. Warum sollte er nicht tun, was er will?“

„Weil seine Visionen ein Haufen Mist sind und die echte Planung hier stattfindet?“ Ich deutete zum Haus.

„Er hat vieles gesehen", entgegnete Munin. „Manches war aufschlussreicher, als du dir vorstellen kannst. Er wird mit wertvollem Wissen zurückkehren – das hat er immer getan."

Es war schwer, wütend zu bleiben, wenn die Frau, die in der Vergangenheit so sauer auf Odin war, seinen Abgang so gelassen hinnahm. „Also stehen wir einfach herum und warten auf ihn?", erkundigte ich mich.

Sie durchbohrte mich mit ihrem Blick. „Ich glaube, der Rest von euch ist zu mehr fähig. Warum bist du hier draußen, anstatt dort drinnen beim Schmieden dieser Pläne zu helfen?"

„Nun, ich … Er …" Ich gab meinen Protest mit einem frustrierten Stottern auf. Sie lag nicht ganz falsch. „Wirst *du* reinkommen und dich dem Gespräch anschließen?"

Sie erschauderte in ihrem locker sitzenden Kleid. „Zu viele nervenaufreibende Erinnerungen, die in einen Raum gepfercht sind", erwiderte sie. „Ich werde mich dem Gefecht anschließen, wenn ich gebraucht werde."

Sie sprang wieder in die Luft und verwandelte sich innerhalb eines Wimpernschlags in einen Raben. Einige Flügelschläge trugen sie zum Schornstein des Hauses, wo sie sich niederließ.

Na schön. Ich vermutete, dass ich reingehen und nachschauen sollte, ob die Götter eine Möglichkeit gefunden hatten, wie *ich* von Nutzen sein konnte. Sie besprachen anscheinend etwas wirklich Interessantes, wenn sie Odins Verschwinden noch immer nicht bemerkt hatten.

Thors tiefe Stimme schallte durch den Flur, als ich mich dem Raum näherte. „Wir sollten uns nicht länger als einen Tag trennen. Wir wissen bereits, dass wir Schwierigkeiten haben, es als kleine Gruppe mit Surt aufzunehmen."

„Deshalb ist es umso wichtiger, dass wir so viel Zeit wie möglich auf die Suche nach unseren Kameraden verwenden, oder nicht?", entgegnete Freyr. „Wie viel kann der Riese in wenigen Tagen zerstören? Midgard ist ein großes Reich."

Ich wurde automatisch wütend. Dem Donnergott gefiel diese Antwort offensichtlich genauso wenig. Sein normalerweise rötliches Gesicht lief dunkelrot an, als ich den Kopf in den Raum streckte.

„Und die Einwohner dieses Reichs sind davon abhängig, dass wir sie vor derartigen Gefahren schützen. Es gibt zwar tausende Städte, das bedeutet allerdings nicht, dass es in Ordnung ist, wenn der Riese zehn von ihnen dem Erdboden gleichmacht."

„Bruder", sprach Balder dort, wo er sich ihnen wieder am Tisch angeschlossen hatte. „Freyr. Ich bin mir sicher, wir können einen Kompromiss finden, mit dem wir all unsere Ziele erreichen."

„Oder wir könnten einfach all das Gerede beenden", warf Skadi ein, wobei ihre Stimme vor allen Dingen erschöpft klang.

Freya rieb sich über die Stirn, als hätte sie Kopfschmerzen. Loki war vom Tisch zurückgetreten und lehnte mit verschränkten Armen und schmalen Augen an der Wand. Ich konnte die Emotionen der Götter zwar nicht besonders deutlich wahrnehmen, brauchte jedoch keine spezielle Empfindsamkeit, um die Stimmung im Raum zu bemerken. Alle sorgten sich und die Ungewissheit machte sie mürbe.

Die Götter hatten Asgard noch nie zuvor richtig verloren, oder? Selbst nach Ragnarök waren sie einfach wieder in ihrem Zuhause wiedergeboren worden. Sie befanden sich genauso sehr auf unbekanntem Terrain wie ich. Und anders als ich waren sie es nicht gewohnt, sich mit Situationen auseinanderzusetzen, die sie nicht ohne Weiteres bewältigen konnten.

Mein Magen knurrte erneut. Loki schaute mit

hochgezogener Augenbraue zu mir, doch ich fragte mich, ob die Signale meines Körpers möglicherweise ein Hinweis darauf waren, was alle anderen hier brauchten.

„Vielleicht sollten wir alle etwas zu Abend essen, bevor wir weiterreden oder auf Reisen gehen", schlug ich vor, wobei ich so laut sprach, dass mich alle im Raum hörten. „Ich weiß, ihr *braucht* keine drei Mahlzeiten am Tag, aber wir haben seit gestern Morgen kaum etwas gegessen – es kann jedenfalls nicht schaden, oder?"

Loki stieß sich von der Wand ab und klatschte in die Hände. Ich war mir nicht sicher, ob er Essen tatsächlich für eine gute Idee hielt oder ob er einfach nur froh um eine Ausrede war, das Gespräch zu beenden. „Exzellenter Gedanke, Fee." Er gab Thor ein Zeichen. „Komm, Donnergott. Ich weiß, wo wir anständiges Essen finden können. Wenn du genug willst, um deinen Magen zu füllen, solltest du es allerdings selbst tragen."

Thor lachte schallend, folgte ihm jedoch. Balder lächelte mich strahlend an.

„Wir könnten ein Lagerfeuer im Garten machen", sagte er. „Skadi, wenn mich meine Erinnerung nicht trügt, kannst du von uns allen am besten einen Spieß über dem Feuer bauen."

Die unnahbare Göttin schien einem Kompliment ihrer Fähigkeiten nicht widerstehen zu können. Kurz darauf stapften wir alle in den Hof. Skadi schickte Freya und Freyr mit strengen Anweisungen zum Holzsammeln in den nahegelegenen Wald und machte sich an die Arbeit, eine Grillplatte zu erstellen. Als Loki und Thor mit mehreren gerupften Hähnchen, frischen Maiskolben und Äpfeln von einem Bauernmarkt zurückkehrten, tanzten die Flammen in der zunehmenden Dunkelheit.

Hödur stellte sich neben mich, als der Geruch des Brathähnchens die Luft durchzog. „Besser?", fragte er leise.

„Ja", antwortete ich. In mehr als einer Hinsicht. Balders zweite Heilung hatte die letzten Schmerzen aus meinem Körper vertrieben und unsere anschließende Begegnung hatte einen Teil der Schmerzen in meinem Herzen gelindert. Ganz gleich, was die neuen Götter von mir dachten, meine vier betrachteten mich als ihnen ebenbürtig.

Ich streckte die Hand aus und ergriff Hödurs. Er verschränkte seine Finger mit meinen und ein Lächeln bog seine Lippen nach oben. Dann sah sich Njörd um.

„Wohin ist Odin verschwunden?", fragte der ältere Gott.

Mein Rücken spannte sich an. Der schlimmste Teil daran, dass ich seinen Abgang beobachtet hatte, war, dass ich die Nachricht jetzt überbringen musste.

„Er ist gegangen", verkündete ich. „Ich habe ihn gehen sehen. Er sagte, er würde nach einer Vision suchen, die uns Ideen dafür liefert, was wir tun sollen."

Ich wappnete mich für erhitzte Gemüter, doch nichts dergleichen geschah. Hödurs Hand spannte sich um meine an und Loki verdrehte die Augen. Njörd gluckste bloß und sagte: „Nun, das ist die Art des Göttervaters, nicht wahr?" Daraufhin widmeten sie sich wieder der Diskussion, ob das erste Hähnchen schon durchgebraten war, als wäre die Abwesenheit des Göttervaters wirklich keine große Sache. Nun, sie waren Odins Ausflüge mehr gewohnt als ich. Wer war ich, anzumerken, dass dies nicht der beste Zeitpunkt für eine seiner Wanderungen war?

Die Anspannung, die ich im Esszimmer gespürt hatte, verflog, als sich die Götter über ihre Mahlzeit hermachten. Ich musste zugeben, dass das geröstete Hähnchenbein, das ich verschlang, das Beste war, was ich jemals geschmeckt hatte.

Als ich das Fett von meinen Fingern leckte und mich fragte, ob ich noch Platz für einen Maiskolben hatte, schnellte Lokis Kopf auf der anderen Seite des Feuers in die Höhe.

„Ruhe!“, blaffte er.

Wir erstarrten alle und die Stimmen der anderen Götter verstummten. Der Trickster schloss die Augen und atmete langsam durch seinen Mund ein. Seine Schultern hatten sich versteift.

„Was ist los, Verschlagener?“, fragte Skadi nach einem Augenblick, wobei sie skeptisch und nervös zugleich klang.

Lokis Augen öffneten sich. Sein bernsteinfarbener Blick leuchtete im Feuerschein. Sein Mund verzog sich kurz, bevor er verkündete: „Ich kann sein Feuer schmecken. Surt ist in Midgard angekommen.“

KAPITEL ACHT

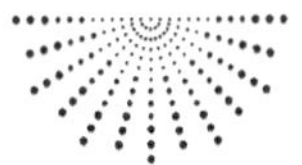

Aria

Nach Lokis Ankündigung standen wir alle kurz wie angewurzelt in schockiertem Schweigen da. Dann platzte Freya heraus: „Wo?“

Der Trickster drehte den Kopf nach rechts, öffnete erneut den Mund und saugte die Luft tief ein. Ich konnte nichts außer den Hähnchensäften schmecken, die auf meiner Zunge sauer wurden, und nichts außer dem schwachen Rauch unseres Feuers riechen, hatte meine geschärften Sinne allerdings von Loki erhalten. Seine waren noch schärfer als meine und er war durch seine Riesenvorfahren und seine feurigen Talente mit Surt verbunden.

„Osten“, antwortete er. „Ich kann den Standort einengen, wenn wir näher kommen.“

„Sind wir bereit, ihn herauszufordern?“, fragte Njörd.

Er wollte nicht ernsthaft vorschlagen, dass wir hierblieben und das restliche Abendessen genossen, während

Surt an einem anderen Ort ganze Gemeinden vernichtete, oder?

Hödur drückte meine Hand. „Das sollten wir besser sein", meinte er. „Dieses Mal haben wir den Vorteil, dass wir auf einen Kampf vorbereitet sind."

Thor hatte bereits seinen Hammer in der Hand. „Dieser Riese wird es bereuen, jemals einen Fuß in dieses oder unser Reich gesetzt zu haben", knurrte er.

Freya streckte ihre Hände aus. Die Grimmigkeit ihres Kriegsgöttinnen-Wesens zeichnete sich auf ihrem hübschen Gesicht ab. „Wir können uns nicht einfach in den Kampf stürzen. Wenn wir ihn besiegen oder wenigstens zurückdrängen wollen, brauchen wir eine Strategie und Kraft. Holt alle Waffen, die ihr mitgebracht habt, und Loki wird uns zu ihm führen. Wir werden uns zurückfallen lassen und die Gegend auskundschaften, bevor wir unsere Verteidigungsstrategie planen."

Ob es daran lag, dass sie als Odins Frau genug Autorität hatte, oder weil sie eine Kriegerin war, wusste ich nicht, doch die neuen Götter nickten bei ihren Worten. Sie eilten zusammen mit Freya ins Haus, wo sie ihre Habseligkeiten abgelegt hatten. Loki hatte sein Schwert nicht von seinem Gürtel gelöst, seit wir Asgard verlassen hatten, und die Zwillinge kämpften mit Magie anstelle von Waffen.

Meine Hand sank zu meiner Jeanstasche, wo ich das Klappmesser aufbewahrte, das mir mein älterer Bruder ein paar Jahre vor seinem Tod geschenkt hatte. Es hatte mir in meinem ersten Leben das ein oder andere Mal aus der Klemme geholfen und ich fühlte mich sicherer, wenn ich es dabeihatte. Allerdings würde es mir im Kampf gegen einen Riesen nicht viel nutzen.

„Ich habe noch immer keine richtige Waffe", stellte ich fest.

„Zerbrich dir darüber nicht den Kopf, Fee", erwiderte

Loki, dessen Stimme trotz seines lässigen Tons noch immer angespannt klang. „Angesichts des Grolls, den Surt anscheinend auf dich hegt, vermute ich, dass du besser dran bist, wenn du nicht versuchst, dich in ein Handgemenge zu stürzen. Du bewegst dich mit uns, erschaffst die Verbindung und überlässt es uns, den Rohling anzugreifen."

So hatten wir zuvor als Einheit gekämpft. Sogar mit einem Schwert und meinen Walküre-Kräften konnte ich nicht annähernd so fest zuschlagen wie ein Gott. Dennoch hatte ich immer zumindest ein wenig gekämpft, anstatt einfach nur so zu tun, als ob. Mein Magen verknotete sich.

„Ich könnte wenigstens … Denkt ihr, die Draugar haben eine Lebensenergie, die ich ihnen entreißen könnte?" Als Walküre besaß ich die Fähigkeit, Leben mit einer Berührung zu beenden – das war die schattenhafte Macht, die Hödur zu meiner Verwandlung beigetragen hatte – aber ich hatte sie nie an einem Wesen ausprobiert, das eigentlich nicht mehr am Leben war.

Hödur runzelte die Stirn. Er sollte die Antwort besser als jeder andere kennen. „Die Draugar werden von Magie nicht von einer natürlichen Energie angetrieben", erklärte er. „Es gibt kein echtes Leben, das du beanspruchen kannst. Die einzige Möglichkeit, sie aufzuhalten, besteht darin, sie zu zerstören oder denjenigen zu töten, der sie kontrolliert."

Klasse. Nun, wenn ich wenigstens eine größere Waffe als ein Taschenmesser hätte, könnte ich immerhin einige köpfen oder so etwas.

Die anderen Götter eilten schon wieder aus dem Haus – Freya mit ihrem Schwert, Freyr mit seinem eigenen, Skadi mit ihrem goldenen Bogen und einem prallen Köcher voller Pfeile, und Njörd mit einem Dreizack in einer Hand und einer hakenförmigen Klinge, die an seiner Seite baumelte. Mir fiel ein metallisches Funkeln in dem Schuppen neben dem Haus ins Auge. Ich hastete dorthin, nahm das Beil an mich, das die ehemaligen Bauernhofbesitzer zurückgelassen hatten, und rannte zu den anderen zurück. Mit dem Gewicht des Beils in der Hand fühlte ich mich etwas zuversichtlicher.

Loki sauste in den Himmel davon. Seine Flugschuhe konnten ihn mit jedem Schritt meilenweit tragen, wenn er sich nicht zurückhielt. Der Rest von uns konnte sich mit seinem jeweiligen Flugmittel nicht ganz so schnell vorwärtsbewegen. Ich schlug in der abkühlenden Sommerluft mit den Flügeln und war dankbar für das Nickerchen, das ich gehalten hatte. Meine Nerven vibrierten, mein Puls hämmerte erwartungsvoll und mein Verstand war in Habachtstellung.

Ich wusste nicht, ob eine Möglichkeit bestand, diesen Krieg jetzt zu beenden, doch wir konnten wenigstens verhindern, dass Surt weiteren Boden gutmachte. Vielleicht konnten wir ihn so stark verwunden, dass es uns die Rückeroberung Asgards erleichterte.

Wir flogen von der untergehenden Sonne weg in die dunkle Nacht. Innerhalb weniger Minuten hatten wir das letzte Dämmerlicht vollkommen hinter uns gelassen. Die Lichter der menschlichen Zivilisation funkelten unter uns: Autos und Trucks schlängelten sich über gewundene Autobahnen, kleine Städte und gewaltige Metropolen glitzerten im Schein ihres jeweiligen Nachtlebens.

Loki hielt inne und schwenkte einmal nach links, dann noch einmal und dann eine Spur nach rechts, während er sich anhand seiner Wahrnehmung von Surts Magie orientierte. Ich konnte sie noch immer nicht spüren. Schließlich brauchte ich Lokis feurige Neigung nicht mehr, um den Standort des Riesen zu finden, denn Flammen kamen am Horizont in Sicht. Sie schossen aus dem Himmel herab in die Mitte einer ausgedehnten Großstadt. Ein leicht beißender Rauchgeruch kitzelte meine Nase.

Mein Herz machte einen Satz. Lichter brannten in

Wolkenkratzern und kleineren Gebäuden, soweit das Auge reichte. Es mussten Millionen Menschen in dieser Stadt leben. Millionen, die Surt und seine Armee wahrscheinlich in diesem Augenblick, ohne zu zögern, töteten.

Ich schlug stärker mit den Flügeln. Eine frische Anspannung breitete sich in meiner Schultermuskulatur aus, doch in jeder Sekunde, um die wir die Stadt später erreichten, konnten Dutzende weitere Leben ausgelöscht werden. Die Leute, die dort wohnten, waren gewöhnliche menschliche Wesen, die keine Ahnung hatten, dass Götter und Riesen um ihr Zuhause kämpften. Gewöhnliche Männer und Frauen, unschuldige Kinder …

Meine Finger verkrampften sich um den Griff des Beils. Ich würde *Surt* den Kopf abschlagen, wenn ich es konnte. Dann würden wir ja sehen, wie es ihm gefiel, die gleiche Behandlung zu erhalten, die er Tyr hatte angedeihen lassen.

Die flammende Brücke bog sich anscheinend ins Stadtzentrum hinab, mitten zwischen einige der höchsten Gebäude. Obwohl wir über die Vororte sausten, konnten wir nicht erkennen, was am Boden los war. Das Zischen der Flammen erreichte meine Ohren als Erstes. Dann ein fernes Knallen wie eine Reihe scharfer Explosionen.

Wir schossen zwischen die Wolkenkratzer. Freya schnellte an die Spitze und streckte ihre Hand aus, damit wir langsamer wurden. Sie hatte gesagt, dass wir zuerst die Lage sondieren mussten. Ich vermutete, das ergab Sinn, selbst wenn sich jede Faser in meinem Körper danach sehnte, hinabzutauchen und jeden Draugr oder Riesen zu zerstückeln.

Auf eine Geste der Göttin hin glitten wir hinab zur Kante eines der niedrigeren Dächer und liefen dieses schweigend entlang zu dem Ende, das den Fuß von Surts Brücke überblickte. Wir mussten uns keine Gedanken darüber machen, dass uns die Einheimischen bemerkten, denn unsere natürliche Magie sorgte dafür, dass wir unsichtbar für Menschen waren, außer wir entschieden uns bewusst, uns ihnen zu offenbaren. Ein Blick verriet mir jedoch, dass sie ohnehin nicht auf uns geachtet hätten.

Der Flammenbogen berührte den Boden mitten auf einer breiten Straße. Ein Auto, das das Pech gehabt hatte, genau im falschen Moment an dieser Stelle vorbeizufahren, war nun ein Klumpen geschmolzenen Metalls. Der Asphalt blubberte und schimmerte flüssig.

Draugar torkelten über die Straße, zerhackten die anderen Autos, die in merkwürdigen Winkeln angehalten hatten, und schlugen die Türen von Läden und Restaurants ein, die die Straße säumten. Blutende Körper übersäten die Gehwege. Kreischen und Keuchen drangen an unsere Ohren, als weitere Einheimische über die Seitenstraßen flohen. Feuer kroch an den Fassaden mehrerer Gebäude hoch, welche die Draugar bereits demoliert hatten.

Surt stand mittendrin auf einem verlassenen SUV, schwang sein Schwert und ließ Flammen von seiner polierten Oberfläche springen. „Ihr seht, was ich tun kann", brüllte er. „Gehorcht mir! Bringt eure Anführer zu mir, andernfalls werde ich diese Stadt dem Erdboden gleichmachen."

„Was will er von ihren Anführern?", fragte ich und erzitterte. Ich glaubte nicht, dass es irgendein Bürgermeister eilig hatte, sich diesem Schwert auszuliefern.

„Es wäre nicht besonders effizient, wenn Surt ganz Midgard eine Stadt nach der anderen erobern würde", erklärte Loki, dessen Stimme so scharf war, wie sie sarkastisch klang. „Er denkt vermutlich, dass er die Kontrolle über das gesamte Land verhandeln kann."

Oh. Das könnte er möglicherweise schaffen. Jeder Mensch, der sich das Ende dieses Gemetzels noch nicht herbeisehnte, würde es bald tun. Diese Leute wussten nicht, wie man ein Monster wie ihn abwehren konnte.

Wir allerdings schon.

„Heute Nacht wird es keine Verhandlung geben", grollte Thor und schwang seinen Hammer. „Schnappen wir ihn uns. Wenn wir ihn jetzt und schnell angreifen, können wir womöglich einen tödlichen Schlag anbringen, bevor er unsere Ankunft bemerkt hat."

Das klang für mich nach einem prima Plan. Freya zögerte und nickte. „Ihr vier und die Walküre nutzt eure spezielle Verbindung. Der Rest von uns wird zur anderen Seite gehen, damit wir ihn umzingeln können. Wartet, bis ihr meinen Mantel aufblitzen seht."

Die anderen drei Götter folgten ihr, als sie über das Dach huschte und auf der anderen Seite verschwand. Thor legte seine muskulösen Arme auf die Brüstung der Dachkante und beobachtete die Szene unter uns mit grimmigem Gesicht.

„Loki, da du dein Feuer nicht direkt gegen Surt einsetzen kannst, solltest du vielleicht deinen Platz in unserer üblichen Formation mit Balder wechseln", sagte er. „Und Ari … Du kannst hinter uns allen bleiben anstatt in der Mitte. Das wird es Surt erschweren, dich erneut aufs Korn zu nehmen, sollte er es versuchen."

Ich würde meine Götter nicht als Schild benutzen. „Ich komme schon klar", versicherte ich ihnen. „Dieses Mal werde ich noch wachsamer sein."

Hödur drehte den Kopf mit gequälter Miene zu mir und ich erkannte, dass ich diesen Streit nicht führen wollte. Ich wollte nicht, dass sie sich um mich Sorgen machten, weil ich darauf bestanden hatte, näher an der Kampffront zu sein, als ich sein musste. Das würde sie nur von dem ablenken, was wichtig war – Surt zu Brei zu schlagen.

„Aber ich werde auch am Ende der Formation klarkommen", lenkte ich ein. „Ihr konzentriert euch auf Surt und ich gebe euch Rückendeckung, falls die Draugar frech werden."

Loki schnaubte und zerzauste mir zugleich liebevoll die Haare. „Es wird ihnen leidtun, dass sie dir jemals begegnet sind, Fee."

„Macht euch bereit", sagte Thor. „Wir müssen loslegen, sobald wir Freyas Signal sehen."

Wir versammelten uns um ihn herum an der Dachkante. Ich gab mein Bestes, das Blutbad auf der Straße zu ignorieren, und suchte die Schatten des Gebäudes gegenüber von uns ab. Es handelte sich um eine Bankfiliale mit verspiegelten Fenstern.

Ich hatte gerade goldene Federn aufblitzen sehen, als Loki, der sie anscheinend den Bruchteil einer Sekunde vor mir entdeckt hatte, rief: „Auf geht's!"

Wir bewegten uns mittlerweile so gut im Einklang, dass wir keine weiteren Anweisungen brauchten. Die Götter sprangen über die Brüstung und fanden sofort ihre Formation, während sie zu Surt hinabschossen. Ich ließ mich mit einem Flügelschlag hinter sie zurückfallen. Anschließend spannte ich meine Beine an, hob mein Beil und unsere Herzen schlugen alle im Gleichklang, als die Götter ihren Angriff starteten.

Sobald wir den Schutz des Gebäudes verließen, verloren wir leider das Überraschungsmoment. Surts Kopf fuhr bei der Bewegung über sich herum oder vielleicht wegen des Geräuschs von Mjölnir, der auf ihn zuflog. Mit knirschenden Zähnen sprang er vom SUV und auf dessen Seite.

Thors Hammer erwischte ihn trotzdem an der Schulter, was ihn ins Taumeln brachte. Dennoch riss er sein Schwert hoch, um den Blitz sengender Dunkelheit abzuwehren, den Hödur und Loki vermutlich gemeinsam produziert hatten. Dann riss er die Klinge durch die Luft und sandte eine brüllende Flammenwelle aus.

Er hatte meine Gegenwart sogar hinter der Gruppe bemerkt. Die Flammen tauchten, sprangen und drehten sich, sodass einige Flammenzungen um die magischen Schilde herumsausten, die die Götter hochzogen. Diese Zungen rasten geradewegs auf mich zu.

Mein Körper zuckte bei der Erinnerung an die gestrigen Schmerzen zusammen. Meine Flügel trugen mich aufwärts, doch die bebenden Strahlen magischen Feuers schnellten mir hinterher. Ich wich zur Seite aus, da packten Hände meine Schultern und rissen mich nach unten.

Ich landete gepolstert von einem Schatten auf der Straße. Hödur stützte sich über mich und Surts Flammen knisterten gegen die dunkle Hülle, die er um uns herum heraufbeschworen hatte. Der Oberkörper des blinden Gottes presste mich auf den Boden und sein Atem wehte krächzend gegen meine Wange. Hätte ich nicht gewusst, dass wir in eine Schlacht zurückkehren mussten, hätte ich es womöglich genossen, ihn so auf mir zu spüren.

„Ich war dabei, auszuweichen", verkündete ich.

„Ari", entgegnete Hödur rau, „ich konnte das Feuer hören. Du wärst beinahe zu Asche verbrannt worden."

Er rappelte sich auf und reichte mir seine Hand, um mir aufzuhelfen. Ich hatte nicht einmal Zeit, mich bei ihm zu bedanken, bevor Thor einen Kriegsschrei ausstieß. Daraufhin stürzten wir uns wieder ins Chaos.

Freyas Gruppe hatte einen Angriff von der anderen Straßenseite aus gestartet und sich infolge von Surts Flammen in alle Richtungen verstreut. Unsere Gruppe griff ihn erneut an, die Götter rückten jedoch dichter zusammen und ihre Bewegungen wirkten eher defensiv als offensiv. Sie versuchten, mich zu schützen.

Schuldgefühle durchbohrten meinen Magen. Ich war diejenige, die ihre Verbindung zueinander vertieft hatte, und jetzt hielt ich sie zurück.

Wir umkreisten Surt in einem Zug und suchten nach

einer Öffnung. Das Knallen von Schüssen hallte durch die Straße. Mein Blick schnellte empor.

Eine Masse menschlicher Soldaten in Kampfanzügen ergoss sich mit erhobenen Gewehren auf die Straße. Die Götter sprangen aus dem Weg, als das Geschwader das Feuer auf Surt eröffnete. Der Riese wirbelte sein Schwert durch die Luft und ließ die Kugeln von einem Feuerrad abprallen. Er lachte und bedeutete seiner Draugar-Armee, weiterzumarschieren.

Einer der Soldaten brüllte. Mit einem gruseligen Heulen sauste eine landgestützte Rakete auf den Riesen zu.

Ich meinte, zu sehen, wie Surt die Augen aufriss. Er sprang zurück, das Projektil war jedoch zu schnell. Es durchbohrte die Seite seines Schenkels und zerfetzte das Fleisch fast bis zum Knochen.

Seine Draugar rissen die Oberkörper mehrerer Soldaten auf, aber die menschliche Armee zerschlug im Gegenzug einige ihrer Schädel. Surt krabbelte um den SUV herum, während Blut über sein Bein strömte. Er schlug sein Schwert gegen die Wunde, um das Fleisch zu schließen, was ein übelkeitserregendes Zischen erzeugte. Er sah aus, als würde er mit den Zähnen knirschen.

„Es ist anscheinend lange Zeit her, seit er mit Menschen zu tun hatte, die noch nicht tot waren", murmelte Loki neben mir. „Ich glaube, unser feuriger Riese hat ihre Widerstandsfähigkeit unterschätzt. Und ihre Waffen." Er deutete zu den anderen drei. „Ich kann die Kugeln mit meinem Feuer abwehren. Wir können ihn fertigmachen, während er sich mit den Panzerfäusten auseinandersetzt."

Doch bevor der Trickster seinen Satz beendet hatte, wuchtete sich Surt auf den Fuß seiner Flammenbrücke. „Ihr werdet alle sterben!", brüllte er. „Götter, Menschen, all ihr erbärmlichen Dinger."

Er rammte sein Schwert in die Brücke. Die Flammen

fluteten die Straße, rollten über die Soldaten in der Nähe und leckten unter die Horde Draugar. Dann zogen sie sich wie ein zurückschnappendes Gummiband in den Himmel gen Asgard zurück, wobei sie Surts Armee und den Riesen mit sich nahmen.

Thor packte meinen Arm mit einer Hand und Hödurs mit der anderen, ehe er uns von der Straße wegzerrte. „Heute Nacht wird er hier keinen Schaden mehr anrichten. Wir sollten uns neuformieren, ehe er es tut."

KAPITEL NEUN

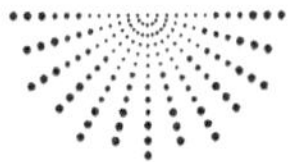

Loki

„Surt war stärker, als ich erwartet hatte", gab Freyr mit einem dramatischen Kopfschütteln zu. Der Gott des Überflusses hatte schon immer viel Wert auf seine eigene Meinung gelegt. „Und die Draugar mit den Waffen, die er ihnen gegeben hat … sie waren ebenfalls eindrucksvoll."

„Die *Menschen* waren diejenigen, die ihn letztendlich zurückgeschlagen haben, nicht wir", wandte Skadi leicht angewidert ein. Ihre Lippen verzogen sich verächtlich.

Wir hatten uns erneut um den Esstisch des Bauernhauses versammelt und waren nach einer Mütze voll Schlaf etwas munterer, jedoch alles andere als ruhig. Ari tigerte an den Wänden des Raums entlang und in ihren Augen schimmerte eine Mischung aus Panik und Wildheit. Ihre Schultern zuckten bei der Bemerkung der Jägerin.

„Die menschlichen Soldaten waren uns um einige hundert überlegen", merkte ich an. „Und ich glaube, wir können einen Teilsieg für uns beanspruchen. Wenn Surt sich nicht gleichzeitig mit uns und den Menschen mit ihren Gewehren hätte stellen müssen, hätte er es womöglich geschafft, sie plattzumachen – und den Rest der Stadt."

„Wir müssen allerdings anfangen, ihn anzugreifen, anstatt uns ständig vor ihm zu verteidigen", protestierte Freya. „Er bestimmt nach wie vor das Schlachtfeld."

„Wenn wir auch nur darauf hoffen wollen, ihn in Asgard zu konfrontieren, jetzt, da er sich dort verschanzt hat, brauchen wir mehr von unseren Leuten", bemerkte Skadi. „Es muss einen schnelleren Weg geben, die restlichen Götter aufzuspüren."

„Wer auch immer von ihnen noch übrig ist", warf Hödur leise ein. Der blinde Gott hatte einige der geringeren Asen zu ihrem letzten Ende begleitet. Ich glaubte ohnehin nicht, dass diese launischen Seelen viel zu unserer Sache beigetragen hätten.

„Vidar hat vielleicht einige der anderen gesehen", schlug Njörd vor. „Falls es seinen Brüdern gelingt, ihn zurückzuholen, können Freyr und ich die Küstengebiete mit Freyrs Boot absuchen. Auf diese Weise könnten wir ein großes Gebiet abdecken."

„Dann würdet ihr zwei allerdings mehrere Tage lang ausfallen und bei weiteren Angriffen fehlen, die Surt auf Midgard startet", protestierte ich. „Thor würde mir vermutlich den Kopf abreißen, wenn ich diesem Plan in seiner Abwesenheit zustimme." Unsere Walküre wäre auch nicht besonders glücklich darüber.

Njörd schaute mich finster an, konnte jedoch nichts gegen meine Aussage einwenden. Der Donnergott hatte gestern sehr deutlich gemacht, dass die Sicherheit Midgards für ihn höchste Priorität hatte. Ich bezweifelte, dass der Meeresgott diese Idee vorgeschlagen hätte, wenn Thor und Balder nicht mit Freyrs Wegbeschreibung aufgebrochen wären, um zu schauen, ob sie ihren hart-zuschlagenden Bruder zu uns zurückbringen konnten.

Freyr hob den Kopf in einem hochmütigen Winkel. „Hast du einen Plan, Trickster? Sind Verschwörungen nicht dein Fachgebiet? Oder hast du in dieser Hinsicht nachgelassen?“

Anhand seines Tons war schwer zu sagen, ob er es vorgezogen hätte, wenn ich im Lauf der Jahrhunderte geistlos geworden wäre. Ich schenkte ihm ein scharfes Lächeln. „Ich habe tatsächlich eine Idee. Angesichts … Wie viele der Götter, die wir noch nicht versammelt haben, sind überhaupt Krieger? Es hat wenig Sinn, diejenigen zusammenzutrommeln, die keine relevanten Fähigkeiten anzubieten haben. Wir sollten akzeptieren, dass wir keine komplette Armee auf die Beine stellen werden – zumindest keine, die so groß ist, dass wir einfach in Asgard einfallen und Surt samt seinen untoten Untergebenen rauswerfen können.“

„Du willst doch hoffentlich nicht sagen, dass wir das Reich der Götter einem *Riesen* überlassen sollen“, sagte Skadi mit so viel Schärfe in ihrer entsetzten Stimme, dass ich wusste, dass sie sich sehr gut daran erinnerte, dass ich selbst zu Surts Sippschaft zählte.

Dank einer epischen Übung in Selbstkontrolle, für die ich keinerlei Anerkennung erhalten würde, gelang es mir, sie nicht böse anzuschauen. „Natürlich nicht“, entgegnete ich. „Ich schlage lediglich vor, dass *wir* den Ort unserer letzten Schlacht bestimmen. Wir können es nicht in Asgard tun, wo er den Grund und Boden bereits für sich beansprucht hat. Wir wissen, dass er bereit ist, Midgard anzugreifen. *Er* weiß, dass wir hier sind und unser Bestes geben, ihm in die Quere zu kommen. Es sollte nicht allzu schwer sein, ihn in einen Hinterhalt zu locken."

„Ein Hinterhalt", wiederholte Njörd, als wäre es das erste Mal, dass das Wort in seinem Vokabular vorkam.

„Ja. Wir machen ihn glauben, dass wir an einer bestimmten Stelle etwas aushecken – wir häufen dort Waffen für die Schlacht an, treffen uns mit potenziellen Verbündeten oder tun etwas anderes, was ihm nicht gefallen würde. Er wird herabstürmen, um uns zu töten, doch wir werden seine Ankunft erwarten. Bevor er weiß, wie ihm geschieht, werden wir seinem Leben ein Ende setzen."

„Glaubst du, dass er sich wirklich so große Sorgen über unseren Einfluss hier macht, dass er darauf hereinfällt?", fragte Freya.

Das war eine vernünftige Frage. „Vielleicht müssen wir ihm einen größeren Anreiz bieten", antwortete ich. „Wir könnten eine Menschenstadt als Köder benutzen, indem wir ihm weismachen, dass sie wegen ihres weltlichen Einflusses oder so ein ideales Ziel wäre. Zwei Fliegen mit einer Klappe – sehr verlockend."

Ari hielt inne. „Dann würdest du ihn dazu verführen, hierherzukommen und einen Haufen wehrloser Leute zu töten."

Ich schenkte ihr einen besänftigenden Blick. „Es wäre unsere Absicht, ihn zu töten, bevor er die Gelegenheit erhält. Ich möchte auch keine blutenden Leichen mehr auf den Straßen liegen sehen, wenn es vermieden werden kann."

Njörd brummte leise etwas, sodass es nicht einmal mein exzellentes Gehör ganz verstehen konnte – etwas darüber, dass er gedacht hätte, mir würde eine derartige Szene gefallen. Ich ließ die Hände auf dem Tisch liegen und lächelte weiter.

An dieser Einstellung mir gegenüber war nichts

Seltsames – oder an Skadis oder Freyrs Einstellung. Vor nicht allzu langer Zeit hätte einer meiner üblichen Begleiter möglicherweise eine ähnliche Bemerkung gemacht. Hödur drückte sich jetzt zwar gemäßigter aus, allerdings nur, weil ihm bildlich gesprochen die Augen geöffnet worden waren und er die ganze Wahrheit über unsere gemeinsame Vergangenheit kannte. Nachdem enthüllt worden war, dass ihr eigener Vater auf mein angeblich falsches Spiel bestanden hatte, und wir die Verbindung entdeckt hatten, die wir durch unsere Walküre geschmiedet hatten, war ich der Meinung gewesen, dass er, Balder und Thor endlich das alte Misstrauen und die Vorurteile ablegen würden.

Doch jetzt riefen wir die restlichen Einwohner Asgards zu uns und ich konnte dieses Erlebnis schlecht nachahmen, um ihre Meinung von mir zu ändern. Ich war mir nicht sicher, ob ich all diesen Aufruhr noch einmal durchmachen wollte.

Nein, die Wahrheit war, wenn wir uns erneut als größere Gemeinschaft in Asgard niederlassen würden, wäre es so wie zuvor. Ich wäre der aufdringliche, verräterische Riese, der nur dank Odins möglicherweise fehlgeleiteter Güte geduldet wurde, und jede Bemerkung, die ich machte, würde von beinahe allen in meinem Umfeld mit Misstrauen aufgenommen werden. Bei jeder Tragödie würden sofort einige Finger auf mich zeigen.

Vielleicht hatten *mich* die letzten Wochen stärker verändert, als mir bewusst gewesen war, denn als diese Erkenntnis zu mir durchdrang, regte sich meine übliche Wut nicht. Was war schon dabei? Ich hatte jahrhundertelang so gelebt. *Ich* wusste, wer ich war, möglicherweise besser denn je zuvor. Dieses Mal hatte ich wenigstens einige Kameraden, von denen ich hoffte, dass sie sich für mich aussprechen würden, ohne dass ich sie lange darum bitten musste. Die Meinung dieser vier war die einzige, die mir wichtig war.

Es wäre wirklich zu viel verlangt gewesen, zu hoffen, dass

wir alle länger als ein paar Stunden in Balders Traum einer perfekten Harmonie leben würden, oder? Ich war praktisch veranlagt. Falls mich nun ein Verlustgefühl überkam, dann bestimmt nicht wegen dieses Quatschkopfs. Es lag an Aris finsterem Gesichtsausdruck, als ihr Blick ebenfalls zu Njörd zuckte.

Sie hatte ihn vermutlich auch gehört. Die frisch zurückgekehrten Götter würden zweifellos ihr Bestes geben, sie dazu zu bringen, ihre Verbindung zu mir zu bereuen. Und was mit ihr geschah … das war mir wichtiger als alles andere, was mir einfiel.

Ich hatte Vertrauen in ihre Zuneigung. Nachdem sie mir in die Augen geblickt und gesagt hatte, dass sie mir in jeder Hinsicht vertraute, wie konnte ich ihr da nicht trauen? Sie war nicht der Typ, der wegen der giftigen Bemerkungen anderer zauderte. Allerdings sollte sie diese Bemerkungen erst gar nicht ertragen müssen.

Sie verdiente es, auf jeden Mann oder Gott stolz zu sein, an dessen Seite sie stehen wollte.

„Wie sollen wir Surt eine Nachricht überbringen, ohne dass er merkt, dass wir ihn zu uns locken wollen?", fragte Freya und lenkte meine Gedanken wieder zum aktuellen Gesprächsthema zurück.

„Vielleicht könnte Munin zu ihm gehen und so tun, als wollte sie Wiedergutmachung leisten", begann ich.

Ari schüttelte den Kopf. „Sie rechnet damit, dass er versuchen wird, sie zu töten, wenn er sie erneut sieht. Sie würde möglicherweise nicht einmal eine Gelegenheit erhalten, etwas zu sagen, wenn wir sie nach Asgard schicken – falls sie überhaupt einwilligen würde, das Risiko einzugehen."

Ich konnte es dem Raben nicht vorwerfen, dass sie ihren gefiederten Hintern retten wollte. Ich tippte mir an die

Lippen und dachte über unsere Alternativen nach, als die Eingangstür aufkrachte.

„Schaut, wen wir gefunden haben", rief Thor fröhlich. Er und Balder führten den Neuankömmling ins Esszimmer.

Vidar sah aus, als wäre er erschaffen worden, indem man seine zwei Brüder in einen Mixer geworfen hatte. Er war nur zwei oder drei Zentimeter kleiner als Thor und seine Schultern und Oberkörper waren beinahe genauso breit wie die des Donnergottes. Seine kurz geschnittenen Haare und der gepflegte Bart leuchteten in einem rötlichen Gold. Sein Gesicht war jedoch fast so ernst, wie es Hödurs so oft war. Also waren vielleicht seine drei Brüder in diesem Mixer gelandet.

Ich fragte mich, ob er dieses Gesicht gemacht hatte, als er das Wolfsmaul meines Sohns aufgetreten und Fenrir ein Schwert in die Kehle gerammt hatte. Es war schwer zu sagen, da er in meinem Beisein stets mit einem Lächeln auf den Lippen von diesem Moment der Ragnarök gesprochen hatte.

„Bruder", sagte er und nickte Hödur zu. „Es ist sehr bedauerlich, dass uns ausgerechnet diese Umstände wieder zusammenführen. Wie ich höre, müssen wir einen tobenden Riesen ausschalten."

„Wir besprechen gerade unsere nächsten Schritte", erklärte Skadi. „Der Trickster denkt natürlich, dass wir einen Trick anwenden sollten. Wir sollen eine ganze Stadt als Köder für einen Hinterhalt benutzen."

Ihr waren die Menschenstädte nicht so wichtig gewesen, als sie sich über die Effektivität von deren Soldaten beschwert hatte.

Vidars Blick glitt zu mir. „Es gibt sicherlich eine ehrenhaftere Taktik, die wir benutzen können, oder?"

Ich schaffte es, die Augen nicht zu verdrehen. Ich war Vidar nicht einmal besonders feindselig gesinnt – er hatte meinen Sohn getötet, um seinen Vater zu rächen, den mein Sohn zerfetzt hatte, also wie konnte ich ihn kritisieren? – sein Verstand war allerdings eindeutig nicht seine Stärke.

„Surt hat keinerlei Ehre gezeigt", entgegnete ich. „Wir können nicht erwarten, dass er irgendwelche Regeln befolgt, die wir für einen fairen Kampf aufstellen. Meiner Meinung nach scheint es das Ehrenhafteste zu sein, ihn so schnell wie möglich auf jede notwendige Art daran zu hindern, weitere unschuldige Leben auszulöschen. Jede andere Definition von Ehre lässt ihm womöglich den Spielraum, Dutzende weitere Städte zu zerstören, während wir einfach nur aus Prinzip einen ehrenhaften Krieg planen."

„Ich bin einer Meinung mit Loki", verkündete Ari und sah mir kurz in die Augen, bevor sie Vidars Blick begegnete. „Ich bringe die Leute in Midgard nur ungern in Gefahr, es macht jedoch den Anschein, als würden sie andernfalls in viel größerer Gefahr schweben. Und das sage ich als die einzige Person hier, die jemals selbst ein Mensch war."

Obwohl ich sah, dass sich einige schmale Augenpaare auf sie richteten, konnte ich mir mein Lächeln nicht komplett verkneifen. Unsere Walküre lieferte uns jedenfalls genügend Gründe, stolz auf *sie* zu sein. Sie würde vor keinem Gott kauern.

Hödur bewegte sich an der Tischecke. „Ich bin ebenfalls Lokis Meinung", sagte er und es überraschte mich trotz allem ein wenig, dass er das zugegeben hatte. „Surt hat sich seit Jahrzehnten, vielleicht sogar seit Jahrhunderten auf diesen Krieg vorbereitet. Wie können wir damit mithalten, wenn wir keine Möglichkeit finden, die Chancen zu unseren Gunsten auszugleichen?"

„Er hat sich jedenfalls alles und jeden zu Nutze gemacht, den er finden konnte", schimpfte Freya und ich hatte eine Idee.

„Nicht nur Munin", bemerkte ich. „Sondern auch die

Schwarzalben. Einer von *ihnen* könnte verbreiten, dass es eine Stadt gibt, die wir besonders zu schützen versuchen. Sie sollen jemanden schicken, der bei einem ihrer Höhleneinbrüche verletzt wurde – Surt wird glauben, dass sie noch immer mit ihm zusammen Midgard erobern wollen. Kannst du sie dazu bringen, diesem Plan zuzustimmen, Dunkler?"

Hödurs Mund spannte sich an. „Ich weiß es nicht. Es wäre ein viel kleinerer Gefallen, als uns allen die Erlaubnis zu geben, unsere Kriegsbemühungen durch ihre Höhlen zu schleppen oder uns Waffen zu geben …" Er zögerte, als wäre er sich seiner nächsten Worte nicht sicher. „Vielleicht würden sie sich leichter überzeugen lassen, wenn du mitkommst und ihnen erklärst, wie gut dein Plan funktionieren wird."

Der Gott, der in letzter Zeit mein hartnäckigster Kritiker war, lud mich ein, damit ich mit seinen Verbündeten verhandelte? Ich blinzelte, während ich meine Stimme wiederfand. Wir waren wirklich weit gekommen, oder?

„Wenn du denkst, dass der Vorschlag dann besser aufgenommen wird, stehe ich dir ganz zur Verfügung", erwiderte ich und verbeugte mich spielerisch. Hödurs Mundwinkel bogen sich zu etwas, was der Schatten eines Lächelns hätte sein können.

„Wartet", warf Vidar ein, als hätte er dieses Gespräch geführt und wäre nicht erst am Ende erschienen. „Wir sollten die Einzelheiten dieses Vorschlags klären, bevor wir ihn ins Rollen bringen."

„Dem stimme ich zu", entgegnete ich und schnippte mit den Fingern, um Flammen auf dem Tisch hervorzurufen, welche die Form von Midgards Kontinenten annahmen. „Zuerst sollten wir eine Stadt wählen."

Als sich die anderen Götter nachdenklich vorbeugten, entzündete sich ein kleiner Funke der Befriedigung in meiner Brust. Egal, was sie von mir dachten, sie konnten den Wert meiner Ideen nicht leugnen. Dennoch fühlte sich der Sieg ein wenig hohl an.

Dieser Plan war eher ein Trick, wie Skadi gesagt hatte. Verschlagene Pläne waren meine Spezialität. Würde ich jemals mehr beitragen können und selbst wenn, würden die anderen das überhaupt akzeptieren?

KAPITEL ZEHN

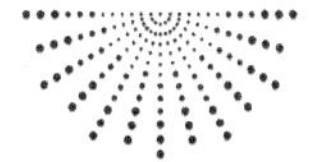

Aria

„Er wird sich nur ungern zeigen", warnte Vidar mit seiner wissenden Stimme, als Munin und ich uns zur Abreise bereit machten. Er hatte darauf bestanden, uns zur Eingangstür und schließlich nach draußen zu bringen, wobei er uns einige Last-Minute-Ratschläge gegeben hatte, die einfach nur das wiedergaben, was er uns bereits erzählt hatte. „Ich hatte Glück, dass ich Heimdall vor kurzem gesehen habe. Sobald ich in seine Richtung ging und er mich bemerkte, stieß er mich mit seiner Magie zurück. Als ich mich davon erholt hatte, war er bereits weggerannt."

„Verstanden", erwiderte ich. Wir hatten alles über diese Begegnung gehört, bevor wir angefangen hatten, Pläne zu schmieden. Heimdalls offenkundiger Widerwille, sich mit einem der Götter auseinanderzusetzen, war der Grund dafür, dass Munin und ich die Reise allein antraten. Es würde mich allerdings nicht überraschen, wenn Vidar vergessen hätte, dass ich im Raum gewesen war, als dieses Gespräch stattgefunden hatte. Er war nicht so unverhohlen herablassend wie manche der neueren Götter, doch ab und zu warf er mir einen verwirrten Blick zu, als könnte er nicht verstehen, warum ich anwesend war.

Munin zupfte ungeduldig an ihrem Kleid. Der Wind wehte über das lange Gras im Vorgarten des Landhauses, das wir unweit von Peking gefunden hatten – die Stadt, welche die Götter für ihren Hinterhalt ausgewählt hatten. Vor uns lag ein langer Flug, wobei wir den Pazifik überqueren mussten. Vidar hatte Heimdall, der wie ein Naturbursche gekleidet gewesen war, in einer Stadt in einem Randgebiet Nordkanadas entdeckt.

Vidar holte tief Luft, als wollte er gleich noch eine Erkenntnis wiederholen, weshalb ich ihm zuvorkam. „Bereit?", fragte ich Munin. Sie nickte knapp und winkte Vidar kurz zu, bevor der Rabe und ich gemeinsam in die Luft sprangen.

Munins Flügel waren zwar kleiner als meine, doch da sie nur ihren kompakten Vogelkörper tragen musste, konnte sie problemlos mit meiner Geschwindigkeit mithalten. Wir segelten über die riesige, weitläufige Stadt, von der Loki vermutete, dass sie Surt anlocken würde, und über die Ebenen dahinter, die mit unzähligen Städten gesprenkelt waren. Das Gelbe Meer glitzerte vor uns.

Aufgrund unserer übernatürlichen Geschwindigkeit hofften wir, in einem Tag zurück zu sein. Der Hinterhalt war für übermorgen geplant – ein angebliches Meeting zur Mittagszeit mit Repräsentanten der chinesischen Regierung, um ein Bündnis zwischen Göttern und Menschen auszuhandeln. Skadi hatte bei dieser Vorstellung geschnaubt und Freyr gegluckst, es schien jedoch etwas zu sein, was Surt glauben könnte und verhindern wollen würde. In Wahrheit würden wir uns eine Stunde vor dem angeblichen Treffen um den Park herum versammeln, in dem es stattfinden sollte. Wir würden uns bereitmachen, Surt anzugreifen, bevor seine flammende Brücke überhaupt den Boden berührte.

Ich entdeckte, dass es eine einsame Angelegenheit war, mit Munin zu fliegen. Es war nicht so, dass ich mich ständig unterhalten wollte, sie konnte in ihrer Vogelgestalt allerdings rein gar nichts sagen. Freya konnte wenigstens ihren Mantel nach hinten schütteln, wenn sie es wollte, und weiterfliegen, auch wenn er bloß ihre Arme bedeckte. Eine Weile peitschte nichts als salziger Wind durch meine Haare, trällerte über die Wellen unter mir und die kleine schwarze Gestalt schlug gleichmäßig wenige Meter entfernt von mir mit den Flügeln. Die Sonne erreichte über uns ihren höchsten Punkt und begann, hinter uns zu sinken.

Nun, wenigstens tat ich etwas Nützliches. Loki glaubte, dass uns Heimdalls Magie möglicherweise den Vorteil liefern würde, den wir brauchten, um Asgard zurückzuerobern. Falls der Hinterhalt schiefging, könnte er unsere einzige Hoffnung sein.

Meine Flügel begannen, vor Erschöpfung zu kribbeln, als die Küste vor uns in Sicht kam. Munin blickte mit ihren glänzenden, wachsamen Augen zu mir. Aufgrund ihres schiefgelegten Kopfes glaubte ich, dass sie das Gleiche dachte wie ich.

„Gönnen wir uns einen Augenblick, um wieder zu Atem zu kommen?", fragte ich.

Sie nickte. Als wir das Land erreichten, flogen wir zu einem wilden Landstreifen, der mit feuchten Felsen und dornigen Büschen übersät war. Ich sank auf einen Felsen und massierte meine Flügel dort, wo sie auf meine Schulterblätter trafen.

Munin verwandelte sich in ihre Menschengestalt und beugte sich vor, berührte ihre Zehen und dehnte ihren Rücken. Die Höcker ihrer Wirbelsäule pressten sich gegen ihr dünnes Kleid. Wir befanden uns noch auf der Sommerseite der Hemisphäre, die Abendbrise, die vom Ozean herwehte, war jedoch beißend kalt, was Munin nicht zu spüren schien.

Ich konnte nicht anders, als zum dunkler werdenden Himmel im Südosten zu schauen. Wenn mich mein Orientierungssinn nicht trog, waren wir nicht weit von Peteys neuem Zuhause entfernt. Die Idee zupfte an meinem Magen. Ich könnte einen kleinen Umweg machen und nach ihm sehen … doch was, wenn es Surt oder einem Lakaien, von dem wir nichts wussten, gelang, meine Route irgendwie nachzuverfolgen?

Jede Faser meines Körpers sehnte sich danach, meinen kleinen Bruder wieder zu sehen, das war allerdings eine egoistische Sehnsucht. Die richtige Vorgehensweise war, mich von ihm fernzuhalten, solange ich ihn in Gefahr bringen konnte.

„Du denkst an ihn", stellte Munin fest. „Den kleinen Jungen."

Mein Blick zuckte zu ihr. „Mein Bruder", erwiderte ich.

Sie nickte, als wäre es für sie einerlei. „Deine Gedanken beeinflussen die Erinnerungen, die du aussendest", erklärte sie, was vermutlich der Grund war, aus dem sie wusste, woran ich dachte. Sie hielt inne. „Er bedeutet dir sehr viel."

„Er ist das Wichtigste auf der ganzen Welt für mich. Kannst du das anhand meiner Erinnerungen nicht erkennen?"

„Ich habe keinen Vergleich zu einer derartigen Emotion … Ich habe keine persönliche Erfahrung darin, wie es ist, sich auf diese Weise um jemanden wie beispielsweise ein Kind zu sorgen."

Sie hatte vermutlich keine Geschwister. Konnte die Rabenfrau in einer ihrer Gestalten überhaupt Kinder *bekommen*? Es erschien mir unhöflich, eine so private Frage zu stellen. Ich scharrte mit den Füßen und sagte: „Die drei Männer, die Odin für dich zurückgeholt hat, waren dir sehr wichtig."

„Ja." Ihre Stimme sank zu einem Flüstern. „Sie sind die einzigen Wesen, die mir jemals richtig wichtig waren. Die ich geliebt habe. Sie weckten etwas in mir, von dem ich nicht wusste, dass ich es empfinden kann. Odin zu dienen, bedeutete mir etwas. Es war allerdings eher eine Angelegenheit des Stolzes, nicht ..." Sie schüttelte sich. „Das ist jetzt Schnee von gestern."

Es war ihr allerdings nicht ganz gelungen, den gequälten Ausdruck zu vertreiben, der sich auf ihr Gesicht gelegt hatte. Meine Brust zog sich zusammen. Wie lange war es her, seit sie ihre drei Liebhaber verloren hatte? Und in all der Zeit, die seitdem vergangen war, hatte sie um die drei getrauert und sich zugleich in ihrem Hass auf Odin verloren.

Wenn wir diesen Krieg beendet hatten, würde sie eine Gelegenheit haben, wieder eine Form von Liebe zu finden. Es schien jedoch ebenfalls unhöflich zu sein, das zu erwähnen.

„Es tut mir leid, dass er sie nicht länger zurückbringen konnte", sagte ich stattdessen. Odin hatte die Geister von Munins drei Liebhabern als eine Art Entschuldigung heraufbeschworen – vermutlich um ihr zu zeigen, dass er verstand, worum sie trauerte – doch sie waren schon so lange tot gewesen, dass er diese Magie nicht lange hatte aufrechterhalten können.

Munin schenkte mir ein kleines angespanntes Lächeln. „Mir auch. Hast du dich genug erholt? Sollen wir unseren wachsamen Gott aufspüren? Möglicherweise müssen wir sehr viel Boden abdecken."

Heimdall hielt sich womöglich nicht einmal mehr in diesem Teil der Welt auf. Je eher wir das herausfanden, desto besser. „Gehen wir", sagte ich.

Wir flogen über dichte immergrüne Wälder und sanfte grüne Hügel, die zu schneebedeckten Bergen führten. Ich blieb so weit oben, dass ich eine so große Fläche wie möglich absuchen konnte. Dazu betrachtete ich die Landschaft in dem schwächer werdenden Tageslicht, flog immer wieder tiefer und streckte meine Sinne aus, um nach der warmen, hellen, göttlichen Energie Ausschau zu halten, die alle Asen ausstrahlten. Ich war mir nicht sicher, ob ich sie über die Entfernung hinweg wahrnehmen würde, ganz gleich, wie sehr ich mich anstrengte. Dieses Talent hatte uns jedoch zuvor dabei geholfen, die Schwarzalben zu finden. Es konnte nicht schaden, es zu versuchen.

Letztendlich war es keine übernatürliche Schwingung, die meine Aufmerksamkeit erregte. Es war ein Pfad aus flachen Steinen, der über die rauschende Oberfläche eines breiten Flusses führte. Sie bildeten einen leicht krummen Weg über das Wasser, lagen jedoch so dicht und regelmäßig nebeneinander, dass ich bezweifelte, dass es sich um Zufall handelte. Allerdings hatten wir im Umkreis von Meilen keine Hinweise darauf gefunden, dass hier jemand lebte.

Vielleicht hatte der Gott, der einst die größte Brücke der Welt bewacht hatte, neue Brücken gebaut?

Ich segelte an dem bewaldeten Abhang neben dem Fluss entlang und konzentrierte mich jetzt auf das Wasser. Mehrere Meilen flussaufwärts war eine weitere Steinreihe platziert worden. Waren sie für seinen Nutzen gedacht? Oder einfach nur eine Angewohnheit? Ich konnte mir nicht vorstellen, dass irgendein Gott einen Steinpfad *brauchte*, um einen Fluss zu überqueren.

Ein dünner Rauchfaden stieg vor dem lilafarbenen Himmel im Norden auf. Ich wurde langsamer und Munin tat es mir gleich. Falls Heimdall hier draußen lebte, mussten wir vorsichtig sein, wenn wir uns ihm näherten. Ich war zwar kein Gott, doch er würde ohne Weiteres erkennen, dass ich aus Asgard gekommen war. Möglicherweise würde er sogar bemerken, dass Munin mehr als ein normaler Rabe war. Die Götter hatten gesagt, dass er noch besser sehen konnte als Loki.

Natürlich würde er nur wissen, dass ich aus Asgard kam, wenn er meine Flügel sah. Der Rest von mir sah relativ menschlich aus. So menschlich, dass viele der Götter anscheinend vergessen konnten, dass ich jetzt mehr als ein Mensch war.

Als mir der erste Rauchgeruch in die Nase drang, beschloss ich, dass es an der Zeit war, nun zu laufen. Ich glitt zwischen den Kiefern hinab und zog meine Flügel in meinen Körper zurück. Der Schmerz ihrer Muskeln schmolz in meinen Rücken.

Munin flog zwischen den Bäumen weiter, als ich mir einen Weg über Baumstämme und an niedrigen Nadelzweigen vorbei zum Flussufer bahnte. Die Steinchen knirschten unter meinen Sneakers. Wanderstiefel hätten sich für dieses Gelände besser geeignet, doch ich hatte mir in letzter Zeit über mein Schuhwerk kaum Gedanken machen müssen. Sie mussten reichen.

Ich besaß noch immer meine Walküre-Reflexe, die mir erlaubten, meine Füße ruhig zu setzen, wenn ich es wollte. Ich achtete darauf, das Gleichgewicht zu wahren, und marschierte leise über die rauen Felsbrocken, die den Fluss säumten. Hier und da hatte sich Erde in den unebenen Oberflächen angesammelt, auf der Gras und kleine Wildblumen wuchsen. Der Fluss rauschte mit einem steten Plätschern dahin.

Wir hatten bestimmt einige Meilen zurückgelegt, als ich eine Bewegung vor mir entdeckte. Ich erstarrte und richtete meine Augen auf die Stelle flussaufwärts.

Ein hochgewachsener Mann mit struppigen sandbraunen Haaren hockte neben dem Ufer. Er tauchte seine Hände ins

Wasser und das Reh, das neben ihm wartete, senkte den Kopf zum Trinken. Ein Kitz stand auf wackligen Beinen neben ihm.

Der Mann hob langsam eine Hand und ein Stein wie die, die ich zuvor gesehen hatte, stieg an die Oberfläche des Wassers. Dann noch einer und noch einer. Als der Mann einen Pfad über den Fluss erschaffen hatte, richtete er sich langsam auf und deutete mit dem Arm darauf, als wollte er zu dem Reh sagen: *Hier bitte schön.*

Das Reh und ihr Kitz wagten sich mit zaghaften Schritten über die Steine und huschten auf der anderen Seite ins Unterholz. Der Mann, der vermutlich Heimdall war, wedelte mit der Hand und die Steine sanken. Ich vermutete, dass er nicht glaubte, dass die Brücke häufig benutzt werden würde. Er hatte sie jedoch mit seinen Kräften emporgehoben, nur damit diese beiden Tiere ein neues Gebiet erreichen konnten.

Er war der Gott der Verbindungen und half gerne Wesen, die schwächer waren als er. Vielleicht war es doch gut, dass ich in meinen Sneakers hergekommen war.

Ich setzte meine Füße argloser, als ich weiterlief, und achtete nicht mehr darauf, ob die Kiesel knirschten. Die Brise zerzauste meine dunkelblonden Haare und ich ließ sie wirr um mein Gesicht hängen. Die Luft war mild, aber nicht besonders warm – ein gewöhnlicher Mensch hätte in diesem Oberteil gefroren. Daher rieb ich mir über die Arme. Ein Stein rollte unter meiner Ferse weg und ich ließ zu, dass ich stolperte.

Als ich wieder aufsah, war ich Heimdall so nahe, dass ihn sogar meine gewöhnlichen Menschenaugen erkannt hätten. Er stand dort, wo ich ihn zuvor gesehen hatte, und beobachtete mich. Ich blieb stehen und schlang die Arme um mich, als würde mir sein Anblick Angst einjagen. Unser Plan würde noch besser funktionieren, wenn ich ihn dazu bringen konnte, zu mir zu kommen.

Und das tat er. Mit gleichmäßigen Schritten, die nur eine Spur zu schnell waren, um aus diesem Reich zu sein, kam er auf mich zu.

„Geht es dir gut?", fragte er mit barscher Stimme. „Was machst du in diesem Aufzug hier draußen?"

Ich sah zu ihm auf und riss die Augen auf. „Ich habe nach dir gesucht", antwortete ich. „Bist du Heimdall?"

Seine Schultern versteiften sich unter seiner Schaffelljacke. Sein Fuß bewegte sich, als wollte er zurückweichen, und meine Hand schnellte flehend vor.

„Geh nicht! Du hast keine Ahnung, wie weit ich gekommen bin … Zwing mich nicht, mit leeren Händen zurückzugehen."

„Wohin zurückgehen?", fragte er nun unverhohlen schroff.

Ich ignorierte diese Frage. Er hörte mir nun so gut zu, dass ich den wichtigen Teil vortragen konnte. „Surt hat Asgard übernommen und alle vertrieben, die dort gelebt haben. Er versucht auch, ganz Midgard zu zerstören, damit er und seine Verbündeten es nutzen können. Er hat bereits so viele Leute getötet."

Heimdall starrte mich an. „Wer bist du?", wollte er wissen. „*Was* bist du?"

„Eine Botin", antwortete ich. „Jemand, der einst zu dieser Welt gehörte und nicht möchte, dass sie in Flammen aufgeht. Dir liegt dieser Ort am Herzen, oder? Ich weiß nicht, welche Probleme du mit den anderen Göttern hast, aber du weißt, wozu Surt fähig ist."

„Odin würde *mich* nicht dort haben wollen", entgegnete Heimdall und sein Gesicht nahm harte Züge an. „Du bist zum falschen Gott gekommen."

Er drehte sich um und Munin landete an der Stelle, die er nun ansah. Sie verwandelte sich vor seinen Augen.

„Ich wäre nicht hier, wenn das stimmen würde", sagte sie.

„Die Kräfte, die du besitzt, könnten der Schlüssel zur Rettung dieses Reichs und Asgards sein", erklärte ich. „Selbst wenn sie es nicht sind, brauchen wir jede Hilfe gegen Surts Armee, die wir kriegen können. Du wirst dich Surt irgendwann stellen müssen, auch wenn du versuchst, dich zu verstecken."

„Warum sollte er sich für die Wildnis hier oben interessieren?", fragte Heimdall.

„Warum sollte er dich umherwandern lassen? Er will euch alle vernichten. Er wird die Riesen, Schwarzalben und wer weiß wen noch hierherbringen und ihnen diese Welt überlassen. Sie werden sich keine Gedanken darum machen, die Wälder oder Rehe zu erhalten." Ich deutete zum Fluss.

„Ich war einmal wütend auf Odin", fügte Munin hinzu und reckte das Kinn. „Ich half Surt, ihn gefangen zu nehmen und in einem Käfig festzuhalten. *So* wütend war ich. Doch mir wurde nach einer Weile bewusst … Es ist wirklich nicht seine Absicht, grausam zu sein, selbst wenn dies das Ergebnis ist, das er hervorruft. Was immer er getan hat, um dich zu verletzen, er hat es getan, weil er dachte, es wäre das Richtige für Asgard. Daran denkt er stets als Erstes. Es ist ein wenig traurig und sein Verlust, nicht unserer."

Heimdall verzog das Gesicht. „Warum erzählst du mir das?"

„Dich von deiner Wut leiten zu lassen, ist damit vergleichbar, wütend auf den Fluss zu sein, weil er flussabwärts fließt. Der Heimdall, den ich kannte und der mein Kommen und Gehen so häufig beobachtete, hätte es nicht ertragen, dass die Reiche vom Krieg zerstört werden."

Heimdalls Kiefer mahlte. Ich sprach den letzten Appell aus, den ich vorbringen konnte.

„Bitte“, flehte ich. „Ich bitte dich nicht um der Götter willen oder meinetwillen. Ich habe einen kleinen Bruder. Wenn Surt seinen Plan durchführt, wird er sterben oder ihm wird noch Schlimmeres widerfahren. Er ist sechs Jahre alt. Dieses Reich sollte seines sein.“

Anspannung quetschte mein Herz, während ich wartete. Heimdall seufzte und schob die Hände in seine Jackentaschen.

„Ihr verhandelt hart“, stellte er fest und klang alles andere als glücklich darüber. „In Ordnung. Ich werde mit den Göttern reden. Mehr kann ich nicht versprechen.“

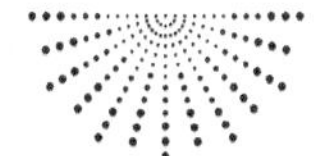

Aria

Das Esszimmer unserer neuen Unterkunft war etwas größer als das letzte, was gut war, da sogar dieser Raum allmählich überfüllt war. Ein paar Götterdelegationen hatten es geschafft, drei weitere ehemalige Asen zu finden, die sich dem Gespräch zusammen mit Heimdall angeschlossen hatten. Am Tisch herrschte große Unruhe, da ständig der ein oder andere Platz für jemanden machen musste, der sprechen wollte.

Ich hatte mich in eine Ecke zurückgezogen. Niemand erkundigte sich nach meiner Meinung und möglicherweise hatte ich auch nicht so viel beizutragen wie die echten Götter, allerdings wollte ich wenigstens wissen, was vor sich ging.

Abgesehen von einem fröhlichen „Gute Arbeit!" von Thor, als ich vor einigen Stunden mit Heimdall hereingekommen war, hatte niemand auch nur zur Kenntnis genommen, was *ich* beigetragen hatte. Es war, als würden sie denken, ich hätte bloß an den wachsamen Gott herantreten und ihn bitten müssen, mit mir zu kommen. Oder vielleicht dachten die neueren Götter alle, dass Munin ihn überredet hatte.

„Der erste Schritt wurde gemacht", verkündete Hödur, der momentan am Kopfende des Tisches stand. Er war gerade von einem Besuch in Svartalfheim zurückgekehrt. „Einer der Schwarzalben wird die angeblich geheime Information über unser morgiges Treffen im Park weitergeben. Ihre Anführer sträuben sich allerdings noch, uns auf konkretere Arten zu unterstützen."

„Wollen die Dreckfresser wirklich, dass dieser Riese über sie herrscht?", schimpfte Skadi.

„Für sie ist es leicht, eine Zerstörung zu ignorieren, die ihr Reich noch nicht berührt hat", erwiderte Vidar.

Hatte ihm bisher niemand erzählt, dass diese Zerstörung die Schwarzalben berührt *hatte* – wegen des Versäumnisses der Götter? Warum sollten sie ihre Köpfe für die Götter hinhalten, wenn sie von diesen schon einmal im Stich gelassen worden waren? Danach zu urteilen, dass Hödur seinen Mund anspannte, dachte er vermutlich das Gleiche.

Bevor der Dunkelgott etwas in dieser Hinsicht sagen konnte, trat Njörd an die Spitze des Tisches und stieß Hödur zur Seite. „Wir sollten also morgen mit Surts Ankunft rechnen", sagte er. „Was müssen wir für diesen Hinterhalt noch organisieren?"

Mehrere Blicke wandten sich Loki zu, wahrscheinlich weil er derjenige war, der sich den Plan ausgedacht hatte. Er schnippte mit den Fingern. „Wer hat die Karte? Wir sollten unsere Positionen sehr sorgfältig auswählen."

„Wir sollten uns ringsum den Treffpunkt herum

verteilen", verkündete Freya und quetschte sich neben ihn. Als einer der anderen die Karte des Parks auf den Tisch warf, die wir erhalten hatten, riss sie diese an sich und übernahm die Leitung des Gesprächs. „Wir dürfen Surt keine Zeit lassen, uns alle abzuwehren. Beim ersten Angriff muss einer von uns einen tödlichen Schlag anbringen. Wenn wir das Überraschungselement erst einmal verloren haben, werden unsere Chancen nur noch halb so gut sein."

Alle Seiten. Ich merkte auf, da ich einen Geistesblitz hatte. „Könnten wir die Brücke mithilfe von Magie durchtrennen und ihn durch sie hindurch angreifen?", fragte ich mit so lauter Stimme, dass sie im ganzen Raum zu hören war. „Vielleicht könnten Hödurs Schatten die Flammen ersticken?"

„Ist das die Walküre?", wollte eine der Neuankömmlinge wissen und reckte ihren Hals.

Freyr winkte abweisend mit der Hand. „Überlass die Strategien denjenigen mit Erfahrung. Bei einem so wichtigen Angriff können wir uns nicht auf ungeübte Fähigkeiten verlassen." Er wandte sich wieder dem Tisch zu und beugte sich neben seine Schwester, als hätten seine göttlichen Talente etwas mit Kriegsführung zu tun. „Nun, auf mich macht es den Eindruck ..."

Ich trat an die Wand zurück und presste meinen Kiefer zusammen, doch anscheinend war ich nicht die Einzige, die sich an der Abfuhr des Gottes des Überflusses störte. Thor legte seine schwere Hand auf den Tisch.

„Wartet mal", sagte er mit seiner grollenden Stimme. „Ari hat *mehr* aktuelle Erfahrungen mit Surt und seinen Untertanen als der Rest von euch. Ihre Ideen haben uns bisher weit gebracht. Wir sollten sie nicht einfach so ablehnen."

„Euch steht jetzt beinahe dreimal so viel göttlicher

Intellekt zur Verfügung als in den letzten Wochen", entgegnete Freyr. „Und wir haben keine Zeit, um wilden Vorstellungen nachzugehen."

„Arias Vorschlag klang für mich nicht besonders wild", wandte Balder sanft, jedoch bestimmt ein. „Es ist nicht so, als könnten wir nicht selbst Feuer heraufbeschwören und damit üben."

„Wir wissen allerdings nicht, wie Surts Magie funktioniert", protestierte einer der anderen Neuankömmlinge. „Wenn wir ihm schnell den Garaus machen wollen, sollten wir uns an das halten, was wir wissen."

Njörd nickte. „Dem stimme ich zu. Walküren haben ihren Platz – in Walhalla. Das hier ist etwas völlig anderes."

„Das würdet ihr nicht sagen, wenn ihr auch nur bei der Hälfte der Schlachten anwesend gewesen wärt, in denen wir bereits gekämpft haben", entgegnete Loki, in dessen melodischer Stimme eine gewisse Schärfe lag. „Vielleicht ist es zu lange her, seit ihr in Schlachten gekämpft habt."

„Vielleicht haben wir dank dir und deiner Sippschaft bereits in zu vielen gekämpft", blaffte Heimdall, der steif an der gegenüberliegenden Tischecke stand.

Thors Hand ballte sich auf dem Tisch zur Faust. Loki grinste, wobei er kurz seine Zähne bleckte, und ein hartes Funkeln trat in seine Augen, von dem ich bezweifelte, dass es etwas Gutes bedeutete. Mein Magen verknotete sich. Ich trat vor und berührte ihre Arme.

„Es ist okay", sagte ich. „Ich habe tatsächlich keine Erfahrung. Ich besitze kein Wissen. Was immer der Rest von euch entscheidet, ich werde dort helfen, wo ihr mich braucht."

Wir würden keinen Kampf gewinnen, wenn wir untereinander stritten. Bis jetzt war ich diejenige gewesen, die die Götter aneinandergebunden hatte. Für einen Riss zwischen meinen Göttern und denen zu sorgen, die wir versammeln konnten, war das Letzte, was ich wollte. Surt aufzuhalten, war wichtiger als das, was sie von mir dachten.

Wenn kein verrückter Riese mehr versuchte, unsere Welten zu vernichten, würde ich mir überlegen, wie ich mir ihren Respekt verdienen konnte, falls ich mir überhaupt die Mühe machen wollte.

„Fee", sagte Loki mit einem Blick, der andeutete, dass er sich darauf gefreut hatte, einige seiner Kameraden zu braten.

Ich drückte seinen Unterarm. „Nein. Arbeitet weiter an dem Plan. Ich muss mir ein wenig die Beine vertreten."

Hödur drehte den Kopf in meine Richtung, als ich den Raum verließ, ich wartete jedoch nicht ab, ob mir jemand folgte. Ich wollte nicht, dass sie das taten. Ich eilte über den Fliesenboden und schlüpfte auf die überdachte Terrasse.

Es war eine Erleichterung, meine Flügel über dem Kopf auszustrecken. Nach dem anstrengenden Flug gestern und während der Nacht hatten die Muskeln zu krampfen begonnen, weil sie in meinem menschlichen Körper eingesperrt gewesen waren. Ich schlug einige Male zaghaft mit ihnen, streckte sie aus, genoss das Brennen und schwang mich anschließend in die Luft.

Ich hatte gedacht, dass Munin vielleicht ein wenig Gesellschaft wollen würde. Wir könnten uns gegenseitig bemitleiden, weil wir unter den Göttern nicht willkommen waren. Doch als ich zu dem geschwungenen, gedeckten Dach des Hauses flog, war dort keine Spur von dem Raben zu sehen. Vielleicht war sie auf Patrouille gegangen oder folgte einem anderen Hinweis.

Letztendlich zog ich immer größere Kreise über dem Anwesen. Ein kleiner Bach floss auf der Nordseite neben einem schmiedeeisernen Zaun durch das Grundstück. Im Westen stand auf einer kleinen Lichtung des winzigen Waldes ein Pavillon, dessen verblasste blaue Farbe vom Holz abblätterte. Im Süden war die schmale Straße, die zur nächsten Stadt führte und im Osten erhob sich ein Hügel, der mit kleinen lilafarbenen Blumen gesprenkelt war. Ihr zarter Duft stieg mir sogar so hoch oben in die Nase.

Der warme Wind fuhr unter meine Flügel und trug mich eine Weile mit sich. Ich wollte noch nicht nach unten fliegen. Was zur Hölle *wusste* ich schon über Kämpfe gegen Riesen? Ich hatte mir meine Kampfkünste bei kleinen Rangeleien auf den Straßen Phillys angeeignet, wo ich gegen Kerle gekämpft hatte, die sich taff gaben, jedoch einknickten, sobald man ihnen ein Knie in die Eier rammte. Und bei den Kerlen, die taffer waren, hatte ich den Kopf gesenkt gehalten und war jedem Kampf ausgewichen.

Ich segelte erneut über den Pavillon hinweg, als mich Thors Stimme erreichte. „Ari?"

Er stand auf den schmalen Stufen des Gebäudes. Ich wirbelte herum und landete vor ihm auf der Lichtung.

Es war erstaunlich, dass der wilde Krieger, der unsere Feinde ohne Zurückhaltung zerschmetterte, mich mit einem so sanften Blick ansehen und seine breite Hand mit einer so behutsamen Berührung auf meine Schulter legen konnte. „Bist du okay?", fragte er.

„Klar", erwiderte ich. „Habt ihr die Pläne ausgearbeitet? Wo werden wir uns morgen positionieren?" Eines wusste ich mit Sicherheit, nämlich, dass meine vier Götter und ich gemeinsam Surt angreifen würden, selbst wenn sie mich wieder hinter sich schoben.

„Wir haben eine solide Strategie entwickelt", antwortete der Donnergott. „Darüber wollte ich allerdings nicht mit dir sprechen. Ich wollte dir mitteilen, dass ich diese Schwachköpfe gerne mit Mjölnir umgeworfen hätte, weil sie so über dich gesprochen haben."

Mein Mundwinkel zuckte nach oben. „Das weiß ich zu schätzen", erwiderte ich, „aber ich habe mittlerweile ein ziemlich dickes Fell. Ich habe viel Schlimmeres von Leuten gehört, die mir viel mehr schuldig waren." Meine Mutter, meine angeblichen Vaterfiguren, Lehrer und Kinder, mit denen ich aufgewachsen war …

Thor knurrte. „Das ist genau der Grund, aus dem du dir das von niemandem gefallen lassen solltest. Die anderen Götter … Wir Asen können in unseren Gewohnheiten festgefahren sein. Du hast unsere kleine Gruppe wachgerüttelt und einige neue Ideen gelockert. Die anderen sind allerdings noch immer damit beschäftigt, zu verarbeiten, dass wir unser komplettes Reich verloren haben. Sie sind momentan nicht dazu in der Lage zu erkennen, was du zu bieten hast, aber das werden sie noch tun. Selbst wenn ich ihnen dazu mit dem Hammer auf den Kopf schlagen muss."

Seine Heftigkeit zupfte an meinem Herzen. Vor nicht allzu langer Zeit hatte er mit dem Gefühl gerungen, dass die anderen Götter unserer kleinen Gruppe *seine* Ideen ablehnten und in ihm nur Muskeln ohne ein Gehirn sahen, auf das man hören sollte. Ich hatte ihn ermutigt, daran zu glauben, dass er mehr sein konnte, als sie sahen. Jetzt erwiderte er den Gefallen.

Unsere Situationen waren allerdings nicht die gleichen. „Das wird hoffentlich nicht nötig sein", erwiderte ich. „Vor allem, da sie in mancherlei Hinsicht recht haben. Ich bin zwar stärker als ein Durchschnittsmensch, aber auch viel schwächer als ihr. Sowohl körperlich als auch wenn es um irgendeine Form magischer Macht geht. Es ist nicht so, als wäre ich von allein zu dieser Kraft gekommen. Ich bin im Grunde genommen etwas, was ihr vier erschaffen habt – ein Mensch, der zu einer Patchwork-Walküre wurde mit geliehenen Kräften und angeklebten Flügeln."

Ich wackelte mit den Flügelspitzen und begann, sie in meinen Rücken einzuziehen. Thors Hand schnellte vor, streichelte jedoch zart über die fedrige Oberfläche.

„Nein", widersprach er mit belegter Stimme und war meinem Körper so nahe, dass es bis in meinen Zehenspitzen kribbelte. „Lass sie draußen."

Ich öffnete sie wieder komplett. Thor fuhr mit der Hand das Knochengerüst entlang, das sich von meinen Schulterblättern zur Seite bog. Anschließend glitt er mit den Fingerspitzen über das dünne Fleisch, aus dem der Großteil ihrer Oberfläche bestand. Überall, wo er mich berührte, bebte Elektrizität durch meine Nerven.

Bisher hatte kaum jemand meine Flügel berührt mit Ausnahme der Wunden, die ihnen im Kampf zugefügt worden waren. So zärtlich hatte definitiv noch niemand diesen neuen Teil meines Körpers erkundet.

„Du bist so viel mehr als eine Patchwork-Walküre, Ari", verkündete Thor und neigte seinen Kopf neben meinen, während er meinen Flügel erneut nachfuhr. Da beschleunigte sich mein Herzschlag erwartungsvoll. „Du warst *du*, bevor wir dich fanden. Wir haben lediglich auf die Stärken gebaut, von denen du bereits so viele hattest. Deswegen bist du hier und die anderen Walküren nicht, die wir heraufbeschworen haben."

„Oder vielleicht hatte ich einfach nur Glück?"

Er schnaubte. Sein warmer Atem liebkoste die Seite meines Gesichts. „Auf keinen Fall. Ich habe dich in Aktion erlebt. Ich habe an deiner Seite gekämpft und gesehen, wie stürmisch du sein kannst. Frag einen der Götter dort drin, wer der Stärkste von uns ist, und sie werden alle auf mich deuten. Du kannst mich in die Knie zwingen."

Eine Ranke des Verlangens entfaltete sich in meinem Bauch und wanderte tiefer. „Ach wirklich?", raunte ich. „Du scheinst momentan prima stehen zu können."

Thors Hand fiel an meine Seite. Er neigte seinen Kopf und glitt mit den Lippen über meine Wange. Er küsste meinen Kiefer und die Seite meines Halses begleitet von einer echten Elektrizität, die seinen Liebkosungen als wundervolle kleine Funken entwischte. Mir stockte der Atem, als er langsam vor mir auf die Erde sank.

Seine Küsse wanderten über mein Schlüsselbein und zeichneten einen heißen Pfad über die Vorderseite meines Oberteils. Meine Nippel richteten sich auf, als er den Kopf zwischen sie senkte, doch sein stoppeliger Kiefer streifte meine Brüste nur kurz. Seine Knie schlugen wie versprochen auf dem Gras auf und er presste seine Lippen oberhalb des Nabels auf meinen Bauch. Seine Daumen hakten sich in den Bund meiner Jeans, ehe er mich mit vor Verlangen dunkelbraunen Augen ansah und auf meine Erlaubnis wartete.

Ein Beben durchlief mich, ich brannte jedoch vor Begehren. „Bitte", hauchte ich und legte meine Hand auf seine kastanienbraunen Haare. Einige dicke Strähnen lösten sich aus seinem kurzen Pferdeschwanz, als er sich noch näher beugte.

Er küsste meinen Bauch dort, wo mein Shirt ein Stück über meine Jeans gerutscht war. Dann küsste er meinen Hosenschlitz, bis sich der Druck seines Mundes direkt auf meiner Mitte niederließ. Trotz der zwei Stoffschichten, die uns trennten, entwischte mir ein Wimmern.

„Nicht gut genug", murmelte er. Mit den Händen ruckte er an meiner Jeans und zerrte sie samt meinem Höschen bis zu meinen Knien. Sofort pressten sich seine heißen Lippen Haut auf Haut an mich.

Ich wimmerte, als seine Zunge über meinen Kitzler glitt und tiefer tauchte. Weitere Funken rasten über meine Mitte. Meine Beine zitterten unter dem Ansturm der Wonne. Thor packte meine Schenkel fest und hielt mich hoch, während er mich verschlang. Meine Finger vergruben sich in seinen Haaren. Ich hielt mich an ihm fest und ritt jede Woge der

Empfindungen, während sein Mund und sein Atem mich immer höher fliegen ließen.

Mit der Zunge neckte er immer wieder meine Öffnung und drang in mich, sodass ich keuchte, bevor er sich wieder meinem Kitzler widmete und ihn hauchzart mit den Zähnen streifte. Er ließ seine Zungenspitze über meine Lustperle wirbeln und brachte mich zum Schreien. Ich schaukelte seinem Mund entgegen, da ich so, so nah dran war.

Er saugte noch heftiger an mir, jagte einen wundervoll scharfen Blitz seiner Kräfte durch mich und Wonne explodierte in meinem Körper. Ich kam zitternd an seinen Lippen und kippte über ihn, als sich mein Körper in Wackelpudding verwandelte. Er stimulierte mich weiterhin und hielt mich mit seinen großen Händen hoch, bis die Nachbeben verebbten.

Als er Anstalten machte, aufzustehen, hatte ich mich so weit erholt, dass ich ihn wieder nach unten drücken konnte. „Oh, nein. Wir sind hier noch nicht fertig."

Thor grinste, als ich ihn zurückschubste, damit er sich an den Fuß des Pavillons lehnen konnte. Das alte Holz knarzte leise unter seinem Gewicht. Ich ließ meine Hand über seinen Oberkörper zu der harten heißen Länge seines Schwanzes wandern. Er stöhnte, als ich ihn umfasste.

Wir waren *definitiv* noch nicht fertig. Ich trat meine Jeans beiseite und zerrte seine ebenfalls nach unten. Als ich auf seinen Schoß kletterte, trafen sich unsere Münder zum ersten Mal. Ich konnte mich und die kräftige salzige Essenz auf seinen Lippen schmecken, die ganz allein seine war.

Thor zog mich an seinen Oberkörper, umfing meinen Busen und eroberte meine Lippen noch gründlicher. Ich rieb meine Mitte an seiner Härte von der Spitze bis zur Wurzel und zurück.

„Verdammt, Ari", fluchte er heiser. „Wenn ich dich so

vor mir habe, könnte ich den Rest meines Lebens auf den Knien verbringen."

„Dazu besteht kein Grund", raunte ich neben seinem Ohr. „Ich mag Abwechslung."

Sein Glucksen ging in meinem Mund verloren, als ich ihn erneut stürmisch küsste. Ich sank tiefer, nahm seine dicke Länge in mir auf und ein weiteres Stöhnen vibrierte in seiner Brust. Ich stöhnte ebenfalls, als er mich so dehnte, wie es kein anderer jemals tun würde.

Seine Hände glitten zu meinem Hintern. Gemeinsam fanden wir einen Rhythmus und kamen einander entgegen, während unsere Münder miteinander verschmolzen, sich keuchend lösten und wieder aufeinander krachten. Seine göttliche Kraft bebte durch seine Muskeln, die mich umgaben, doch in diesem Moment fühlte ich mich nicht schwach. Ich passte mich ihm Puls für Puls an und eine frische Woge der Lust schwappte mit jedem atemberaubenden Beben seiner elektrischen Magie durch meinen Körper.

Er schob mich ein Stück vor und sein Schwanz drang noch tiefer in mich. Wonne brannte durch meine Mitte. Wenn ich zerriss, wäre es die wundervollste Verletzung meines Lebens. Die Wand des Pavillons erzitterte, als könnte sie ebenfalls unter der Wucht unseres Sex zerbrechen.

„Ari", sagte Thor, dessen Stimme vor Verlangen so heiser klang, dass sie mich über den Rand des Abgrunds warf. Mein zweiter Orgasmus raubte mir den Atem und stahl mir mit der Wucht der Ekstase die Stimme. Meine Schenkel verkrampften sich um Thors Hüften und er rammte sich mit einem rauen Laut in mich. Die Hitze seines Höhepunktes füllte mich noch mehr, als ich es ohnehin schon war.

Ich erschlaffte in seiner Umarmung und meine Nerven vibrierten vor Wonne. Thor drückte mich an sich und lehnte sein Kinn an meine Schläfe. Die Kraft und Sanftheit, die sich in seinem Körper verbanden, sorgten dafür, dass sich meine Brust zusammenzog. Ich schluckte schwer.

Wie kam es, dass mein Herz jedes Mal, wenn ich dachte, es könnte nicht voller werden, noch größer wurde? Und wieso fühlte es sich noch immer so unmöglich an, diesem Gott zu sagen, wie viel er mir bedeutete, obwohl er mir ein neues Leben gegeben und mich wie etwas Heiliges in den Armen gehalten hatte?

KAPITEL ZWÖLF

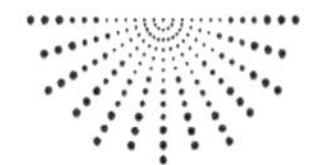

Balder

Die Vormittagssonne schien von einem strahlend blauen Himmel auf uns herab und schrumpelige Rotkiefern, die uns fünfen Deckung boten, verströmten ein zartes Waldparfüm. Vögel hüpften zwitschernd von einem Ast zum nächsten. Es wäre ein schöner Tag für einen Spaziergang durch den Park gewesen, wenn wir nicht darauf hätten warten müssen, dass ein mörderischer Riese vom Himmel herabkam.

Der Friede wurde von keinerlei Stimmen gestört, da Skadi eine magische Aura erschaffen hatte, welche die Menschen davon abhielt, dieser Stelle näher zu kommen. „Die Magie wird ihnen das Gefühl vermitteln, sie wären Beutetiere, die einem Jäger ausweichen müssen", hatte sie erklärt und dabei viel zu belustigt ausgesehen. Wenigstens hatte sie nicht abgestritten, dass die unschuldigen Leben der zufällig vorbeikommenden Sterblichen geschützt werden mussten.

Aria trat von einem Fuß auf den anderen und spähte zwischen den Kiefernästen hindurch zu der Pagode, wo wir uns angeblich mit den Regierungsbeamten treffen würden, um unser Bündnis zu planen. Als sie gestern Nachmittag mit Thor zum Haus zurückgekehrt war, hatte sie entspannter gewirkt. Aufgrund einer strahlenden, heißen, bebenden Erinnerung, die ich von ihr auffing, hatte ich die Gründe dafür erraten können. Jetzt kribbelte jedoch Unbehagen durch ihre gesamte Aura hindurch.

„Ich schätze, wir können uns nicht sicher sein, aus welcher Richtung er die Brücke herabsenken wird, oder?", murmelte sie. Sie hatte ihre silberweißen Flügel bereits hervorgeholt, eng an ihren Rücken gefaltet und erwartungsvoll angespannt.

„Surt hält nicht viel von Vorwarnungen", erklärte Loki und lehnte sich mit vor der Brust verschränkten Armen an den Stamm eines hohen Baums. Der Trickster konnte in fast jedem Szenario entspannt aussehen, wir hatten in den letzten Wochen allerdings so oft miteinander gekämpft, dass ich anhand der Wachsamkeit in seinen Augen und der angespannten Kraft in seiner Haltung erkennen konnte, dass er sich wie Aria auf alles gefasst machte. „Wir können davon ausgehen, dass er in der Nähe der Pagode herabkommen wird. Wir müssen jedenfalls nicht weit rennen."

Thor schlug das flache Ende seines Hammers mit einem dumpfen Knall gegen seine Handfläche. Man musste nicht viel Zeit mit ihm verbracht haben, um das feurige Licht des Schlachtrauschs in seinen Augen tanzen zu sehen. „Ich bin immer noch der Meinung, dass wir diejenigen sein sollten, die versuchen, ihn zu töten. Die Wanen sind erfahren und alles, aber ... "

„Aber es wäre dir lieber, wenn *du* dem Bösewicht den

Kopf einschlagen dürftest", beendete Loki seinen Satz. „Ich glaube nicht, dass es deinen Status als offizieller Riesenkiller schmälern wird, wenn du diesen einen auslässt, Donnergott. Freya *ist* eine Kriegsgöttin ... Ich erwarte, dass sie zurechtkommt."

„Und die anderen hatten recht", sagte Hödur. Mein dunkler Zwilling klang nicht besonders glücklich über diese Tatsache, andererseits gehörte eine gewisse Düsternis einfach zu ihm. „Surts Kräfte können unsere Magie zumindest teilweise abwehren und dein Hammer ist nicht die präziseste Waffe, ganz gleich, wie mächtig sie ist. Wir haben eine bessere Chance, wenn wir ihm alles entgegenschleudern, damit er dem ausweichen muss, während sich Freya und Freyr mit ihren Schwertern an ihn anschleichen. Einer der beiden wird ihn bestimmt erreichen."

Er machte jedoch ein finsteres Gesicht und legte den Kopf schief, während er auf die Geräusche im Park lauschte. Nicht das flammende Licht von Surts Brücke würde ihm verraten, dass es an der Zeit war, loszulegen, sondern das Knistern der Flammen.

„Ich vermute, du hast recht", grummelte Thor, allerdings nur halbherzig.

Loki grinste. „Lasst uns nicht vergessen, dass der Plan meine Idee war. Falls wir Surt heute stürzen, werde ich den Sieg gerne mit euch allen teilen."

„Das ist ja so großzügig von dir, Verschlagener", erwiderte mein Zwilling, doch ich meinte, sein Mund wäre kurz zum Schatten eines Lächelns gezuckt.

„Wir sind jetzt ein Team, nicht wahr?", fragte der Trickster mit einer ausladenden Armbewegung.

Manchmal hatte ich das Gefühl gehabt, als würde uns unser Band immer mehr entgleiten, je mehr unserer Götterkollegen sich unserer Armee anschlossen. Gegensätzliche Persönlichkeiten und Energien waren aufeinandergeprallt und hatten die harmonische Stimmung gestört, an die ich mich gewöhnt hatte. Doch hier, zusammen mit den vier anderen, summte die Verbindung genauso stark wie zuvor zwischen uns. Wir gaben zwar ein eigenartiges Team ab, ich konnte jedoch nicht leugnen, dass wir eines waren. Das hätte ich auch gar nicht tun wollen.

Dieses Band war das Einzige, was mir die Gewissheit gab, dass wir Surt besiegen *würden*, jetzt oder an einem anderen Tag.

„Ich brauche keinen Ruhm", meinte Aria. „Ich will ihn einfach nur loswerden. Diese fünf Minuten, in denen wir dachten, wir könnten eine Weile in Asgard entspannen, waren wirklich schön."

Der Tag, von dem sie sprach, war so klar und sonnig wie der heutige gewesen. Ein Stich fuhr mir in die Brust, als ich mich daran erinnerte, wie ich mit ihr und den anderen ausgestreckt auf der Wiese gelegen hatte. Es war der erste Tag seit Ragnarök gewesen, an dem ich mich zurücklehnen und einfach die Gegenwart hatte genießen können, ohne dass mein Verstand benebelt gewesen war. Ich hatte viel zu viel Zeit damit verbracht, mich hinter dem hellen Nebel, den ich um mich gewickelt hatte, vor der Dunkelheit in mir und in meinem Umfeld zu verstecken.

„Das war sehr schön", stimmte ich zu. Aria schenkte mir ein Lächeln, das so warm wie die Sonne war. Wie wäre es wohl, nicht nur Minuten, sondern Tage, Wochen und Jahre zu haben, um ihre Gesellschaft zu genießen?

Ich freute mich darauf, es herauszufinden.

Doch nicht einmal derart erfreuliche Gedanken konnten die unruhige Empfindung in meinem Magen lindern. Wenn ich zur Pagode blickte, zuckten meine Nerven unter meiner Haut. Etwas war hier seltsam.

Vielleicht lag es nur daran, dass Surt seine zerstörerischen

Absichten vorausgingen und die natürliche Harmonie dieses Ortes störten. Allein der Gedanke daran, dass er das sorgfältig erbaute Gebäude vor uns zerstören würde, setzte mir zu. Die Pagode besaß drei Stockwerke mit geschwungenen, schiefergedeckten Dächern, deren Kanten und Fensterrahmen mit kunstvollen Schnitzereien verziert waren. Jede Oberfläche war mit kräftigen grünen und roten Farben bemalt worden. Es war ein Kunstwerk, eine Arie der Architektur.

Nun, wenn wir schnell genug handelten, würde Surt das Gebäude womöglich nicht einmal berühren.

Ich legte ein sanftes beruhigendes Licht über uns und um die Pagode bis hin zu der Stelle, an der unsere Kameraden kauerten und auf ihren Einsatz bei diesem Hinterhalt warteten. Bleibt selbstsicher, bleibt konzentriert, lasst euch von keinen Sorgen ablenken. Wir Einwohner Asgards waren im Lauf der Jahrhunderte auseinandergedriftet, allerdings nach wie vor durch das Reich verbunden, das wir einst geteilt hatten. Wir konnten uns zusammentun, um unser Zuhause zu retten.

Die Sonne erreichte ihren höchsten Punkt über uns. Es war jetzt Mittag, die Uhrzeit, zu der Surt mit unserem Treffen rechnete. Hödurs finstere Miene kehrte zurück, während wir warteten. Ich vermutete, dass es Sinn ergab, dass der Riese einige Minuten lang wartete, um sicherzugehen, dass alle angekommen waren, die sich hier versammeln sollten. Er wollte uns bestimmt mitten in unseren Verhandlungen erwischen.

Ein weiteres unruhiges Beben raste über mein Rückgrat. Hatte ich etwas von Surt aufgefangen? Mein Blick glitt prüfend über den Himmel, dort leuchtete jedoch kein feuriges Rot.

Plötzlich stieß sich Loki von seinem Baum ab. Er blieb stehen, seine bernsteinfarbenen Augen wurden eigenartig leer und sein hochgewachsener schlanker Körper wurde starr und steif. Dann fluchte er.

„Er ist nicht hier", blaffte er. „Er kommt nicht. Er hat die Brücke ausgefahren … irgendwo. In diese Richtung. Meilenweit entfernt von hier. Nur die Nornen wissen, was er tut, während er der Meinung ist, dass wir zu abgelenkt sind, um zu ihm zu gelangen. Verfluchter Riese. Kommt! Was immer er aausheckt, es kann nichts Gutes sein."

Panik durchfuhr meine Brust. Es war also nicht verkehrt gewesen, sich Sorgen zu machen.

„Asen!", brüllte Thor, als wir aus dem Schutz der Bäume eilten. „Surt ist andernorts gelandet. Der Hinterhalt ist abgeblasen. Loki wird uns bei der Suche nach dem Riesen helfen … folgt ihm so schnell ihr könnt."

Verwirrtes und empörtes Raunen erreichte meine Ohren, mein Herz schlug allerdings zu schnell, um mich darauf zu konzentrieren. Das Unbehagen, das ich zuvor verspürt hatte, war mittlerweile bis zu meinen Knochen gesickert. In diesem Reich stimmte etwas ganz und gar nicht. Wir mussten Surt erreichen, bevor er seine aktuelle Mission beenden konnte.

Mit einer Handbewegung beschwor ich einen Lichtblitz herauf, der mich über die Landschaft trug. Loki sauste bereits nach Osten und Ari flog ihm so schnell hinterher, wie ihre Flügel schlagen konnten.

„Was denkt ihr, ist passiert?", fragte sie mit angespannter und atemloser Stimme. „Warum hat Surt den Köder mit dem Treffen nicht geschluckt?"

„Möglicherweise hat er dem Tipp des Schwarzalbs nicht vertraut", erwiderte Hödur, der auf seinem Schattenteppich neben mir segelte. „Er ist vieles, hat jedoch bewiesen, dass er nicht dumm ist. Er war zuvor schon so vorsichtig, seine Armee zu verlegen."

„Oder vielleicht hat er den Tipp geglaubt, aber angenommen, dass es seinen Zielen dienlicher wäre, zu tun, was immer er jetzt zu erreichen versucht, als unser Treffen zu verhindern", sagte ich.

„Oder vielleicht dachte er, dass er es nicht mit uns allen aufnehmen kann, jetzt, da wir auf der Hut sind und unsere Zahl wächst", brummte Thor hinter uns. „Ich bin noch nie einem Riesen begegnet, der nicht den Schwanz eingezogen hat, wenn es den Anschein machte, als stünden die Chancen schlecht für ihn."

Loki gab einen Protestlaut von sich und der Donnergott hustete. „Äh, Anwesende ausgenommen, sollte ich sagen."

„In diesem Fall bin ich deiner Meinung", entgegnete der Trickster schelmisch. „Allerdings sollten wir uns den Atem für den Flug sparen. Ich vermute, Surt schnell zu erreichen, ist wichtiger als eine Diskussion über die Gründe, aus denen er den Köder ignoriert hat."

„Stimmt." Arias Hände ballten sich zu Fäusten. Die Sonne fiel auf ihre silberfarbenen Flügel und die zerzausten Wogen ihrer blonden Haare, als sie sich dazu antrieb, schneller zu fliegen.

Ich legte meine Hände auf den Lichtstreifen, der mich trug, und drängte mehr Energie in ihn. Er erbebte unter meinen Händen. Ein Blick über meine Schulter verriet mir, dass unsere gesamte Gruppe auf ihren verschiedenen Fortbewegungsmitteln hinter uns hereilte.

Wir rasten über das schäumende Wasser des Ozeans und ein leichter Salzgeruch kitzelte meine Nase. Die Sonne sank hinter uns zum Horizont, als wir ihn zurückließen. Surt war gekommen, um seine schmutzigen Geschäfte auf der anderen Seite der Welt im Schutz der Dunkelheit zu erledigen.

Als wir uns der anderen Seite des Ozeans näherten, war dort bloß das Glitzern elektrischer Lichter vor einer dunklen Küste zu sehen. Loki änderte seine Richtung leicht gen Süden. Wir flogen an Großstädten, Städten und einer ganzen Reihe Laternen vorbei, welche die gewundenen Straßen zwischen diesen säumten. Die nervöse Energie, die mich zuvor gestört hatte, erreichte hier ein höheres Niveau. Wir waren nah und Surt richtete mehr Schaden an als je zuvor.

Er hatte wirklich einen Ort gewählt, der sich praktisch auf der anderen Seite der Welt befand. Meine Energie war nicht annähernd aufgebraucht, Arias Flügel wurden jedoch müde. Ich schickte ihr eine Woge schmerzlindernden Lichts und hörte, dass sie dankbar einatmete.

Die ersten Flammen, die in der Dunkelheit flackerten, fielen mir ins Auge und mein Herz schlug noch schneller. Wir eilten alle weiter, während der Wind an unseren Kleidern riss.

Feuer tanzte auf der Erde neben der Stelle, wo sie die Brücke berührte. Ein gruseliges Leuchten flackerte über die Wände und das Dach eines kastenförmigen Gebäudes, das lang und gedrungen war und neben dem zwei robuste Türme in die Luft ragten. Ein breiter Fluss floss an dem betonierten Hof vorbei. Der Feuerschein beleuchtete mehrere schlurfende Draugar. Es waren jedoch nicht annähernd so viele, wie Surt zuvor mitgebracht hatte.

Von Surt war weit und breit keine Spur zu sehen. Als wir zum Sinkflug ansetzten, schlug mir jedoch Energie entgegen und erschütterte meine Nerven. Etwas bewegte sich in diesen Gebäuden. Baute sich auf, krachte gegeneinander …

„Scheiße!“, fluchte Ari und spähte mit ihren scharfen Walküre-Augen zu dem Schild am Zaun des Geländes. „Es ist ein Atomkraftwerk.“

Lokis Gesicht wurde noch blasser als üblich. „Er versucht wahrscheinlich, es in die Luft zu jagen. Er wird im Gebäude sein. Wir müssen ihn aufhalten, bevor …“

Eine weitere Welle bebender Energie schwappte über uns hinweg, durchzogen von einer brennenden Hitze, die sich wie ein verdichtetes Echo des Sonnenlichts anfühlte, in dem wir vor wenigen Stunden gebadet hatten. Mein Magen schlingerte. Der Riese hatte es bereits getan. Die helle heiße Energie in diesem Gebäude bebte und entlud sich, woraufhin sich eine Kettenreaktion schneller in jede Richtung ausbreitete, als wir fliegen oder sprechen konnten.

Instinktiv hob ich die Hände vor mich. Instabil hin oder her, die Energie, die sich dort regte, war die gleiche strahlende Macht wie das Tageslicht. Die gleiche Macht, die durch meinen Körper strömte und auf die ich zugreifen konnte. Diese Macht spendete überall in den Reichen Leben. Sie sollte nicht verbrennen und zerstören. Wenn ich sie wieder in die Form bringen könnte, die sie eigentlich haben sollte …

Ich sandte mein Licht wie einen Blitz zu dem Gebäude. Der Lichtblitz hatte kaum meine Handflächen verlassen, als ich meinen Fehler spürte.

Mein Licht explodierte an der Energie, die sich im Inneren des Gebäudes aufbaute und ließ sie noch höher und schneller emporschießen. In diesem Augenblick konnte ich bereits spüren, dass die chaotische Hitze Fleisch bis auf die Knochen zerfetzen und diese Knochen zu Asche verbrennen würde. Dieses Licht, dieser verdorbene Zwilling des Lichts in mir, war die bösartigste Bedrohung, die ich jemals gespürt hatte.

Und ich konnte es nicht aufhalten. Ich konnte nur die Zerstörung beschleunigen, die es in seiner Umgebung anrichten würde.

KAPITEL DREIZEHN

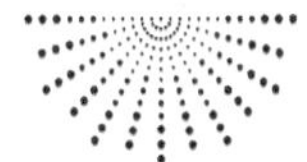

Aria

Die Luft erzitterte wegen eines ohrenbetäubenden *Knalls*. Loki sauste zu mir herab. Er riss mich zur Seite und wirbelte mich herum, sodass mich sein Körper von der Explosion abschirmte. Dabei schrie er mit einer so heiseren und panischen Stimme über seine Schulter, dass er sich überhaupt nicht wie er selbst anhörte.

„Haltet die Explosion auf! Sperrt alles in dem Gebäude ein – egal wie – *tut* einfach etwas!"

Weitere Schreie peitschten an meinen klingelnden Ohren vorbei. Loki presste mich an sich und begann, davon zu sausen. Der Wind pfiff mir um die Ohren, als er mit seinen Flugschuhen die Höchstgeschwindigkeit erreichte.

„Loki!" Ich packte seine Schultern und schob mich so weit von ihm, dass ich ihm in die Augen schauen konnte. „Stopp. Wir können nicht einfach gehen."

„Mein Feuer und Schwert können rein gar nichts gegen

eine nukleare Explosion ausrichten, Fee", sagte er. „Genauso wenig wie deine Kräfte. Dich außer Reichweite zu bringen, ist das Einzige, was ich tun *kann*."

Ich schüttelte den Kopf und stieß mich erneut von ihm ab. „Nein. Surt ist noch dort … Wir können ihn noch immer erwischen, bevor er nach Asgard zurückkehrt. Wenn wir das nicht tun, wird er so etwas einfach noch einmal tun."

Der Trickster seufzte, verlangsamte jedoch seine Schritte. Er blickte hinter uns. Das trillernde Echo der Explosion war verblasst, doch ich wusste nicht, inwiefern das an der Entfernung lag. Surts Brücke loderte noch immer vor dem Nachthimmel. Ein scharfer metallisch riechender Rauch kitzelte meine Nase.

„Nun", sagte Loki, „es sieht so aus, als wäre ihnen doch eine Lösung eingefallen. Fürs Erste. Sobald wir die Kontrolle über die Situation verlieren, bringe ich dich wieder weg."

Ich verzog das Gesicht. „Sollte ich nicht ein Wörtchen mitreden dürfen, wenn es darum geht, dass ich weggebracht werde?"

Er schenkte mir ein schiefes Lächeln. „Du bist meine Walküre, Ari. Ich habe dich ausgewählt; ich habe geholfen, dich in unsere Welt zu holen. Ich werde nicht zuschauen, wie du weniger als einen Monat später erneut getötet wirst."

„Ich bin mir sicher, dein Ruf würde das Versagen überleben", grummelte ich, als er kehrtmachte und auf dem gleichen Weg zurücksauste, den wir gekommen waren.

„Meine liebe Fee, wann habe ich mich jemals für meinen Ruf interessiert?"

Sein Arm lockerte sich um meine Taille, als wir die Götter erreichten, die sich in einem Kreis um das Atomkraftwerk herum positioniert hatten. Zumindest vermutete ich, dass das Atomkraftwerk einst dort war. Ich konnte es nicht mehr sehen – ich konnte nichts auf der Erde unter uns sehen. Ein Gebiet in einem Durchmesser von mindestens einer halben Meile war in eine dicke Schicht aus Schatten gehüllt, die noch dunkler als die Nacht waren.

Mein Herz setzte aus. Mein Blick huschte zu den versammelten Göttern und blieb an dem hängen, nach dem ich gesucht hatte: ein Schopf schwarzer Haare über einem blassen Gesicht, das nach vorne geneigt war.

Hödur hatte sich auf die Straße vor dem Atomkraftwerk fallen lassen. Seine Arme waren vor ihm ausgestreckt und seine Hände sahen aus, als würden sie auf der Schattenkuppel ruhen.

Sie ruhten jedoch nicht. Das Gegenteil war der Fall. Er beschwor diese gigantische Hülle aus Magie herauf, um all das radioaktive Licht und die Hitze einzusperren, die andernfalls uns und das halbe Land verbrannt hätte.

Die Muskeln seiner schlanken Arme wölbten sich. Die Sehnen in seinen Händen traten hervor. Seine Schultern bebten. Es kostete ihn all seine Kraft, dieses Schild aufrechtzuerhalten.

Die anderen Götter schwebten alle mit fassungslosen Mienen über ihm. Ich entzog mich Lokis Griff und wirbelte herum.

„Warum hilft ihm niemand?", wollte ich wissen. „Er kann das nicht allein tun."

„Ich glaube, das wird er tun müssen", erwiderte Freya mit dünner Stimme. „Die Dunkelheit und Kälte, die er erzeugen kann, sind das Einzige, was die Energie dieser Explosion zurückdrängen kann."

Balder hob ruckartig den Kopf und blinzelte, als würde er aus einem Nebel auftauchen. „Ich kann versuchen, ihm Kraft zu spenden und seinen Körper zu heilen, wenn er müde wird." Er sank zu seinem Zwilling auf die Straße.

Was war mit Hödurs Verstand? Seinem Geist? Ich wusste, wie es sich anfühlte, das bisschen dunkle Magie zu benutzen, das ich in mir hatte. Diese Schatten wirkten sich nicht nur auf meinen Körper aus.

Thor blickte auf seinen Hammer hinab, der nutzlos in seiner Hand baumelte, und verzog den Mund. Mjölnir konnte alle möglichen Dinge zerstören, aber keinen radioaktiven Niederschlag.

Vor meinen Augen zog sich die Schattenkuppel ungefähr dreißig Zentimeter zusammen. Ich zuckte überrascht zusammen, als ich es verstand, stockte mir jedoch der Atem. Hödur hielt nicht nur die Explosion zurück, er entschärfte sie – kühlte ihre Hitze und verdunkelte ihre Strahlung – und schrumpfte sie Stück für Stück.

„Einige von uns können wenigstens dabei helfen, die Barriere zu verfestigen", sagte eine der neuesten Göttinnen. „Wir sind zwar nicht in der Lage, die gleiche Dunkelheit zu erzeugen, aber wir können dabei helfen, das zusammenzuhalten, was da ist."

Freya nickte, in ihren Augen funkelte es wild und ihre goldenen Wogen flatterten heftig. Hätten sie einige Sekunden länger gewartet, wäre möglicherweise jeder Gott hier gestorben.

Dies war eventuell das erste Mal, dass einer von ihnen wirklich geglaubt hatte, dass das passieren könnte.

Die Oberfläche des Schattenschilds zuckte erneut, dieses Mal wurde die Bewegung jedoch von einem Beben und einem Zischen von Hödur begleitet. Im gleichen Augenblick brach auf der anderen Seite in der Nähe der flammenden Brücke eine Gestalt durch den Schild.

Es war Surt. Mit einem Keuchen zog Hödur weitere Schatten hoch, um das Loch zu versiegeln, durch das der Riese gebrochen war. Einige der Götter sprangen ihm bei und halfen, die Dunkelheit schneller über das Loch zu ziehen.

Unser Feind rannte geradewegs zu seiner Brücke. Ein

beunruhigendes Leuchten flackerte über seine Haut, als hätte er einen Teil der Gifte der Explosion aufgenommen. Es sah jedoch nicht so aus, als würden sie ihm schaden. Bevor einer von uns die Gelegenheit hatte, ihm zu folgen, war er bereits auf der Brücke gelandet und rannte diese hinauf.

„Surt!", brüllte Loki und huschte über den Schild zu dem Riesen. Thor folgte ihm dicht auf den Fersen. „Das Reich wird dir nichts nutzen, wenn du es vergiftest und in eine Einöde verwandelst."

Surt gluckste, als sich der feurige Bogen seiner Brücke zurückzog und ihn in den Himmel schleuderte. „Ich komme mit allen Arten von Feuer zurecht", erklärte er und seine Stimme wurde leiser, als er immer höher stieg. „Es ist zu anstrengend, über die Menschen zu herrschen. Daher ist es besser, sie auszulöschen. Meine Kameraden können diesen Ort übernehmen, wenn das Gift verflogen ist."

Seine letzten Worte erreichten kaum meine Ohren, bevor er verschwand und ins Reich der Götter zurückkehrte. Ich erschauderte. *Es ist besser, sie auszulöschen.*

Er sah jedes Lebewesen auf Midgard als eine Art Ungeziefer anstatt als Leute – und zur Hölle, Tiere und Pflanzen –, die genauso sehr ein Recht auf ein Leben hatten wie er. Es hätte mich nicht überraschen sollen, nachdem er eine Armee aus ermordeten Leuten versammelt hatte, die er in Zombies verwandelt hatte. Dennoch hätte ich mir nie erträumen lassen, dass er so weit gehen würde. Dass wir jeden Einwohner meines ehemaligen Zuhauses nicht nur vor Angriffen, sondern auch vor der vollkommenen Vernichtung schützen mussten.

Ich kreiste in der Luft. Der Schmerz in meiner Brust war fast so scharf wie der, der sich nach einem langen Flug in meinen Flügeln ausbreitete. Ich glaubte nicht, dass die Dunkelheit in mir, Hödurs Schild verstärken konnte – ich war nie in der Lage gewesen, sie zu etwas anderem zu bringen, als in einem Kampf Leben zu schlucken – und Surt war außer Reichweite. Weshalb war ich überhaupt hier, wenn ich nichts beitragen konnte? Vielleicht gab es eine Möglichkeit, wie ich behilflich sein konnte, an die ich noch nicht gedacht hatte.

Ich glitt auf den grasigen Seitenstreifen der Straße hinab. Meine Flügel zuckten vor Dankbarkeit, als ich sie an meinen Rücken faltete.

Hödur trat gerade einen Schritt näher an das Kernkraftwerk heran und zog seine Schattenkuppel etwas fester zusammen. Balder stand neben ihm und von seinen Händen ging ein schwaches Leuchten aus, das in die Brust seines Zwillings drang. Ich zögerte und war mir plötzlich unsicher.

„Kann ich irgendwie helfen?", fragte ich mit einem Blick zu Balder. „Falls es etwas gibt, was ich bringen oder um das ich die anderen bitten kann, oder …"

„Ari", blaffte Hödur mit abgehackter Stimme und unterbrach mich. Natürlich konnte er nicht sehen, an wen ich die Frage gerichtet hatte – in diesem Moment war ich mir nicht einmal sicher, ob er sich bewusst war, dass Balder ihm half. „Ich habe das hier unter Kontrolle. Verschwinde."

Balder zuckte zusammen, neigte den Kopf jedoch in meine Richtung und sah mich kurz an, als wollte er sagen, dass er Hödurs Aufforderung zustimmte, allerdings nicht dem Tonfall.

Der Schmerz um mein Herz zog sich fester zusammen. Ich wich einen Schritt zurück und noch einen, bevor ich mich in die Luft schwang, weil mir kein anderer Ort einfiel, an den ich gehen konnte.

Hödur hatte diese Situation im Griff, konnte die explosive Kraft jedoch kaum eindämmen. Falls Surt noch eine Kernschmelze auslöste, bevor sich der dunkle Gott erholt hatte … falls er mehr als eine weitere auslöste …

Konnte der Riese überhaupt so viel Zerstörung auf einmal verursachen? Wie viel Kraft hatte es Surt gekostet, diese Explosion auszulösen?

Das ließ sich schwer sagen, doch falls er eine Möglichkeit fand, war Midgard dem Untergang geweiht.

Die anderen Götter hatten sich aufgeteilt. Diejenigen, die Kräfte besaßen, die Hödurs Schild unterstützen konnte, schwebten in einem Kreis um die Kuppel und verstärkten den Schild so gut wie möglich. Die anderen schwebten als Gruppe darüber und sahen so fassungslos wie zuvor aus. Fassungslos und erschöpft. Die Erschöpfung auf ihren Gesichtern erinnerte mich schlagartig an meine eigene Müdigkeit.

Loki sah offensichtlich das Gleiche. Er klatschte in die Hände und sprach mit forscher Stimme: „In Ordnung. Diejenigen, die hier nutzlos sind, suchen besser eine neue Unterkunft. Diejenigen, die *arbeiten* brauchen später einen Ort, an dem sie sich erholen können."

Neben ihm nickte Thor. „Nach dieser Reise müssen wir uns alle ausruhen und etwas essen. Und wir sollten sofort unsere nächsten Schritte planen."

Skadi übernahm die Führung und suchte mit ihren Jägerinnenfähigkeiten einen Ort, an dem wir nicht gestört werden würden. Wir landeten in einem ausladenden Gebäude, das aussah, als wäre es einst eine Schule gewesen. Gras wucherte auf dem Parkplatz, der es umgab, und zusammengebrochene, verrostete Torpfosten standen auf der überwucherten Wiese dahinter.

Einige der Götter eilten erneut davon, um Vorräte zu holen. Auf Thors und Lokis Drängen hin legte ich mich in einem Schlafsack auf den Linoleumboden eines kleinen Raumes, der einst das Büro eines Lehrers gewesen sein musste.

Die Stimmen der Götter hallten leise durch den breiten

Gang vor der Tür, doch ich konnte nicht die Energie aufbringen, zuzuhören, geschweige denn mich dem Gespräch anzuschließen. Drei Flüge über den Pazifik in ebenso vielen Tagen waren offensichtlich meine Grenze. Meine Augenlider schlossen sich, als würden Gewichte auf ihnen liegen, und einen Augenblick später schlief ich tief und fest.

———

Als ich aufwachte, lag das ganze Gebäude still da. Sonne fiel durch das schmutzige Fenster und füllte den Raum mit einer schwachen Wärme. Es sah nicht so aus, als wäre die Welt untergegangen. Ich setzte mich auf und stützte den Kopf in die Hände. Erneut füllte Schmerz meine Brust.

Ich war so weit geflogen, hatte Kontinente und Ozeane überquert – wofür? Um erneut eine Ablenkung zu sein und hilflos zuzusehen, während Midgard beinahe komplett verbrannte?

Ich musste besser sein. Ich hatte mit Schwarzalben und Draugar gekämpft und war aus einem Gefängnis aus Erinnerungen ausgebrochen. Und dieser neue Kampf war mehr mein Kampf, als es einer der anderen gewesen war. Zur Hölle, nach den Schildern vor dem Atomkraftwerk zu schließen, waren wir nur wenige Stunden in Menschengeschwindigkeit von der Stadt entfernt, in der ich aufgewachsen war. Eine Großstadt, die bei der Explosion dem Erdboden gleichgemacht oder verstrahlt werden hätte können, wenn Hödur nicht schnell genug reagiert hätte.

Es war allerdings nicht so, als gäbe es in der Stadt viele Leute, die mir so wichtig waren, dass ich sie retten wollte. Abgesehen von meiner spitzzüngigen Mutter und ihrer Arschloch-Freunde gab es die Möchtegerngangster und echten Verbrecher, für die ich als Kurierin gearbeitet hatte; die Mistkerle aus der Schule, die ihre Nase über meine schmutzigen Kleider und stümperhaften Frisuren gerümpft hatten, als ich mich auf die mütterlichen Fähigkeiten meiner Mom hatte verlassen müssen …

Es gab dort jedoch bestimmt auch viele vollkommen anständige Leute. Die Art von Leuten, die ich neidisch beobachtet hatte, wenn ich mir einen Kaffee gekauft hatte oder durch einen Park gesaust war. Ein oder zweimal hatte ich mich gefragt, wie es war, ein Leben zu haben, in dem man Leute hatte, mit denen man einfach entspannen und lachen konnte, deren Gesellschaft man genießen konnte, ohne auf der Hut zu sein.

Das war die Art von Leben, das ich jetzt auf eine eigenartige Weise mit meinen Göttern geführt hätte, wenn Surt nicht beschlossen hätte, in Asgard einzufallen.

Meine Gedanken wandten sich von diesen Erinnerungen ab und denen zu, als er die erste Menschenstadt angegriffen hatte. Urplötzlich stockte mir der Atem.

Damals hatten die Götter Surt nicht zurückgedrängt, zumindest nicht allein. Die menschlichen Soldaten mit ihren Gewehren und Geschossen hatten dabei geholfen, ihn zu verjagen. Mit den richtigen Waffen konnten die Leute hier dem Riesen gewaltig in den Arsch treten.

Wir hatten all diese Zeit damit verschwendet, nach ein oder zwei Göttern auf einmal zu suchen, obwohl ich auf einen Schlag eine ganze Truppe Kämpfer hätte rekrutieren können.

Ich gab mir keine Gelegenheit, an dieser Idee zu zweifeln. Ich konnte mir keine verzweifelteren Zeiten als diese vorstellen, weshalb verzweifelte Maßnahmen erforderlich waren. Die Götter – zumindest die neuen – würden diesem Plan auf keinen Fall zustimmen, weshalb ich es einfach tun musste und wenn ich Ergebnisse hatte, würden sie diese bestimmt nicht zurückweisen.

Ich rappelte mich auf und öffnete die Tür leise. Der

schwach beleuchtete Gang lag verlassen da. Ein Schnarchen, das ich als Thors erkannte, kam von irgendwo her weiter weg. In der Hoffnung, dass Loki und sein exzellentes Gehör ebenfalls außer Gefecht waren, rannte ich zum Haupteingang.

Die Tür quietschte, als ich sie aufdrückte, doch es regte sich niemand hinter mir. Mit einem zitternden Atemzug sprang ich in die Luft und flog in Richtung Philadelphia.

Ich hatte einige alte Kollegen, mit denen ich sprechen musste. Hoffentlich würden sie sich freuen, mich zu sehen.

KAPITEL VIERZEHN

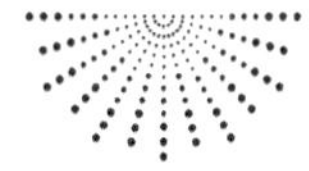

Aria

Es fühlte sich an, als hätte ich Philly vor einer Ewigkeit verlassen, dabei war es nur wenige Wochen her. Die Kriminellen, für die ich gearbeitet hatte, hatten ihre Arbeitsweise in dieser kurzen Zeit bestimmt kaum geändert.

Damals hatten wir den Großteil unserer Geschäfte erledigt, indem mir ein Gangmitglied eine Abholstelle und Zeit getextet hatte, gefolgt von einer Übergabe an besagter Stelle, bei der ich meine Lieferanweisungen erhalten hatte. Ich hatte jedoch so lange für die Unterwelt der Stadt gearbeitet, dass ich wusste, wo ich eines der hochrangigsten Mitglieder des größten Verbrechernetzwerks finden konnte, das hier agierte.

Ich landete in einer Gasse neben dem Pub und zog meine Flügel ein. Es würde eine gewaltige Anstrengung nötig sein, um meinen Körper für sterbliche Augen sichtbar zu machen. Ich holte tief Luft und schickte mit der Kraft meiner

Gedanken Energie über meine Haut. Anschließend marschierte ich aus der Gasse und in den Pub.

In dem Laden herrschte um diese Tageszeit tote Hose und nur wenige besonders hingebungsvolle Stammgäste aßen ein spärliches Frühstück an den lackierten Holztischen, die eine Seite des Raums füllten. Ein paar der Kerle spielten auf der anderen Seite der Bar Billard und sahen aus, als sollten sie eigentlich in der Schule sein. Die Kugeln klackerten, als einer der Kerle einen Eröffnungsstoß machte.

Obwohl noch niemand zu trinken angefangen hatte, roch der ganze Laden nach Malzwhiskey. Ich stolzierte über den dünnen grünen Teppich. Der Barkeeper, ein älterer Mann mit nach hinten gegelten grauen Haaren, der mir mehrere Male meine Bezahlung gegeben hatte, sah auf. Sein ganzer Körper erstarrte und seine Augen wurden groß.

Ich vermutete, dass er von meinem Tod durch einen Junkie-Jeep gehört hatte. Ich lächelte und winkte, als ich an der Bartheke stehen blieb. „Hey, Steve. Ich muss mit Harrison sprechen."

Der Barkeeper starrte mich noch einen Herzschlag lang an, ehe er sich fing. „Ari? Ich dachte … wir haben alle gehört …"

„Witzig, wie derartige Gerüchte außer Kontrolle geraten können, oder?", entgegnete ich. Ich verließ mich darauf, dass Mom sich nicht die Mühe gemacht hatte, eine Beerdigung oder etwas ähnlich Öffentliches für mich zu organisieren. Bei dem Unfall hatte es kaum Augenzeugen gegeben. „Ich werde von irgendeinem Arschloch umgefahren und beschließe, eine Pause zu machen, während ich mich davon erhole, und plötzlich reden alle so, als hätte ich ins Gras gebissen."

Er lachte zunächst etwas heiser, doch dann entspannte er sich. „Dieser Gene", sagte er. „Der Idiot. An den meisten Tagen bin ich überrascht, dass er es schafft, sein Shirt richtig herum anzuziehen."

„Ohne Witz", erwiderte ich grinsend. Genau wie in alten Zeiten. Ich könnte beinahe problemlos in mein altes Leben zurückkehren, oder? Vielleicht musste ich doch nicht den Rest meiner Tage in Asgard verbringen, wenn das hier vorbei war. Es war nicht so, dass ich genau dort weitermachen wollte, wo ich aufgehört hatte, oder dass ich viel Zeit mit diesem Haufen verbringen wollte, aber es könnte eine schöne Abwechslung sein, ab und zu mit der alten Truppe Mensch zu spielen.

„Weshalb musst du dich mit Harrison treffen?", fragte Steve.

Das war der komplizierte Teil dieses Gesprächs. „Es wird ein super Deal angeboten und ich dachte, er und der Boss wollen bestimmt sofort davon erfahren. Es ist allerdings vertraulich, weshalb ich die Nachricht nicht einfach weitergeben möchte."

Steve nickte und legte den Spüllappen beiseite, den er in der Hand gehalten hatte. „Ich werde ihn fragen. So früh am Morgen ist normalerweise nicht viel los, weshalb ich vermute, dass er einige Minuten für dich erübrigen kann."

Ich hoffte, dass er uns viel mehr geben würde, einige Minuten reichten jedoch für den Anfang.

Der Barkeeper schlüpfte ins Hinterzimmer. Ich rieb mit den Fingern über die Theke, die so stark poliert war, dass meine Haut darüber quietschte. Steve erschien einen Augenblick später.

„Geh nach hinten", sagte er und ruckte mit dem Daumen hinter sich.

Wenn ich einer der Männer gewesen wäre, hätte Harrison wahrscheinlich einen harten Kerl geschickt, um mich auf Waffen zu durchsuchen. Ich hatte mich bei den verschiedenen Streitereien innerhalb der Gang nie auf eine Seite gestellt und es war nicht so, als gäbe es viele Stellen, an denen ich eine Waffe in meiner enganliegenden Jeans und dem lockeren Top verstecken konnte. Diese Kerle hatten keine Ahnung, dass ich jetzt mit einer Handbewegung mehr Schaden anrichten konnte als eine Pistole.

Die Türöffnung zum Hinterzimmer wurde nur von einem schweren Vorhang verdeckt, damit Harrison hören konnte, wenn es im Barbereich Ärger gab. Die Ringe klirrten, als ich den Vorhang beiseiteschob, um hindurchzutreten.

Harrison Malloys Büro-Schrägstrich-Versammlungsraum war nicht schick. Der Kartentisch und die Stühle, die um ihn herumstanden, waren aus Metall und zusammenklappbar, die schwarze Farbe war an den Rändern abgeblättert. Schränke und Regale, die von einer ähnlichen Bauweise und in gedeckten Farben gestrichen worden waren, standen entlang der Wände. Der Schreibtisch, an dem er aktuell lehnte, stammte aus der Bar. Irgendein Idiot hatte mit einer Zigarre eine Linie in den Lack gebrannt, zumindest nach der Breite des Brandmals zu urteilen. Das Lebendigste im Raum war der hohe Gummibaum mit den breiten Blättern, der beinahe so hoch aufragte wie der Türrahmen.

Der Whiskeygeruch verflog hier drin und wurde von einer Wolke Marihuana ersetzt. Das gehörte vermutlich nicht Harrison. Ich hatte ihn bisher ausnahmslos nüchtern erlebt.

Nach diesem Mann hätte man sich kein zweites Mal umgedreht weder aus Interesse noch aus Angst. Er hatte eine Art verblassten Hipster-Look: Seine hellen, schlaffen Haare waren von grauen Strähnen durchzogen, seine Augen wurden von einer rechteckigen Brille geschützt, und ein dicker Schnurrbart schmückte sein schmales und irgendwie unebenes Gesicht. Die Augen hinter der Brille waren jedoch so scharf wie eine Stahlkante und die Unterarme, über die er häufig die Ärmel seines karierten Oberteils rollte, waren muskulös.

Man musste nicht viel Zeit mit ihm verbringen, um zu verstehen, dass man sich mit ihm besser nicht anlegen sollte.

„Ari", sagte er mit einem Lächeln, das die Geschäftsversion von freundlich war. „Es freut mich, zu sehen, dass die Geschichten über dein vorzeitiges Ableben vollkommen übertrieben waren."

Ich erwiderte das Lächeln. „Wenn ich gewusst hätte, dass ich angeblich ein Gespenst bin, hätte ich mir bei dem Besuch vielleicht den ein oder anderen Scherz erlaubt."

„Eine verpasste Gelegenheit. Aber nicht die Gelegenheit, wegen der du mich sehen wolltest." Er deutete zu den Stühlen für den Fall, dass ich mich setzen wollte. „Erzähl mir von diesem Deal."

Ich blieb stehen und befeuchtete meine Lippen. „Du und deine Leute haben Verbindungen zu Waffen, stimmt's? Ihr könnt ziemlich viele Waffen auftreiben, wenn ihr das wollt, oder?"

Harrisons Augenbrauen schnellten in die Höhe. „Hast du eine Verbindung zu einem Kunden, der sein Arsenal aufstocken will?"

„Nicht unbedingt", antwortete ich. Nun musste ich sehr vorsichtig vorgehen und mich behutsam rantasten. „Für sie wäre es wichtig, dass deine Leute die Waffen benutzen. Sie würden gut zahlen – wirklich gut." Loki hatte die gewaltigen finanziellen Ressourcen erwähnt, über die die Götter in Midgard verfügten. Sie waren bestimmt dazu in der Lage, eine Söldnertruppe zu einem sehr guten Lohn anzuheuern.

Die Augenbrauen des Kriminellen kletterten noch höher. „Und auf wen würden wir diese Waffen richten? Wir haben kein Interesse daran, uns in den Revierkampf anderer ziehen zu lassen."

„Es ist nichts dergleichen", wiegelte ich rasch ab, obwohl es das in gewisser Weise war. „Es ist … hör zu, du hast bestimmt von dem Desaster im Ausland gehört? Feuer und Zerstörung und eine Menge tote Leute?“

Die Belustigung auf Harrisons Gesicht verflog. „Es wird behauptet, dass irgendein Typ praktisch aus dem Himmel gefallen ist und angefangen hat, mit Feuer um sich zu werfen. Ich habe gehört, dass sogar *Zombies* erwähnt wurden. Wer immer diesen Terroristenangriff organisiert hat, hatte zu viel Zeit, um sich Spezialeffekte zu überlegen. Was hat das mit deinem Deal zu tun?“

Ich beschloss, dass ich die Spezialeffekt-Annahme übergehen konnte. Seine Leute würden sehen, wie echt Surts Magie war, wenn sie sich ihm stellten. Es machte keinen Sinn, darüber zu diskutieren, wenn ich es nicht beweisen konnte.

„Das Arschloch, das diese Zerstörung angerichtet hat, ist derjenige, den meine Leute zu Fall bringen wollen“, erklärte ich. „Wir sind allerdings nicht genug. Wir wollen Hilfe anheuern – Hilfe mit eigenen Waffen. Zehn, zwanzig, dreißig – so viele, wie du zusammentrommeln und bewaffnen kannst, und die gewillt sind, den Auftrag anzunehmen. Je mehr Leute mitmachen, desto mehr wird euch gezahlt. Simpel.“

Harrison sah aus, als hätte er keine Ahnung, was er von dieser Geschichte halten sollte. „Warum hast du dich Leuten angeschlossen, die gegen Terroristen kämpfen?“, fragte er. „Worum geht es hier wirklich, Ari?“

„Es ist eine lange Geschichte“, antwortete ich. „Aber es ist genau so, wie ich es erzählt habe. Der Kerl, der das Feuer verbreitete und all die Leute umbringen ließ, hat vor, auch die Menschen hier zu verletzen. Erst letzte Nacht ... lies nach, was mit dem Kernkraftwerk Peach Bottom passiert ist. Er hat es zerstört. Er hat versucht, das ganze Land zu vernichten.“

„Was?!“

„Schau es nach", drängte ich ihn und deutete auf den Laptop, der auf seinem Schreibtisch lag.

Harrison sah mich vollkommen ungläubig an, holte jedoch trotzdem seinen Laptop. In den Nachrichten musste mittlerweile etwas über das Atomkraftwerk stehen.

Er tippte, scrollte und sämtliche Farbe wich ihm aus dem Gesicht. „Scheiße", fluchte er. „Sie haben die Anlage dem Erdboden gleichgemacht."

Dann gab es Fotos? Das bedeutete, dass es Hödur gelungen war, die explosive Welle rechtzeitig zu entschärfen. Ansonsten würde in den Nachrichten von einer großen Schattenkuppel berichtet werden.

An meinem Magen zerrte der Drang, zu meinem dunklen Gott zurückzukehren und mich zu vergewissern, dass es ihm gut ging, obwohl ich mir nicht sicher war, ob er nach dieser Tortur Gesellschaft wollte.

„Du behauptest, dass diese Kernschmelze von den gleichen Leuten verursacht wurde, die den Angriff in Moskau organisiert haben?", fragte Harrison. „Woher weißt du das? Es steht nichts in den Nachrichten … Es klingt, als hätten sie keine Ahnung, was passiert ist."

„Ich weiß, dass es die gleichen Leute waren", antwortete ich, „weil ich dort war. Wir haben versucht, den Kerl aufzuhalten. Es ist uns nicht gelungen und er wird erneut zuschlagen. Nächstes Mal werden wir es vielleicht nicht schaffen, die Zerstörung zu verhindern, die er zu verursachen versucht. Deswegen komme ich zu dir. Ich habe über alle Leute nachgedacht, mit denen ich gearbeitet habe, und dachte, wenn jemand die Mittel hat, das Blatt zu wenden, bist das du."

Schmeicheleien konnten ein sehr effektives Werkzeug sein. Ich sah, dass Harrison kurz zögerte und ein Hauch von Stolz in seinen Augen funkelte. Dann klappte er den Laptop zu und sein Gesicht verschloss sich ebenfalls.

„Nein", sagte er. „Diese ganze Sache klingt zu verrückt. Ich weiß nicht, in was du da geraten bist, Ari, aber ich glaube, wir sollten uns besser raushalten."

Fuck. Ich suchte nach irgendeinem Argument, mit dem ich ihn überzeugen konnte. „Du könntest wenigstens mitkommen und dich mit dem Rest meiner, äh, Kollegen treffen, oder jemanden zu einem Treffen schicken. Hör dir alles an, was sie zu sagen haben."

Harrison schüttelte bereits den Kopf. „Das ist nicht unser Gebiet. Wir können nicht in eine Arena springen, über die wir nichts wissen."

„Wenn ihr das nicht tut, könnte diese ganze Stadt morgen ausgelöscht werden", erklärte ich mit einer ausladenden Armbewegung. Meine Stimme wurde lauter, ich konnte sie jedoch nicht zügeln. „Hier geht es nicht nur ums Geschäftliche, Harrison, auch wenn wir dir eine Menge Geld geben würden. Es geht darum, die verdammte Welt zu retten."

„Okay, okay", wehrte er ab und hob die Hände. „Du bist offensichtlich stark in dieses Durcheinander verwickelt. Es tut mir leid, Ari. Geh zum FBI oder zur Armee oder wem auch immer. Ich weiß nicht, was hier real ist, aber es ist viel größer als wir."

„Ich kann nicht zum FBI oder zur Armee gehen", wandte ich ein. „Ich kenne sie nicht." Sie würden nicht auf mich hören. Ich konnte ihren Agenten oder Soldaten nicht einfach ein Bündel Scheine anbieten, damit sie taten, was ihnen die Götter auftrugen. Und wenn Surt irgendwo angriff, könnten wir die Behörden erst mit den Beweisen kontaktieren, wenn es schon zu spät war.

Harrison hörte mir allerdings genauso wenig zu. Für ihn war das Gespräch bereits zu Ende. Er stieß sich von seinem Schreibtisch ab, bereit, mich nach draußen zu begleiten.

Mein Magen verknotete sich. Er glaubte mir nicht, weil

er dachte, es würde alles zu verrückt klingen. Vielleicht hätte ich den Irrsinn nicht herunterspielen sollen. Vielleicht hätte ich ihm beweisen sollen, wie real all das Zeug war.

Mein Herz hämmerte hart bei diesem Gedanken. Ich hatte bisher niemandem, der nicht bereits verstand, was ich war, und niemandem aus meinem alten Leben gezeigt, was ich geworden war. Wenn ich das tat, gäbe es kein Zurück mehr. Ich könnte nicht mehr so tun, als sei alles normal. Ich könnte auch nicht mehr in das Leben zurückkehren, das einst meines gewesen war.

Wie sehr hatte ich dieses Leben überhaupt noch gewollt? Ich hätte nicht gedacht, dass es so ein großes Opfer sein würde. Das Band zu meinem alten Leben plötzlich komplett zu kappen, sorgte jedoch dafür, dass sich meine Lunge widerstrebend zusammenzog.

Mir blieb keine andere Wahl. Entweder ich spielte meinen letzten Trumpf aus oder ich schlich mit leeren Händen zu den Göttern zurück.

„Harrison", begann ich, „wir brauchen dich, weil wir Leute brauchen, die wissen, wie man die Regeln ändert, und die sich ihre eigenen ausdenken. Denn du hast recht, das hier *ist* eine vollkommen neue Arena und wir können unsere Feinde nicht mit den üblichen Methoden angreifen. An dieser Sache ist rein gar nichts gewöhnlich."

Ich spannte die Muskeln in meinem Rücken an und meine Flügel brachen aus meinem Fleisch hervor. Harrison blieb taumelnd mitten im Raum stehen. Er starrte mich mit offenem Mund an, als ich meine Flügel vollständig spreizte und die Spitzen die Wände zu beiden Seiten von mir streiften. Sein Mund schloss und öffnete und schloss sich wieder.

„Die Leute, bei denen ich mich jetzt aufhalte, sind Götter", erzählte ich mit einem dramatischen Flattern meiner Federn. „Sie werden dir eine göttliche Summe zahlen. Aber wir brauchen Leute, die einen Job schnell und richtig erledigen können, damit nicht die gesamte Welt untergeht. Was dir, soweit ich das erkennen kann, genauso viel nutzt wie allen anderen. Dringe ich bereits zu dir durch?"

Er lief von einer Seite des Zimmers zur anderen und kam etwas näher. Ich drehte mich hilfsbereit um, sodass er die Stelle sehen konnte, an der die Flügel in meinen Rücken übergingen.

„Wie …", murmelte er. „Sie konnten nicht einfach … Wo zur Hölle hast du sie versteckt?"

„Man nennt es Magie", erklärte ich. „Man gewöhnt sich daran, wenn man genug Zeit mit einem Haufen Götter verbringt."

Er schüttelte den Kopf, als wollte er ihn klären. „Es kann nicht sein … Das hier muss irgendein Streich sein …"

Oh, um Himmels willen. Ich legte die Flügel enger an meinen Körper und streckte meine Hand aus. „Was soll ich tun, um es dir zu beweisen? Gib mir etwas, was ich auf keinen Fall verbiegen oder brechen könnte … wenn ich nur ein gewöhnliches menschliches Wesen wäre. Komm schon. Bringen wir es hinter uns."

Harrison starrte mich an und suchte anschließend nach einem passenden Gegenstand. Er schob einen der Metallklappstühle zu mir.

Na schön, wenn ihm egal war, ob dieser Stuhl überlebte …

Ich hob ihn an einer der Metallstangen hoch, packte ihn mit beiden Händen und faltete die Rückseite und danach die Sitzfläche in der Mitte. Anschließend zerbrach ich eines der soliden Stahlbeine mit meiner Walküre-Kraft. Thor hätte das Ding zu einem Ball zusammenknüllen können, diese Demonstration musste jedoch reichen.

Harrison schien noch immer nicht zu wissen, wie er reagieren sollte. Ich schnaubte und marschierte zu dem

Gummibaum. „Ich kann noch mehr. Willst du meine verrückteste Macht sehen?"

Ich legte meine Hand auf eines der wächsernen Blätter. Die Lebensenergie der Pflanze kitzelte meine Handfläche. Mit einer stummen Entschuldigung entsperrte ich das dunkle Beben in meiner Brust, das von diesem Licht angezogen wurde wie ein Hai von Blut.

Die Schatten in mir klammerten sich an die Energie der Pflanze und zogen sie in mich. Das Blatt verdorrte, dann das Nachbarblatt, dann sackte der Stamm nach vorne …

„Stopp!", rief Harrison keuchend.

Ich riss meine Hand zurück. Er nahm seine Brille ab, rieb mit dem Saum seines Hemds über das Glas und setzte das Gestell wieder auf. Ich bezweifelte, dass die Reinigung die Aussicht besonders geändert hatte. Sein Gesicht war jetzt nicht nur blass, sondern auch kränklich grün.

„Was bist du?", fragte er schließlich mit ruhiger Stimme, in der Staunen und Entsetzen zugleich mitschwangen.

Ich vermutete, dass es nicht schaden konnte, ihm das zu erzählen nach allem, was ich ihm bereits gezeigt hatte. „Sie sagen, dass ich eine Walküre bin", antwortete ich. „Ich bin wirklich gestorben und wurde wiederbelebt. Es war interessant."

„Interessant", wiederholte er mit einem rauen Glucksen. Er lief zu seiner verdorrten Pflanze und berührte eines der Blätter, aus dem ich die Energie gesogen hatte. Nur die obere Hälfte der Pflanze war zusammengesackt. „Kannst du sie zurückbringen?"

Ich schluckte schwer. „Nein", antwortete ich. „Keine Pflanzen. Das geht nicht. Es tut mir leid." Manche Wesen hätte ich möglicherweise für würdig erklären und nach Asgard schicken können, damit sie dort ein neues Leben für sich beanspruchten, doch ich war mir ziemlich sicher, dass Pflanzen keine Krieger werden konnten. Außerdem war eine

Pflanze, die in Asgard wiederbelebt wurde, nicht das, worauf Harrison hoffte. Abgesehen von dieser Tatsache hatte ich keine Ahnung, ob eine Patchwork-Walküre wie ich überhaupt in der Lage war, jemanden wiederzubeleben. Bisher hatte ich keine Gelegenheit gehabt, das auszuprobieren.

„Nun, du hast deine Argumente sehr überzeugend vorgetragen." Harrison starrte den Gummibaum noch einige Sekunden lang an. Sein Blick glitt zu mir und sein Kiefer mahlte. „Du meinst das ernst. Diese ‚Feinde', von denen du gesprochen hast … sie versuchen, die ganze Welt zu zerstören."

„Der größte Feind will die gesamte Menschheit auslöschen", erklärte ich. „Gestern Nacht hat er damit beinahe einen guten Anfang gemacht. Wir kamen gerade rechtzeitig. Ich möchte nicht, dass es noch einmal so knapp wird. Ich glaube, wir können ihn das nächste Mal aufhalten, wenn wir eure Stärke unserer hinzufügen. Von uns gibt es nicht besonders viele … und die Götter werden keine Schusswaffen in die Hand nehmen."

Harrison gluckste erneut, dieses Mal klang es jedoch beinahe begeistert. Meine Laune hob sich.

„In Ordnung", sagte er. „Ich komme mit und unterhalte mich mit deinen Göttern. Ich kann nichts versprechen, kann mir so einen Deal allerdings auch nicht einfach entgehen lassen."

KAPITEL FÜNFZEHN

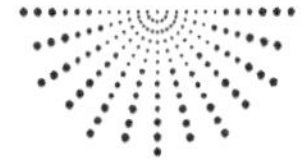

Thor

*L*oki hatte irgendwo einen Computer aufgetrieben und jetzt haute Bragi, unser Gott der Poesie, zu meiner Verblüffung in die Tasten, als hätte er schon sein ganzes langes Leben lang eines dieser menschlichen Geräte benutzt.

„Heutzutage muss man das Internet in diesem Reich als einen Schriftsteller betrachten", erklärte er, als er die vielen Blicke bemerkte, die auf ihn gerichtet waren. „Ich mag zwar die klassische Form, halte jedoch auch mit der Zeit Schritt."

„Wir verfassen jetzt keine Verse", entgegnete Vidar knapp und spähte auf die große Weltkarte hinab, die wir auf der festgetretenen Erde des Hofs ausgebreitet hatten. Es war einfacher, sie hier draußen im Sonnenlicht zu betrachten als in den schummrigen Gängen des alten Gebäudes, in dem der Strom anscheinend schon seit einer Weile ausgeschaltet war. „Sag uns, wo die anderen Kernkraftwerke sind."

„Nun, es gibt anscheinend ziemlich viele …“ Bragi runzelte die Stirn und schürzte die Lippen. „Lasst uns mit den größten anfangen! Das erscheint mir vernünftig.“

Heimdall, der hinter mir stand, brummte leise etwas, was Loki vermutlich hören konnte. Ich konnte nur so viel verstehen, dass es sich um keine schmeichelhafte Bemerkung über Bragis Vernunft handelte. Ich vermutete, es würde einfacher sein, den Dichter wertzuschätzen, wenn die Katastrophe vorbei war und wir seine wundervoll formulierten Berichte unserer ruhmreichen Siege genießen konnten.

Das Problem bestand darin, dass wir zuerst einen Sieg erringen mussten.

„In Ordnung“, fuhr Bragi fort. „Wenn wir uns einfach nur auf Kernkraftwerke konzentrieren, die noch in Betrieb sind … Es gibt eines in Kanada in der Nähe einer Stadt namens Kincardine in Bruce County, Ontario. Ist das auf der Karte?“

„Kanada, Ontario …“ Vidar bückte sich und alle anderen versammelten sich um ihn herum, als er mit einem Rotstift in der Hand danach suchte.

Ich hob den Kopf, als das Grollen eines Motors erklang. Es sollte keine Rolle spielen, wenn Menschen an diesem verlassenen Ort vorbeifuhren, da sie uns nur sehen würden, wenn wir es zuließen. Seit wir hierhergekommen waren, hatte ich allerdings nur zwei Fahrzeuge auf der kleinen Straße vorbeifahren hören. Das Gebäude, das Skadi gefunden hatte, lag definitiv abseits, was seine einzige positive Eigenschaft war.

Der SUV, der auf uns zukam, fuhr allerdings nicht einfach vorbei, wie es die anderen beiden Fahrzeuge getan hatten. Er wurde langsamer – und bog auf den Weg, der zum Parkplatz des Gebäudes führte. Nun hoben auch alle anderen den Kopf.

„Was in Hels Namen denken diese Leute, dass sie …“, begann Freyr.

Bevor er seinen Satz beenden konnte, blieb der SUV stehen und die Beifahrertür öffnete sich. Eine vertraute schlanke Gestalt mit einem Schopf zerzauster blonder Haare sprang heraus.

Kurz konnte ich Ari nur stumm anstarren. Ich hatte angenommen, dass sie noch schlief und sich von den Anstrengungen des letzten Tages in dem Zimmer erholte, das wir für sie gefunden hatten, damit sie Privatsphäre hatte. Anscheinend war sie vor uns allen aufgestanden und zu einer Mission aufgebrochen, die ich nicht richtig begreifen konnte.

Drei weitere Leute stiegen aus dem SUV: zwei Männer, einer im mittleren Alter mit einem buschigen Schnurrbart, ein jüngerer, der einen Bürstenhaarschnitt hatte, und eine muskulöse Frau, die etwas älter als Ari aussah. Sie waren gewöhnliche Menschen und betrachteten den Hof ausdruckslos, bevor sie Ari einen verwirrten Blick zuwarfen. Sie erlaubte den Sterblichen, sie zu sehen, uns konnten sie allerdings genauso wenig sehen, wie es die vorherigen Passanten getan hatten.

„Was in den neun Reichen geht hier vor sich?“, wollte Heimdall wissen und hob seine Stimme, sodass sie auf der anderen Seite des Hofs zu hören war. Er war nicht der größte oder breiteste der Götter – diese Ehre gebührte in beiden Fällen mir –, doch er hatte eine sehr eindrucksvolle Präsenz, wenn er es wollte. Es war vermutlich eine Torwächter-Sache.

„Wartet hier kurz“, wies Ari ihre Begleiter an. Sie joggte zu uns, blieb am Rand des Hofs stehen und stemmte die Hände in die Hüften.

„Ich habe Hilfe mitgebracht“, erklärte sie bloß und ihr trotziger Blick forderte uns heraus, uns zu beschweren.

„Diese *Menschen* sind deine ‚Hilfe‘?“, fragte Skadi, bevor unsere Walküre fortfahren konnte. „Was hast du ihnen erzählt? Was hast du dir nur dabei gedacht?" Sie wandte sich an den Rest von uns. „Ich wusste, wir hätten sie nicht bei uns behalten sollen."

Bei dieser Bemerkung blitzten Aris Augen auf und ich verstand plötzlich, warum sie allein losgezogen war. Sie war zu ihrem ehemaligen Volk gegangen, so wie ich vor nicht allzu langer Zeit zu den Riesen gegangen war, entschlossen, den Vorteil zu nutzen, auch wenn meine Kameraden skeptisch gewesen waren.

Wir hatten versucht, den Göttern, die sich uns erst vor kurzem angeschlossen hatten, den Wert unserer Walküre zu erklären. Die Walküren waren in der Vergangenheit allerdings nie mehr als die Diener der Götter und Bediensteten der auferstandenen Krieger gewesen. Diese Gruppe kannte Ari noch nicht lang genug, um zu verstehen, wie viel mehr sie war. Und es war nicht so, als hätte sie nicht all ihre ablehnenden Bemerkungen gehört.

„Ich habe darüber *nachgedacht*", erwiderte sie mit scharfer Stimme, „wie schnell Surt den Schwanz eingezogen hat und geflohen ist, als die menschlichen Soldaten während seines ersten Angriffs in Midgard das Feuer auf ihn eröffneten. Ich kenne diese Leute. Sie können uns Waffen besorgen, die genauso gut sind. Dadurch können wir unsere Kampfkraft verdoppeln oder sogar verdreifachen."

„Du erwartest, dass wir mit Schusswaffen kämpfen?", fragte Vidar leicht angewidert und seine Hand legte sich auf das Schwert, das von seinem Gürtel hing.

Ari sah aus, als könnte sie es sich kaum verkneifen, die Augen zu verdrehen. „Nein", antwortete sie. „Ihr habt bereits eure eigene Kampfweise. Warum sollten wir das ändern? Sie haben Leute, die auf ihre Art an unserer Seite kämpfen werden. Dadurch erhalten wir eine zusätzliche kleine Armee. Vorausgesetzt wir bezahlen sie."

„Sie bezahlen?", geiferte Freyr. „Menschliches Gesindel mit …"

„Wir haben eine Menge Geld", unterbrach Loki ihn, bevor der andere Gott noch mehr Beleidigungen loswerden konnte. „Das ist kein Problem. Warum sollen wir sie nicht nutzen, wenn sie gewillt sind, uns zu helfen? Sie würden immerhin für ihr Reich kämpfen."

„Was das Geld angeht, wir bitten sie im Grunde genommen, ihr Leben aufs Spiel zu setzen, indem wir sie gegen Surt in den Kampf schicken", erklärte Ari. „Dafür sind wir ihnen etwas schuldig angesichts dessen, dass es hauptsächlich *eure* Schuld ist, dass er überhaupt hier ist. Könnt ihr euch den dreien jetzt zeigen? Ohne all das Murren über Menschen? In einer Minute entscheiden sie wahrscheinlich, dass ich total verrückt bin und gehen."

Der Großteil der Götter sah aus, als wäre diese Möglichkeit für sie vollkommen in Ordnung.

„Wir können uns Menschen nicht ohne die angemessenen Vorsichtsmaßnahmen zeigen", wandte Njörd ein. „Heutzutage, so wie sie denken …"

„Es ist einfach nicht klug", ergänzte Heimdall. „Sie sind zu unberechenbar."

„Oh, um Asgards willen", schimpfte Loki und trat von unserer Gruppe zu den Gestalten, die neben dem SUV warteten. Licht leuchtete kurz auf und bebte über seinen Körper.

Den Menschen klappte die Kinnlade herunter, als er in ihren Augen scheinbar aus dem Nichts erschien. Grinsend schlenderte er zu ihnen.

Auf wessen Erlaubnis hatte ich gewartet? Ari hätte diese Leute nicht hierhergebracht, wenn sie es nicht für eine gute Idee halten würde, und ich vertraute ihrem Urteilsvermögen. Ich konzentrierte mich kurz auf die Textur der Luft, den staubigen Geruch des Hofs und zwang meinen Körper, in dem Reich der Menschen vollkommen präsent zu werden. Da. Ich rieb die Hände aneinander und grinste unsere Gäste ebenfalls an.

Sie schienen Schwierigkeiten zu haben, Worte zu finden. Balder schlenderte herbei und schloss sich Loki mit einem schwachen Lächeln an, wobei die Sonne von seiner Haut reflektierte. Ich ging um die Götter herum, die um die Karte versammelt waren, und stellte mich neben die beiden. Die Menschen betrachteten uns nacheinander.

Der ältere Mann, derjenige mit dem Schnurrbart, rieb mit einer Hand über sein Kinn. „Nun", sagte er. „Sieh sich einer das mal an."

„Ich habe erwähnt, dass meine Kollegen *Götter* sind, nicht wahr?", fragte Ari, deren Stimme jetzt belustigt klang, da ihre Zurechnungsfähigkeit nicht mehr infrage stand. „Es sind noch mehr hier. Sie sind bloß schüchtern. Anscheinend seid ihr sehr furchterregend."

Loki gluckste. Die Bemerkung hatte offensichtlich den Stolz einiger meiner Kameraden verletzt, denn einen Augenblick später traten Vidar, Skadi und Freyr neben uns.

„Wie wir hören, könnt ihr Waffen besorgen und seid gewillt, für uns zu kämpfen", sagte Vidar und verschränkte die Arme vor der Brust. „Was könnt ihr zur Verfügung stellen?"

„Wartet mal kurz", protestierte der ältere Kerl. „Ich habe Ari gesagt, dass wir zu einem Gespräch herkommen würden. Ich verpflichte mich zu gar nichts, bis ich ein klares Bild von der gesamten Situation habe. Gegen was wir kämpfen. Was ihr von uns braucht. Und was ihr uns im Gegenzug anbietet."

„Die Bezahlung wird kein Problem sein", erwiderte Loki mit einer Handbewegung. „Wir werden die Waffen bezahlen. Wollt ihr jeweils einhunderttausend pro Tag, an dem ihr uns zur Verfügung steht? Das können wir tun. Ist Geld euer einziges Bedenken?"

„Da ist noch die Sache, dass wir in einem Krieg zwischen Göttern kämpfen sollen", bemerkte die Frau, die nach wie vor steif dastand.

„Ihr würdet nicht gegen die Götter kämpfen", erklärte Balder mit seiner sanften Stimme. „Wir stehen alle auf der gleichen Seite." Loki schien sich bei dieser Bemerkung ein Schnauben zu verkneifen, fügte jedoch nichts hinzu. Mein Bruder sprach weiter. „Wir müssen einen Riesen aufhalten – einen Riesen und die Armee aus Untoten, die er versammelt hat."

„Zombies", staunte der jüngere Kerl. „Heiliges Kanonenrohr, sie haben sich diesen Scheiß nicht nur ausgedacht."

„Ja", erwiderte der ältere Mann. „Das ist es, von dem ich spreche. Ich muss mehr darüber hören, wie wir gegen diese … Riesen und Untoten und so weiter kämpfen sollen, bevor ich mich einverstanden erkläre, meine Leute in diesen Konflikt zu ziehen."

Skadi verzog das Gesicht. „Oder du könntest einfach …"

„Kommt mit mir", fiel ich ihr rasch ins Wort, bevor sie vorschlagen konnte, dass sie gehen sollten. Ich hatte nicht vorgehabt, das Angebot zu machen, doch sowie die Worte meinen Mund verließen, fühlten sie sich richtig an.

Ich war der Verteidiger dieses Reichs, der Beschützer der Menschheit. Wann war das letzte Mal, dass ich wirklich mit einem Menschen gesprochen hatte – jemandem, der nur ein Mensch war und keine unserer heraufbeschworenen Walküren?

In alten Zeiten, als ich oft durch dieses Reich gezogen war, manchmal mit Loki an meiner Seite, hatte ich mir öfter als einmal einen menschlichen Assistenten gesucht. Es war befriedigend gewesen, zu beobachten, wie sie sich der

Situation gewachsen zeigten. Menschen besaßen in ihrem kurzen sterblichen Leben so viel Widerstandsfähigkeit.

Damals war ich ein ziemlich guter Menschenkenner gewesen. Diese drei wollten uns beurteilen und ich konnte sie im Gegenzug einschätzen. Wer wäre besser dazu geeignet, unsere Truppe zu vergrößern, sollte es so aussehen, als wäre ein Bündnis für beide Seiten vorteilhaft?

Die Menschen zögerten bei meiner lockenden Geste, doch nach einem Augenblick kam der ältere Kerl zu mir, der der Anführer der drei zu sein schien. Die anderen folgten ihm.

„Thor", warnte Vidar.

Ich warf ihm einen Blick zu. „Ich komme klar. Midgard liegt in meinem Zuständigkeitsbereich."

Dagegen konnten sie nichts einwenden. Ari ließ sich zurückfallen, als ich die Menschen um den Parkplatz zu der Wiese hinter dem Gebäude führte. Vermutlich dachte sie, sie müsste die Götter noch ein wenig beschwatzen und alles erklären, bevor sie ihrem Plan zustimmen würden. Ich vermutete, dass sie mit diesem Instinkt richtig lag. Wenigstens konnte ich diese drei auf Herz und Nieren prüfen, ohne dass ständig skeptische Bemerkungen eingeworfen wurden.

Ich blieb mitten in dem zu langen Gras stehen, wo wir die anderen Götter weder sehen noch hören konnten. Der jüngere Mann und die Frau sahen sich um und der Mann stupste einen verrosteten Pfosten an, der umgefallen war. Der ältere Kerl heftete seinen Blick auf mein Gesicht.

„Thor?", fragte er halb ungläubig, halb … hoffnungsvoll?

„Der bin ich", erwiderte ich lächelnd und reichte ihm meine Hand, die seine schlanke förmlich verschluckte. Dennoch gelang ihm ein ziemlich fester Händedruck. „Freut mich, deine Bekanntschaft zu machen."

„Harrison", erwiderte er.

„Du bist *der* Thor?", fragte der jüngere Kerl und starrte mich jetzt unverhohlen an. „Im Sinne von …"

„Donnergott, sehr stark, schlägt Riesen gerne den Schädel ein", zählte ich auf. „Tut mir leid, dass ihr mich seit einer Weile kaum zu Gesicht bekommen habt. Ich wurde von anderen Sorgen abgelenkt – und, nun, ihr schient alle sehr beschäftigt zu sein in eurer neuen modernen Welt."

Harrison lachte leise. „Ich fasse das nicht", sagte er und schüttelte den Kopf. „Zuerst hat Ari Flügel und jetzt spreche ich mit einem verdammten nordischen Gott."

„Das tust du", bestätigte ich. „Ich habe meinen Hammer und nur ein gewisses Maß an Geduld." Ich hob Mjölnir von seinem Platz an meiner Seite, wog ihn in meiner Hand und warf ihn ohne viel Kraft zu dem Torpfosten, der auf der anderen Seite des Feldes stand.

Der Hammer leuchtete in der Luft und knallte mit einem metallischen *Klong* gegen den verbeulten Stahl. Der Pfosten fiel um, als meine Waffe in meine Hand zurückflog. Ich wischte das Ende an meinem Hosenbein ab und hängte den Hammer wieder an meinen Gürtel. „Also lasst uns offen miteinander sprechen, in Ordnung?"

Die Augen des jüngeren Mannes leuchteten nun. „Ich will sehen, was du noch mit diesem Ding tun kannst."

Harrison bedeutete ihm, zu schweigen. Auf seinem Gesicht zeichnete sich eine neue Empfindung verhalten ab, schimmerte jedoch durch seine inneren Schutzwälle hindurch. Ich glaubte, dass es sich um Respekt handelte.

Dies war womöglich einer der Verbrecher aus Aris Vergangenheit, doch ich verstand, warum sie ihn ausgesucht hatte. Ich erkannte bereits, dass er kein Mann war, der ohne Weiteres Versprechungen machte. Wenn er sich unserem Krieg verschrieb, würde er seine Seite des Deals bis zum bitteren Ende durchziehen.

„Erzähl mir mehr über diesen Riesen und die Zombies", bat er.

Ich neigte den Kopf. „Der Riese ist das größte Problem – Surt. Er benutzt Feuermagie und ist stark. Er hat seine untote Armee mit verbesserten Waffen und Schilden ausgestattet. Er bedeutet also eine Menge Ärger. Doch wenn wir ihn ausschalten, wird seine Armee zusammenbrechen." Möglicherweise auf wortwörtliche Art.

„Und er versucht, die ganze Welt zu zerstören."

„Er will die Macht über Midgard – euer Reich – für sich und jeden, den er mag, an sich reißen", erklärte ich. „Menschen mag er nicht besonders. Nach dem ersten Scharmützel mit einigen eurer Soldaten beschloss er, dass er lieber die ganze Spezies auslöschen möchte, anstatt zu versuchen, euch zu kontrollieren. Er hätte in dieser Hinsicht einen eindrucksvollen Start hingelegt, wenn wir ihn gestern Nacht nicht rechtzeitig erwischt hätten."

Harrison spannte seinen Kiefer an, sah jedoch nicht überrascht aus. Ganz egal, wie Ari den anderen Göttern seine Beteiligung erklärt hatte, er war nicht nur wegen des Geldes hier. Sie hatte ihm vermutlich klargemacht, dass es auch um sein Überleben und das der gesamten Menschheit ging.

„Nun, danke für diese Rettung", erwiderte er. „Was für Waffen würdet ihr von uns brauchen?"

Ich rieb meine Hände aneinander. Das hörte sich schon besser an!

„Ich bin mir nicht sicher, ob ein gewöhnliches Gewehr viel nutzen würde, aber Surt haben diese – wie werden sie genannt? – Raketen überhaupt nicht gefallen, die auf ihn abgeschossen wurden …"

KAPITEL SECHZEHN

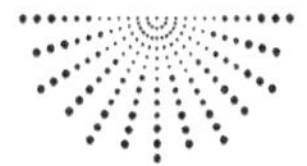

Aria

„Das hier sollte ein guter Anfang sein", verkündete Loki und reichte Harrison das Bündel Scheine, das er besorgt hatte.

Der Anführer der Gang zählte die Scheine unter viel Aufhebens, um sich zu vergewissern, dass die Summe stimmte, sein Gesichtsausdruck verriet mir jedoch, dass er bereits Feuer und Flamme war. Was immer Thor zu ihm und seinen Handlangern gesagt hatte, war zu ihm durchgedrungen.

„Ich werde mich innerhalb von vierundzwanzig Stunden melden", verkündete er und nickte mir zu. Während meines Aufenthalts in der Stadt hatte ich ein Prepaid-Handy gekauft, da mein altes mit dem Rest meines ehemaligen Körpers kaputt gegangen war. Es fühlte sich eigenartig an, es jetzt mit mir herumzutragen, doch ich brauchte eine Methode, um mit meinen ehemaligen Arbeitgebern zu kommunizieren.

„Ich werde auf deine Nachricht warten", sagte ich.

Die drei stiegen in ihr Auto und fuhren davon. Sobald der SUV zwischen den Bäumen am Ende der Straße außer Sicht verschwunden war, drehte Vidar seinen muskulösen Körper zu mir um. „Nur um das klarzumachen, ich bin immer noch der Meinung, dass du nicht einfach hättest davonrennen sollen – vor allem nicht zu *Menschen* – ohne den Plan vorher mit uns zu besprechen. Sich Sterblichen zu zeigen, ist eine ernste Angelegenheit."

„Oh bitte", entgegnete ich. In der letzten Stunde hatte ich bereits so viel Kritik geerntet, dass es mir einige Jahrhunderte lang reichen würde. „Ohne sie sind wir in ein oder zwei Tagen möglicherweise nicht mehr als Atommüll. Was für eine Rolle spielt es dann, was sie wissen?"

„Ich bin nicht überzeugt, dass eine Gruppe Menschen einen großen Unterschied machen wird."

„Es geht nicht so sehr um die Menschen, sondern darum, was sie bei sich tragen werden. Ihr wart nicht in Moskau." Ich deutete zu den Göttern, die bei der ersten Schlacht in Midgard dabei gewesen waren. „Die Raketen haben Surt wirklich verletzt, oder? Sie haben ihn in die Flucht geschlagen."

„Das stimmt", bestätigte Thor.

Sogar Skadi nickte ausnahmsweise. „Diese modernen Menschenwaffen können eine Wirkung haben, die dem Niveau mancher Waffen der Schwarzalben entspricht." Sie sah mich an nur für den Fall, dass ich glaubte, sie würde mich ungeschoren davonkommen lassen. „Allerdings denke ich wie Vidar, dass du kein Recht hattest, dieses Treffen ohne unsere Zustimmung zu arrangieren."

Ich knirschte mit den Zähnen. „Ich hatte eine Idee. Ihr habt alle geschlafen. Ich bin losgezogen und habe sie in die Tat umgesetzt. Wir wissen nicht, wie viel Zeit wir haben, bevor Surt seinen nächsten Versuch unternimmt."

„Du kannst nicht einfach Entscheidungen für uns alle treffen, als hättest du das Sagen", entgegnete Freyr hochmütig.

„Wer *hat* das Sagen?", erwiderte ich und warf die Hände in die Luft. „Odin ist mittlerweile seit Tagen fort. Er hat niemanden an seiner Stelle zum Anführer ernannt, soweit ich das erkennen kann. Also wurschteln wir gemeinsam vor uns hin. Ich habe keine Entscheidungen für euch getroffen. Ich habe ihnen kaum etwas erzählt – nur so viel, dass sie mir zuhörten. Ihr hattet alle eine Gelegenheit, mit ihnen zu reden und die Idee zu besprechen. Können wir jetzt weitermachen?"

Freyr sah aus, als wollte er etwas entgegnen, doch Freya packte ihren Bruder am Arm. „Ist dieser Streit wirklich notwendig?", fragte sie mit liebenswerter, jedoch bestimmter Stimme. „Haben wir im Moment nicht genügend Feinde, ohne dass wir uns gegenseitig zu Feinden machen?"

Freyrs Blick huschte kurz zu Loki. Balder räusperte sich. Er hatte Harrison und seine Leute gemeinsam mit den anderen begrüßt, etwas an seinem Gesichtsausdruck sorgte jedoch dafür, dass sich mein Magen verknotete. Er sah aus, als hätte er nicht genug Schlaf bekommen, oder als säße etwas Unangenehmes in seinem Kopf fest – der Hauch eines Schattens, der sein übliches Licht dimmte.

Er hatte sich vermutlich erschöpft, als er Hödur unterstützt hatte. Seine Stimme klang allerdings klar und deutlich.

„Ist es nicht am wichtigsten, herauszufinden, was Surt als Nächstes aufs Korn nehmen wird?", fragte er. „Wir haben uns mit dieser Frage befasst, als unsere Besucher angekommen sind."

Vidar verzog das Gesicht, widmete sich jedoch wieder der Karte. „Bragi, du bist diese Liste durchgegangen, die du auf diesem ... Computer-Gerät gefunden hast. Die größten Atomkraftwerke?"

Als der andere Gott den Standort eines Kernkraftwerks erwähnte, trat ich an Balder heran. „Wie geht es dir nach gestern Nacht?", erkundigte ich mich leise.

Er legte seine Hand auf meine Schulter und drückte sie sanft. „Mir geht es jetzt gut, da ich mich ausgeruht habe. Hödur erholt sich noch. Wir haben ihn in einem der Zimmer untergebracht, wo er nicht gestört wird. Die Explosion einzudämmen und abzukühlen, hat ihm viel abverlangt."

„Das konnte ich sehen." Ich hoffte, dass sich der dunkle Gott nicht überanstrengt hatte. Bei dem Gedanken, dass Hödur Schmerzen litt, verkrampfte sich mein Magen noch fester. Keiner der anderen Götter schien sich besonders große Sorgen um ihn zu machen, obwohl er uns allen den Hintern gerettet hatte.

Eine schwarze Gestalt kreiste über unseren Köpfen am Himmel. Ich betrachtete sie. „Sieht so aus, als hätte uns der Rabe wieder gefunden. Ich frage mich, was sie getrieben hat." Ich hatte Munin seit unserem wilden Flug von Peking zu dem Atomkraftwerk nicht mehr gesehen.

„Vielleicht hat sie etwas Nützliches beobachtet." Balder hob die Hand, um sie zu sich zu winken.

Munin drehte noch einen langsamen Kreis, als würde sie überlegen, ob sie die Einladung annehmen sollte, bevor sie zum Sinkflug ansetzte und neben uns landete. Ein paar der neueren Götter warfen ihr einen neugierigen Blick zu, die meisten waren jedoch auf Vidar und die Markierung der Karte konzentriert.

„Ihr seid weit weg von dem Ort, an dem ihr sein wolltet", stellte der Rabe fest. „Ich konnte euch nicht finden, bis ich einen Bericht über das Desaster auf der Titelseite einer Zeitung sah."

„Nun, wenn du nicht ständig davonfliegen würdest, um dein eigenes Ding zu machen, wärst du bei uns gewesen, als wir abgeflogen sind", erinnerte ich sie. „Wohin bist du gegangen?"

„Ich habe die Tore zwischen Midgard und den anderen Reichen überprüft, die ich kenne." Fältchen bildeten sich um ihre Mundwinkel, als sie diese verzog. „Surt ist bestimmt bewusst, dass wir spüren können, wenn er seine Brücke hierherbringt. Ich habe mir Sorgen gemacht, dass er anfangen könnte, seine Strategie zu ändern."

Daran hatte ich gar nicht gedacht. „Hast du irgendetwas gesehen, was wie ein Problem aussah?", fragte ich.

„Nicht unbedingt. Ein paar Jötun waren durch ihr Tor nach Midgard gekommen, störten allerdings niemanden. Sie benahmen sich eher wie Touristen. Mir hat allerdings nicht gefallen, dass sie überhaupt hergekommen sind. Je weniger Riesen, desto besser."

„Absolut." Ein Kälteschauder kribbelte durch mich hindurch. „Ein Riese ist mehr als genug."

„Ich würde es vorziehen, wenn gar keiner hier wäre", brummte Munin und schüttelte ihr Kleid.

Vidar trat von der Karte zurück und ließ den Stift danebenfallen. Er rieb sich über den Kiefer. „In Ordnung", sagte er. „Das sind die größten Kernkraftwerke in Midgard." Seine Markierungen waren auf der Karte verteilt. „Ich weiß nicht, wie wir vorhersagen können, welches Surt angreifen wird. Folgten seine Angriffsziele bisher einem Muster?"

„Mir fällt keines ein", erwiderte Thor. „Aber wir haben Grund zu der Annahme, dass er in der Nähe bleiben wird."

„Beim ersten Mal hat er eine Großstadt angegriffen", meinte Freya. „Und das Atomkraftwerk von gestern Abend war auch nicht weit von einer Großstadt entfernt. Er scheint auf maximale Zerstörung abzuzielen. Können die möglichen Ziele dadurch eingegrenzt werden?"

Vidar betrachtete die Karte aus zusammengekniffenen Augen. „So können wir einige Möglichkeiten ausschließen, allerdings nicht viele."

„Wer sagt, dass er die gleiche Logik anwenden wird wie wir?", warf eine der anderen Göttinnen ein. „Weiß Surt überhaupt, wie er herausfinden kann, welche Atomkraftwerke die mächtigsten sind? Möglicherweise orientiert er sich an etwas ganz anderem."

Das stimmte. Es hatte nicht so ausgesehen, als würde Surts Festung in Muspelheim über Internetzugang verfügen. Sogar die Götter, die jahrhundertelang hier unter Menschen gelebt hatten, hatten Bragis Laptop angesehen, als wäre es irgendein fremdartiges Gerät. Woher erhielt der Riese seine Informationen – und wie verzerrt waren sie?

„Egal, wo er als Nächstes angreift, er hat gestern sehr lange gebraucht, um die Kernschmelze auszulösen", sagte ich. „Und er kann uns nicht viel weiter fliegen lassen wie gestern angesichts dessen, dass wir die halbe Welt umflogen haben, um dorthin zu gelangen."

Njörd verschränkte die Arme und machte ein finsteres Gesicht. „Er wird aus diesem ersten Versuch gelernt haben. Wir können uns nicht darauf verlassen, dass wir annähernd so viel Zeit haben, wenn er erneut zuschlägt."

Munin drängte sich vor und betrachtete die Karte. „Was passiert, wenn er mit dieser nuklearen Explosion erfolgreich ist?", fragte sie mich.

„Millionen Tote", antwortete ich. „Vielleicht mehr, je nachdem wie sehr er die Explosion verstärken kann. Es werden nicht einmal Leichen übrig sein, jeder, der in der Nähe ist ... wird einfach zu Asche zerfallen. Es wäre schrecklich."

Sie reckte das Kinn und trat mitten in die Menge.

„Ich kann gehen", sagte sie. „Nach Asgard. Ich sollte von hier nach Muspelheim gelangen können und von dort zu

Yggdrasil. Ich bin klein und schnell. Ich werde sicherstellen, dass die Wachen mich nicht sehen, und Surts Plänen lauschen."

Die Anspannung in ihrem Körper zeigte, dass sie dieses Angebot nicht leichtfertig aussprach. Sie setzte ihr Leben aufs Spiel.

Skadi betrachtete die Rabenfrau aus schmalen Augen. „Hast du Surt nicht dabei geholfen, Odin gefangen zu nehmen?"

„Das stimmt", sagte Njörd. „Woher wissen wir, dass du dich nicht erneut mit ihm verbündest oder *uns* in eine Falle führst?"

„Ich habe Frieden mit Odin geschlossen", antwortete Munin. „Das sollte gut genug für euch sein. Wenn ich gewusst hätte, dass Surt einen derartigen Plan durchführen würde, hätte ich ihm erst gar nicht geholfen, ganz gleich, wie wütend ich war."

„Jetzt kannst du das leicht sagen", brummte Freyr.

„Hey", rief ich. „Ich habe genauso viele oder mehr Gründe, Munin zu misstrauen. Ich musste ihre Folter durchleben. Aber ich glaube, dass sie uns jetzt helfen will. Wir können uns viel besser vorbereiten, falls sie Surt ausspionieren kann."

Vidar warf mir einen Blick zu, der zu sagen schien, dass meine Meinung genauso wenig wert war wie Munins, doch Thor meldete sich zu Wort. „Ich würde das Gleiche sagen. Munin hat ihre Loyalität bewiesen. Sie ist ursprünglich einen Handel mit Surt eingegangen, um ihr Leben zu retten, nicht weil sie einer Meinung mit ihm war. So wie ich es verstehe, war Odin derjenige, der sie gezwungen hat, ihr Leben aufs Spiel zu setzen. Aufgrund dieser Situation können wir sie nicht verurteilen."

„Die Verfehlungen anderer sind nicht immer das, wonach es aussieht", ergänzte Loki mit einem schiefen

Lächeln. „Ich sage, wir lassen sie gehen und schauen, was sich daraus ergibt.“

Die anderen sahen einander an. Ich spürte einen weiteren Streit am Horizont. Dann fegte eine tiefe trockene Stimme in unsere Mitte.

„Ich unterstütze den Vorschlag des Raben.“

Wir fuhren alle herum. Odin war im Hof angekommen, während wir uns unterhalten hatten. Sein Kopf war etwas tiefer als gewöhnlich gebeugt und sein verkohlter Hut wirkte besonders verbeult. Dreck haftete an seinem Reiseumhang. Sein Griff um den Speer war jedoch fest und sein einziges Auge funkelte uns unter der Hutkrempe hervor an.

„Vater!“, rief Balder und eilte an Odins Seite.

„Mir geht es gut“, verkündete der Göttervater schroff, aber nicht unfreundlich. „Ich habe mich auf die Suche gemacht und mir sind einige Bruchstücke zugeflogen, doch es schien an der Zeit zu sein, sich euch wieder anzuschließen.“ Sein Blick glitt über die versammelten Götter. „Es sind mehr von euch hier als zuvor. Es ist zu lange her. Ich wünschte, wir hätten ein weniger angespanntes Wiedersehen.“

Heimdall gluckste rau, sagte allerdings nichts. Einige der Götter nickten zur Kenntnisnahme seiner Worte. Odin wandte sich an Munin.

„Flieg, lieber Rabe“, sagte er. „Sei unsere Augen und Ohren, wenn wir weder sehen noch hören können. Und danke schön.“

Munin schenkte ihm ein kurzes Lächeln und nahm ihre Vogelgestalt an. Im Nu flitzte sie durch die Luft davon.

„Du hast gesagt, du hättest ‚Bruchstücke‘ gefunden“, begann Thor und näherte sich seinem Vater. „Stücke einer Lösung? Was ist dir zugeflogen?“

Odin seufzte und platzierte das Ende seines Speers vor sich auf der Erde. „Die Visionen fliegen mir nie mühelos zu.

Ich muss sehen, was ich kann, und daraus machen, was ich kann. Was ich auf meiner Wanderschaft gespürt habe …" Er schloss die Augen. „Das Licht des Tages kann vor einem Feuer brennen. Doch nur das höchste Wasser kann alle Flammen löschen."

Ah. Also ein supernützlicher Ratschlag. Ich schaffte es, mir ein Kichern zu verkneifen, es war jedoch knapp.

„Exzellent", sagte Loki. „Lasst uns hoffen, dass uns die restlichen Stücke eher früher als später erreichen, damit wir den Sinn dieser Vorhersage verstehen können."

Keiner schien zu wissen, was er zu Odins Prophezeiung sagen sollte. Vielleicht war das zum Besten. Vidar atmete scharf ein und widmete sich wieder der Karte.

„Was immer passiert, wo immer Surt erscheint, es wäre gut, für den Kampf gegen ihn so viele Asen wie möglich zu versammeln", stellte er fest. „Können wir uns noch mit anderen Göttern in Verbindung setzen?"

Heimdall, der am Rand der Versammlung gestanden hatte, regte sich. „Ich habe möglicherweise Ideen, wo ein paar sein könnten. Und ich … man hat mir auch zu verstehen gegeben, dass wir durch mich die Schlacht möglicherweise zu Surt bringen können, anstatt hier auf ihn zu warten. Es scheint an der Zeit zu sein, dass ich versuche, meine Kräfte auszudehnen, vielleicht gemeinsam mit einigen von euch. Möglicherweise können wir unsere Kräfte so vereinen, wie Thor und die anderen in Gegenwart ihrer Walküre zu Synchronität gelangt sind." Er blickte zum Donnergott anstatt zu mir. „Wenn ihr es vorführen könntet … ich habe noch nicht gesehen, wie sich eure Kräfte verbinden."

Thor merkte bei der Aussicht auf, wenigstens eine Schlacht vorzuspielen, und sackte einen Augenblick später in sich zusammen. „Das können wir nicht tun", erklärte er.

„Nicht ohne Hödur. Ich glaube nicht, dass wir ihn schon wecken sollten."

„Ah. Nun … warum kommst du dann nicht mit und erklärst es mir, und … Skadi, deine Fähigkeiten könnten nützlich sein. Njörd und Idun kommt auch mit."

Die Götter, die er zu sich gerufen hatte, schlenderten mit ihm von der Gruppe weg. Loki hatte sich ebenfalls so heimlich entfernt, dass ich es nicht bemerkt hatte.

Freya beugte sich wieder über die Karte und Odin gesellte sich zu ihr. Bragi widmete sich erneut seinem Computer. Vidar eilte Heimdall hinterher. „Bevor du anfängst … du hast erwähnt, dass es andere Götter gibt, zu denen du uns die Richtung weisen kannst."

Ich rieb mir über die Arme, da eine unangenehme Empfindung über meine Haut kroch. Unsere Gruppe war größer geworden, fühlte sich jetzt jedoch verstreut an und nicht wie eine Gruppe Leute, die gemeinsam auf das gleiche Ziel hinarbeitete. Wie sollten wir Surt aufhalten, wenn wir in unterschiedliche Richtungen rannten und wegen jedes Hilfsangebots stritten?

Ich wollte nicht einfach nur mit diesen Gedanken herumstehen und es war offensichtlich, dass hier niemand einen Nutzen für mich hatte. Ich berührte das Handy in meiner Tasche, um mich zu vergewissern, dass es noch da war, und drehte mich zum Haus um. „Ich werde nach Hödur sehen."

KAPITEL SIEBZEHN

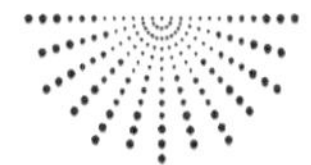

Aria

Neben dem Haupteingang der Schule entdeckte ich in dem Raum, der einst das Sekretariat beherbergt hatte, einen Haufen Tüten. Jemand hatte frische Lebensmittel besorgt. Wenn Hödur aufwachte, brauchte er vermutlich so viel Nahrung, wie er kriegen konnte.

Ich betrat das Zimmer und ging in die Hocke, um die Tüten nach etwas zu durchsuchen, was wenigstens einigermaßen gehaltvoll aussah. Nach einigen Minuten hatte ich einen Brotlaib, ein Glas Erdnussbutter und ein Messer gefunden, um letztere zu verstreichen. Außerdem hatte ich ein paar Kartons Traubensaft entdeckt, was für einen angeschlagenen Gott eine sicherere Option zu sein schien als die Weinflaschen, die im Getränkebereich überwiegend zu finden waren. Ärzte ließen die Leute nach dem Blutspenden Saft trinken. Vielleicht galt das gleiche Prinzip bei göttlichen

Wesen, die eine ganze Menge ihrer Energie verbraucht hatten, um die Welt zu retten.

Ich hatte nicht gewusst, in welchem Raum die Götter Hödur untergebracht hatten, musste jedoch nicht viel Zeit auf die Suche verschwenden. Stimmen drangen aus einer halb geöffneten Tür in den Gang. Bevor ich dort ankam, wusste ich, dass ich auch meinen Trickster gefunden hatte.

„Das ist also die Quintessenz des Ganzen", verkündete Loki gerade mit seiner lässigen Stimme. „Da die Hälfte dieser Idioten vergisst, dass auch noch andere Dinge existieren als das, was sie vor sich sehen können, dachte ich, ich sollte dich fragen, ob du noch Vorschläge hinsichtlich unserer aktuellen Aktivitäten hast."

„Ich kann nicht behaupten, dass ich begeistert davon bin, dass der Rabe zu Surt fliegt, doch wenn die anderen der Meinung waren, dass sie es ernst meint …", sprach Hödur mit einem leisen Krächzen, wobei seine Stimme misstrauisch, aber nicht feindselig klang. Ich konnte mich nicht erinnern, ob ich jemals zuvor erlebt hatte, dass sich diese beiden allein unterhalten hatten. Seit ich den dunklen Gott und den Trickster kannte, hatten ihre Gespräche den Großteil der Zeit hauptsächlich aus bissigen Bemerkungen bestanden. Ich vermutete, sie verarbeiteten endlich die Schrecken ihrer gemeinsamen Vergangenheit und die Enthüllungen der letzten Wochen.

„Ich bin mir nicht sicher, ob es noch etwas gibt, was ich anbieten kann", fuhr Hödur fort. „Abgesehen davon, dass wir Surt besser schnell fangen sollten, falls er diese Taktik noch einmal versucht. In dieser Explosion steckte so viel Macht." Seine Stimme verstummte erneut, als ich durch die Tür schlüpfte.

Sonnenlicht fiel durch ein einziges großes Fenster in den Klassenzimmer-großen-Raum auf der anderen Seite. Es hinterließ helle Flecken an den weißen Wänden und auf dem

Boden. Die anderen Götter hatten Hödur auf ein Bett gelegt – nun, vielleicht war es eher eine Liege –, ihm eine gefaltete Decke als Kissen gegeben und eine andere über seinen schmalen Körper gelegt. Loki lehnte an dem leeren Bücherregal in der Nähe der Tür. Er nickte mir zu. Er hatte mein Herannahen vermutlich in dem Moment gehört, in dem ich das Gebäude betreten hatte.

Dem Aussehen nach war dieser Raum früher wahrscheinlich das Krankenzimmer gewesen. Das passte zu seinem aktuellen Nutzen.

Hödur hatte seine Schultern auf das notdürftige Kissen am Kopf des Bettes gelegt und befand sich in einer Position zwischen Liegen und Sitzen. Er drehte den Kopf zu mir, als meine Sneakers über das alte Linoleum quietschten.

War sein Gesicht seit gestern dünner geworden? Im Liegen wirkten die Schatten unter seinen hohen Wangenknochen ausgeprägter, oder vielleicht bildete ich mir das bloß ein. Seine kurzen schwarzen Haare standen in alle möglichen Richtungen ab, so wie es bei jedem der Fall gewesen wäre, der gerade stundenlang geschlafen hatte. Es juckte mich in den Fingern, sie glattzustreichen und seine blasse Wange zu berühren.

„Ari?", sagte er, wobei er nur ein wenig fragend klang. Vermutlich hatten die Götter bedeutend schwerere Schritte.

„Ich dachte, du hast vielleicht Hunger", erwiderte ich. „Oder Durst. Ich habe dir einige Dinge mitgebracht … Wie fühlst du dich?"

„Besser", antwortete Hödur und rutschte auf dem Bett hoch. Ein kleines Lächeln breitete sich auf seinem Gesicht aus und ließ die eingefallenen Wangen weicher wirken, wegen denen ich mir gerade noch Sorgen gemacht hatte. „Ich habe bereits gegessen … jemand hat einen Teller für mich dagelassen."

Ich bemerkte den fraglichen Teller und eine beinahe

geleerte Wasserflasche auf dem kleinen Tisch an der Seite des Bettes. Plötzlich fühlte ich mich unbehaglich mit meiner Fracht in den Händen. Ich ging zum Bett und legte das Brot sowie den Rest auf den Boden neben den Tisch. „Nun, falls du später noch einmal Hunger hast …"

„Danke."

Kurz stand ich einfach nur da, hin und her gerissen zwischen der Sehnsucht, ihn in eine Umarmung zu ziehen, und Nervosität, dass ich ihm wehtun würde, wenn ich ihn auch nur berührte. Eine Falte formte sich auf Hödurs Stirn. Er streckte die Hand nach mir aus und legte seine Finger federleicht um meinen Arm.

„Hey", sagte er. „Es tut mir leid, dass ich dich letzte Nacht so angefahren habe. Ich war nicht wütend auf dich oder etwas dergleichen … es war einfach eine überwältigende Situation …"

Machte er sich deswegen Sorgen? Ein Kloß stieg in meiner Kehle auf. Ich hob langsam meinen Arm, um seine Hand zu ergreifen, und setzte mich vorsichtig auf die Bettkante. „Ich weiß. Natürlich warst du angespannt. Was du getan hast, war fantastisch. Es tut mir nur leid, dass ich es dir erschwert habe."

Er schnaubte ablehnend. „Das ist nicht möglich. Komm her, Walküre. Habe ich es mir mit meinem vorübergehenden Invaliden-Status nicht verdient, ein wenig verhätschelt zu werden?"

Mein Herz schwoll an. Ich neigte mich in seine Umarmung, lehnte meinen Kopf an seine Schulter und schlang so fest die Arme um ihn, wie ich es wagte. Sein Körper enthielt noch immer all die sehnige Kraft, an die ich gewöhnt war, und diesen vertrauten salzigen, rauchigen Duft.

Ihm ging es gut. Ihm ging es wirklich gut.

Der Kloß in meiner Kehle stieg noch höher und Tränen bildeten sich hinter meinen geschlossenen Augenlidern. Ich zwang sie zurück. Ich hatte so oft vor Hödur geweint, dass es für ein ganzes Leben reichte, und das Letzte, was er brauchte, waren weitere Gründe, sich um mich zu sorgen.

Ich würde mir nicht erlauben, darüber nachzudenken, was geschehen würde, wenn Surt erneut zuschlug, bevor sich Hödur vollständig erholt hatte. Genauso wenig würde ich daran denken, dass eine weitere Explosion durch Hödurs Schatten sickern und ihn mir entreißen könnte. Er war jetzt hier, solide und real. Darauf musste ich mich konzentrieren.

„Es freut mich, dass es dir gut geht", raunte ich. „Und ich meine das ernst – wie du diese Explosion aufgehalten und neutralisiert hast, war einfach genial. Wir wären alle verbrannt, wärst du nicht gewesen. Du kannst so viel verhätschelt werden, wie du willst."

Er gluckste und beugte sich vor, um meine Schläfe zu küssen. „Ich bin mir sicher, es wird mir nicht zu Kopfe steigen. Ich sollte in ein oder zwei Stunden wieder auf den Beinen sein. Dann können alle erneut dazu übergehen, sich direkt vor mir anstatt aus der Ferne nicht die Mühe zu machen, mich nach meiner Meinung zu fragen."

„Ich persönlich denke, dass die meisten Götter in dieser Gruppe einen sehr schlechten Geschmack haben, wenn es darum geht, auf wen sie hören", meinte Loki. „Ich schätze, das hätten wir erwarten sollen angesichts dessen, dass sie unsere exzellente Gesellschaft so lange gemieden haben."

„Wir brauchen sie", erinnerte Hödur ihn. Doch obwohl sein Ton zuvor sarkastisch gewesen war, hatten sich seine Muskeln angespannt, während er gesprochen hatte. Er hatte mir zuvor schon erzählt, wie ihn die Götter nach Ragnarök behandelt hatten: Sie waren ihm größtenteils aus dem Weg gegangen und hatten ihn nur angesprochen, wenn sie eine unangenehme Aufgabe gehabt hatten, um die er sich kümmern sollte. Selbst davor hatten alle stets zu Balder dem Strahlenden geschaut und Hödur ignoriert.

Ich dachte an die letzten Tage und stellte fest, dass ich mich nicht erinnern konnte, dass jemand nach seiner Meinung gefragt hatte. Er war genauso sehr an den Seitenrand gedrängt worden wie ich.

Hödurs Fingerspitzen streichelten meinen Rücken und fühlten sich durch die dünne Seide meines Tops hindurch warm an. Ein begehrliches Kribbeln durchlief mich bei seiner Berührung. Plötzlich fiel mir ein, wie mich Thor daran erinnert hatte, dass ich zumindest einigen der Götter hier wichtig war, als ich mich nicht wohlgefühlt hatte. Das war genau die Form von Großzügigkeit, die ich nur allzu gerne weitergab.

Ich wich zurück und legte meine Hand auf Hödurs Gesicht. „Sie brauchen *dich*", beschwor ich ihn, „auch wenn sie zu eingebildet sind, um das zuzugeben. *Ich* brauche dich. Möchtest du, dass ich dir zeige, wie sehr?"

Er schob sich vor, als ich mich zu ihm beugte, und verschloss meinen Mund einen Augenblick, bevor ich seine Lippen mit meinen berühren wollte. Mein Herz setzte einen Schlag aus. Sein Arm legte sich fester um meine Taille und seine andere Hand glitt neckisch in meine Haare. Und plötzlich fühlte sich sein Kuss so notwendig wie die Luft zum Atmen an.

Ich umfing seinen Kiefer und küsste ihn stürmischer. Hödur zog mich auf seinen Schoß und teilte meine Lippen mit der Zunge. Sein Daumen wanderte meine Seite hinauf, um die Unterseite meines Busens nachzufahren, und ein zufriedenes Raunen entwischte mir.

Loki räusperte sich. „Nun, angesichts dessen, dass *ich* hier nicht mehr gebraucht werde, werde ich dich deiner Genesung überlassen."

Die Belustigung in seiner Stimme schwappte wie eine Liebkosung über mich hinweg. Ich konnte den sehnsüchtigen Schauder nicht unterdrücken, der mich bei dem Gedanken durchlief, dass dieses zweite Paar verschlagener Hände zusammen mit Hödurs über meinen Körper wandern würde.

Hödur erstarrte unter mir. Nachdem er meine Lippen ein letztes Mal mit seinen berührt hatte, wich er zurück und sagte: „Du musst nicht gehen."

Mein Herz setzte aus. Ich blickte über meine Schulter. Loki war mit der Hand an der Tür erstarrt und sah uns an.

„Was willst du damit sagen?", fragte er mit ruhiger Stimme.

Hödurs Daumen wanderte an meinem Busen höher und streichelte ihn gerade unterhalb der Spitze. Ich konnte nicht anders, als mich seiner Berührung entgegenzudrücken und ihn zum Weitermachen zu ermutigen. Sein blinder Blick war auf mein Gesicht gerichtet, seine Miene war jedoch entspannt. Beinahe zufrieden.

„Ich will damit sagen, dass unsere Walküre diesen Moment noch mehr genießen könnte, wenn du etwas dazu beitragen würdest."

„Hödur", sagte ich und mir verschlug es die Sprache. Ich vergaß seine Hand und ihren verführerischen Aufstieg, stattdessen beugte ich den Kopf, sodass meine Stirn seine berührte. „Du bist genug."

„Ich weiß", erwiderte er so lässig, dass ich ihm glaubte. „Aber warum sollen wir damit aufhören? Denkst du, ich will nicht hören, wie du schärfer keuchst, und spüren, wie du heftiger zitterst?"

Da zitterte ich, als eine Woge an Emotionen durch mich rollte, die aus mehr als Lust bestand.

„Fuck", fluchte Loki und trat die Tür zu, die sich mit einem Klicken schloss. Er durchquerte den Raum wie ein stürmischer Wind. Hödur zog meinen Mund wieder zu seinem und umfasste meinen Busen. Der Trickster beugte sich unterdessen über mich und drückte durch mein Oberteil hindurch einen Kuss auf meine Wirbelsäule, ehe er seine Hand auf meine Hüfte legte. Jeder Nerv in meinem Körper erwachte bei dem Versprechen dessen, was kommen würde.

All diese Emotionen pulsierten nach wie vor in meiner Brust, selbst als ich wimmerte, weil Hödurs Finger über meinen Nippel wanderten. Ich bedeutete ihm so viel – so viel, dass ihm meine gesteigerte Wonne mehr gab, als er verlor, indem er dieses Intermezzo mit einem Kameraden teilte, mit dem er nach Jahrhunderten der Feindseligkeit gerade erst einen zaghaften Frieden geschlossen hatte.

Er kannte mich so gut, dass er mein Verlangen augenblicklich erkennen konnte.

Loki streichelte meine Hüfte, als er mein Oberteil hochzog und meine entblößte Haut küsste. Jeder Druck seiner Lippen wurde von einem Flackern feuriger Hitze begleitet. Eine weiche kühle Empfindung, die ich als einen von Hödurs Schatten erkannte, leckte über meinen Bauch. Ohne unseren Kuss zu unterbrechen, bewegte ich meine Beine so, dass ich rittlings auf ihm saß. Eine andere Art von Verlangen stieg mit einem kleinen Schmerzensstich in mir auf. Er hatte mir immer wieder gesagt und gezeigt, wie viel ich ihm bedeutete. Möglicherweise war ihm jedoch nicht bewusst, dass er mir genauso viel bedeutete.

In einer Minute wäre ich zu sehr in der Wonne verloren, um die richtigen Worte zu finden. Oder ich wäre so benommen vor Lust, dass er mir nicht glauben würde. Meine Kehle schnürte sich zu. Ich hob den Kopf ganz leicht, lehnte meine Nase an Hödurs und blickte in seine dunkelgrünen Augen, die genau wussten, wo sie meine finden konnten, obwohl er mir nicht sagen konnte, welche Farbe oder Form sie hatten. Mein hübscher heimgesuchter dunkler Gott.

„Ich liebe dich", verkündete ich. Es kam als Flüstern heraus, das unter dem Schwall an Emotionen vergraben war, der die Worte aus mir gestoßen hatte, doch er hörte mich. Seine Lippen teilten sich, als er verblüfft einatmete.

Loki zögerte zwischen zwei Küssen und seine Finger hielten ruckartig an meinem Schenkel inne. Störte es ihn, dass ich es gesagt hatte … dass ich es zu Hödur gesagt hatte? Der Trickster und ich hatten einen Deal abgeschlossen, dass wir keine Verpflichtungen eingehen und keine großen Verkündungen machen würden. Es war nicht so, als hätte er sich jemals von diesem Deal abgewandt.

Seine Reaktion dauerte nur eine Sekunde, bevor er wieder den Mund auf meinen Rücken senkte, als hätte sich nichts verändert. Hödur ließ seine Finger über die Seite meines Gesichts gleiten und streifte meine Lippen mit dem Daumen.

„Ich liebe dich auch", erwiderte er heiser.

Unsere Lippen krachten aufeinander, als wären sie von einer unaufhaltsamen Kraft zusammengezogen worden, und das war vielleicht nicht vollkommen unwahr. Ein schwindelerregendes Kribbeln rauschte durch meine Brust, als hätte ich, indem ich diesen kleinen Satz unterdrückt hatte, eine gewaltige Menge Angst in mir eingesperrt, die nun ungehindert aus mir strömte.

Ich liebte ihn. Das tat ich wirklich. Ich liebte sie alle, oder? Loki und seinen scharfsinnigen Humor, der Wunden verbarg, die tief gingen. Thor mit seiner Mischung aus Sanftheit und Wildheit. Balder und die Harmonie, die er beinahe überall heraufbeschwören konnte. Momentan wollte ich jedoch all diese Gefühle in den Gott unter mir gießen. Er gab uns allen so viel.

Mein Mund glitt zu Hödurs Kiefer und küsste einen Pfad über seine Kehle, während ich die Decke zwischen uns wegzog. Loki öffnete meinen BH, Hödur zog das Oberteil über meinen Kopf und dann zeichnete der Trickster meine Rippen mit knisternden Flammen nach, während der dunkle

Gott meine Brüste knetete. Ich vergaß beinahe, was ich vorgehabt hatte. Aber nur fast.

Ich rutschte auf dem Bett nach hinten und fasste Hödur in den Schritt, woraufhin er scharf einatmete. „Ari …"

„Leg dich zurück", befahl ich und leckte das Salz an seinem Bauchansatz ab. „Entspann dich. Denkst du, ich möchte nicht spüren, wie *du* den Moment genießt? Ich bin mir ziemlich sicher, du solltest dich eigentlich noch ausruhen. Ich kann mich um dich kümmern."

Mit der Hand fuhr ich über die Wölbung seiner Erektion und er stöhnte. Sein Körper entspannte sich und seine Hand legte sich auf meinen Kopf. Seine Finger glitten durch meine Haarsträhnen und streichelten meine Kopfhaut, während ich den Reißverschluss nach unten riss.

Sein Schwanz federte aus seiner Boxershorts heraus, wobei ich kaum nachhelfen musste. Ich liebkoste seine seidige Härte mit einer Zungenbewegung und lächelte, weil er daraufhin zuckte. Hödur brachte nur einen erstickten Laut zustande. Ich glitt mit der Zunge seine blasse Länge entlang bis zur Spitze und umschloss ihn mit meinen Lippen.

Sein scharfes Raucharoma füllte meinen Mund. Seine Finger spannten sich an meinem Kopf an. Er atmete harsch ein und bockte mir entgegen, als ich ihn tiefer aufnahm. Ich stimulierte ihn vorsichtig, packte seine Schwanzwurzel, übte Druck mit meiner Zunge aus, neckte ihn mit den Zähnen und erkundete ihn. Ich entdeckte, wie ich diesen Mann auf die angenehmste Art vollkommen aus der Fassung bringen konnte.

Loki hatte seine Position angepasst, als ich meine verändert hatte. Jetzt beugte er sich über mich, ließ seine Hände über meinen Oberkörper gleiten und umfasste die Brüste, die Hödur freigegeben hatte. Seine Daumen huschten über meine Nippel und erzeugten kleine Hitzewellen, die ein lustvolles Beben durch mich sandten. Er küsste meine Schulter, meine Halsbeuge und flüsterte mir mit sengendem Atem ins Ohr: „Oh meine Walküre, du bist atemberaubend, wenn du die Kontrolle übernimmst."

Seine Stimme löste das gleiche begierige Beben aus wie zuvor. Ich senkte den Kopf auf Hödurs Härte, saugte hart und er kam mir mit den Hüften entgegen. Der Trickster sandte unterdessen seine wundervollen Flammen über meine Haut.

Ein Flüstern wie kühler Samt streichelte meinen Bauch und ich wusste, dass sich Hödurs Schatten Lokis Flammen wieder angeschlossen hatten. Als ich mit der Zunge um die scheinbar empfindlichste Stelle seines Schwanzes glitt, schlüpften die schattenhaften Empfindungen tiefer. Unter meiner Jeans und meinem Höschen massierten sie meinen Kitzler mit so viel Druck, dass ich wimmerte, bevor sie gegen meine Mitte stupsten. Urplötzlich spürte ich, dass sich etwas Solides so hart und straff wie der Schwanz in meinem Mund gegen meine Falten presste.

Ich konnte mir ein Keuchen nicht verkneifen. Hödurs Hand erstarrte in meinen Haaren.

„Zu viel?", krächzte er.

„Nein", murmelte ich. „Fuck. Hör nicht auf."

Sein nächster Atemzug hatte die Form eines Lächelns. Die unebene Länge des Schattens presste sich in mich, dehnte mich und traf jede gierige Stelle in mir. Ein bedürftiges Seufzen entfuhr meinen Lippen. Ich bog den Rücken durch, um Hödurs Magie tiefer zu drängen, und beugte mich wieder über ihn.

Loki gluckste und sandte eine weitere Woge flackernde Hitze durch mich. Mit den Händen glitt er zu meinen Hüften hinab und schob eine zwischen meine Schenkel, um die kribbelnde Perle an meiner Mitte zu massieren. Hödurs schattenhaftes Instrument trieb sich immer wieder in mich und Lokis Flammen leckten an meinem Kitzler.

Mit jedem Stoß dieser soliden Dunkelheit in mir fand ich neue Lustpunkte. Ich stöhnte auf seinem Schwanz und bewegte mich instinktiv in dem Rhythmus, den er vorgab. Wonne floss durch meinen gesamten Körper.

Hödurs Magie stieß härter zu. Ich begann, zu zittern. Ich war dem Höhepunkt so nahe, wollte dem dunklen Gott jedoch ebenfalls Erfüllung schenken.

Ich pumpte seinen mittlerweile glitschigen Schwanz und liebkoste die Spitze im Takt mit meinen Bewegungen mit den Lippen. Hödurs Hüften zuckten. „Ari", stöhnte er und riss an meinen Haaren.

Sein salziger Höhepunkt flutete meinen Mund. Sein Schatten bewegte sich in einem Tempo in mir, das seinen stockenden Atemzügen entsprach. Loki biss in meine nackte Flanke und ich kam. Mein Herz setzte einen Schlag aus und ich hatte das Gefühl, die Ekstase würde mich hin und her werfen. Ich klammerte mich an Hödurs Schenkel und schrie. Meine Arme und Beine gaben nach und ich brach auf ihm zusammen.

Hödur schüttelte meine Schulter und zog mich langsam hoch, um mich an seine nach wie vor bekleidete, jedoch heiße Brust zu drücken. Ich hob den Kopf und er kam mir mit einem Kuss entgegen. Dieser dauerte an, bis mein Herz von all der Liebe schmerzte, für die ich noch keine Worte gefunden hatte.

Doch ich hatte den wichtigsten Teil ausgesprochen. Ganz gleich, was als Nächstes geschah, er wusste es.

Loki hockte sich neben die Liege. Meine Hand streckte sich von allein aus, um seinen Hals nachzufahren und sich auf seine Schulter zu legen. Er verdeckte sie mit seiner Hand.

„Ich hätte nie gedacht, dass ich neue Tricks von dir lernen würde, Dunkler", sagte er und klang belustigt. „Irgendwann muss ich dieser Technik meinen eigenen Dreh geben."

Ich spannte mich in Erwartung von Hödurs Reaktion an, der dunkle Gott lachte allerdings bloß. Er küsste meine Stirn. „Ich habe eine exzellente Inspiration für meine Experimente. Vielleicht sollten wir es einmal gemeinsam versuchen, wenn das unserer Walküre gefallen würde. Unsere Kräfte scheinen in Kombination besonders große Höhen zu erreichen."

„Mmmmh." Loki summte scheinbar zustimmend, was die Sehnsucht in meiner Brust geradewegs zu meiner Mitte sandte.

„Eure Walküre gibt dem Plan zwei nach oben gereckte Daumen", verkündete ich.

Hödur lachte erneut und drückte seinen Kopf an meinen. Lokis Daumen zeichnete ein sanftes Muster auf meine Fingerknöchel. Wir entspannten uns eine Weile, die letzten drei Personen, nach denen die anderen Götter jemals suchen würden. Die drei, die sie eigentlich gar nicht um sich haben wollten. In diesem Moment fühlte sich diese Ablehnung nicht wie eine Beleidigung an. Es fühlte sich wie ein wenig Freiheit an.

Ein begeisterter Schrei drang von draußen durch die Mauer. Loki seufzte. „Ich schätze, irgendwann sollten wir nachsehen, worin sich die anderen jetzt wieder verrannt haben."

Er ließ meine Hand los und machte Anstalten, aufzustehen. Ich löste mich gerade rechtzeitig von Hödur, um zu sehen, dass der Trickster mit einer Hand auf der Bettkante und mit gebeugtem Rücken erstarrte. Hödurs Kopf schnellte in die Höhe.

„Surt?", fragte er.

„Der verfluchte Mistkerl", schimpfte Loki. „Ich glaube, dieses Mal ist er nicht weit weg. Lasst uns nachschauen, ob wir *ihn* heute als Erstes schmelzen können."

KAPITEL ACHTZEHN

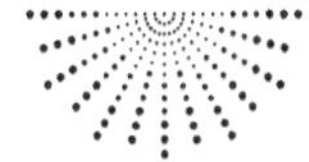

Hödur

Ich hatte meine Kleider angezogen und schwang gerade die Beine über die Bettseite, als Ari meinen Arm packte. Der Trickster war bereits aus dem Raum gehastet.

„Bist du dir sicher, dass du mitkommen solltest?", fragte Ari. „Du hast dich letzte Nacht so sehr verausgabt ... du hattest nicht einmal vor, in der nächsten Zeit zu laufen."

Falls mein Körpergefühl noch immer eine Spur seltsam war, so konnte ich nicht sagen, ob das an den Anstrengungen der gestrigen Nacht lag oder daran, wie mich Ari gerade vor Lust hatte brennen lassen. Ich berührte ihr Gesicht und zog sie so nahe zu mir, dass ich ihren Atem spüren konnte.

„Ich kenne meine Grenzen. Der Trickster sagt, dass es nicht weit ist. Und du hattest recht. Du – ihr alle – braucht mich möglicherweise wieder."

Das war einer der Gründe. Der andere war, dass ich sie

auf gar keinen Fall zu einem Kampf mit Surt sausen lassen würde, während ich hier herumlümmelte – vor allem nicht nach der Intimität, die wir gerade geteilt hatten.

„Okay", stimmte sie leise zu mit fast der gleichen Stimme, mit der sie mir gestanden hatte, dass sie mich liebte. Die Erinnerung daran sandte trotz allem erneut Begeisterung durch mich. Es war bestimmt nicht einfach für sie gewesen, das auszusprechen, dennoch hatte sie es für mich getan.

Sie legte ihre Finger an meinen Kiefer und küsste mich rasch, bevor wir gemeinsam in den Gang eilten.

„Auf geht's, auf geht's!", brüllte Thor draußen. Ich vermutete, dass Loki als Erstes seinem alten Abenteuerkollegen Bescheid gegeben hatte. Wenn es hier irgendjemanden gab, um den sich die Götter beim Kampf gegen den Riesen scharen würden, war das mein älterer Bruder.

Ich hatte einen Schattenstrang benutzt, um Hindernisse im Gang zu ertasten. Sobald wir durch die Tür platzten, entfaltete Ari ihre Flügel mit einem fedrigen Zischen und ich streckte meinen Schatten zu meinem üblichen Fluggerät aus. Hoch in der Luft musste ich über diesem unbekannten Gebiet bloß den anderen folgen und hoffen, dass sie in die richtige Richtung unterwegs waren.

Es musste Nachmittag sein. Die Sonne schien heiß gegen die rechte Seite meines Gesichts, als wir in eine Richtung losflogen, von der ich instinktiv wusste, dass es sich um den Süden handelte. Der frische Wind, der von unserem Flug aufgewirbelt wurde, durchschnitt den Großteil der Sommerhitze. Einige der anderen unterhielten sich noch immer schreiend und diskutierten eine Strategie. Ich blendete jedoch alles aus abgesehen von dem Rascheln von Aris Flügelschlägen und dem leisen Flüstern von Lokis verzauberten Schuhen, die ihn durch die Luft trugen.

Er wusste, wohin wir gingen, und ich wusste, dass ich

nur eine Strategie brauchen würde, wenn wir dort ankamen. Falls Surt darauf abzielte, eine zweite nukleare Explosion zu entzünden, müsste ich sie mit einer weiteren Welle aus Schatten ersticken.

Wenn wir dieses Mal früher dort ankamen, müsste ich vielleicht nicht all meine Kraft verbrauchen.

Es war nicht besonders anstrengend, so zu fliegen. Ich musste auf dem relativ breiten Schattenstreifen lediglich das Gleichgewicht wahren. Innerhalb weniger Minuten setzte jedoch eine kribbelnde Empfindung in meinen angewinkelten Knien und Hüften, meinem Halsansatz und meinen Händen ein, die sich an meinem Transportmittel abstützten.

In Ordnung, ich hatte mich also noch nicht vollständig erholt. Das würde keine Rolle spielen, wenn wir Surt früh genug erreichten. Was immer er jetzt trieb, ich würde alles in meiner Macht Stehende tun, um ihn aufzuhalten.

Ich verlagerte mein Gewicht und veränderte meine Position stückweise, als sich neue Schmerzen bildeten. Die Meilen sausten unter uns vorbei.

„Dort", sagte Loki. Das leise Prasseln der Flammenbrücke drang an meine Ohren. Der Trickster raste noch schneller vorwärts und ich drängte meinen Schatten mit hämmerndem Herzen, ihm zu folgen. Dann hielt Loki plötzlich inne. Das Prasseln verschwand.

Der Verschlagene schnaubte, als ich neben ihn flog. „Er ist bereits fort. Was in Hels Namen hat er *hier* gemacht?"

Ich konnte keine explosive Energie in der Luft spüren, nicht einmal den Hauch einer Explosion. Unsere Walküre glitt herbei und schloss sich mir an. „Es sieht wie ein Wohngebiet aus", stellte sie fest. „Irgendein Vorort – nur breite Straßen, die Häuser mit großen Gärten säumen. Schöner Ort zum Wohnen." Ihr Tonfall klang ein wenig trocken. „Keine Kernkraftwerke. Nichts anderweitig Zerstörerisches. Komisch."

„Wir müssen die Stelle finden, an der er den Boden berührt hat", brummte Loki. Er ging weiter, einen langen Schritt nach dem anderen. Der Rest von uns folgte ihm.

„Dort ist das Mal!", rief Heimdall mit mehr Elan, als ich von ihm gehört hatte, seit er angekommen war. Vielleicht gefiel ihm einfach, dass er dem Trickster zuvorgekommen war. „Dieser Garten ist von der Brücke versengt worden. Er hat dort aufgesetzt."

Ich folgte den anderen zur Erde, wobei ich das Flüstern der Blätter eines Baumes – dem Geruch nach zu urteilen, war es eine Birke – und die von der Sonne aufgeladenen Terrassensteine bemerkte, auf denen meine Füße landeten. Ein anderer Eindruck, der weder ein Geruch noch eine Empfindung war, bebte ebenfalls durch meine Sinne und zupfte an der tiefsten Dunkelheit in mir.

„Jemand ist hier gestorben", stellte ich fest. „Vor kurzem. Die Leiche …" Ich deutete in die Richtung, aus der die bebende Kälte kam.

„Ich habe ihn gefunden", verkündete Freya mit angespannter Stimme. „Ein Schwarzalb. Seine Kehle wurde mit Feuer durchtrennt. Es sieht allerdings so aus, als wäre er vor dem Mord gründlich verprügelt worden. Blutergüsse bedecken seinen gesamten Körper … ihm fehlen ein paar Finger … Ich glaube, sein Knie wurde zertrümmert."

„Surt hat ihn gefoltert", grollte Thor wütend. „Vermutlich wollte er, dass ihm der Alb etwas erzählte oder etwas für ihn tat, was er auf andere Art nicht erreicht hätte. Dieses Haus gehört allerdings nicht den Dreckfressern, oder?"

Wir gingen vorsichtig um das Gebäude herum. Ein frisches Beben erreichte mich aus einer anderen Richtung.

Ich mahlte mit den Zähnen. „Der Alb ist nicht der einzige Tote."

Zerbrochenes Glas knirschte unter unseren Füßen. Wir betraten das Haus vermutlich durch die zersplitterten Überreste einer Schiebetür. Weiteres Glas kratzte über den Hartholzboden. Meine Schatten halfen mir, ein Klavier und einen Sessel zu umgehen. An einer geöffneten Tür blieb ich stehen.

„Das ist die Frau, die hier überall auf den Fotos zu sehen ist", stellte Balder sanft fest. „Dies muss ihr Haus sein."

Einige der Götter schoben sich an mir vorbei, um die Leiche zu untersuchen.

„Sie hatte einen Doktortitel in Nukleartechnik", berichtete Ari. „Angenommen, dass ihr Name auf der Urkunde steht."

„Surt hat versucht, die Oberhand zu gewinnen", brummte Vidar. „Ich frage mich, welche Informationen er ihr entlockt hat."

Ich betrat den Raum, wobei ich mich dicht an die Wände hielt. Was immer Surt der Frau angetan hatte, meine Kräfte nutzten hier nichts. Ich konnte Leben nehmen, aber keine schenken. Es gab nichts, was ich für jemanden tun konnte, der bereits der endgültigen Dunkelheit erlegen war.

Meine Hände trafen auf Holzregale. Regale voller Bücher. Mit den Fingern glitt ich über die Buchrücken – die meisten waren gewölbt und faltig, was darauf hinwies, dass sie gründlich gelesen worden waren.

Ich streckte die Hand aus, um einen Wälzer herauszuziehen, und zögerte mit erhobener Hand. Das war genau das Vorgehen, das die anderen von mir erwarten würden, oder? Hödur der dunkle Einzelgänger, der geradewegs zu den Büchern ging. Ich konnte mich an das verwirrte Getuschel erinnern, als ich die Sammlung informativer Texte in meiner Halle mit Büchern von der

Erde ergänzt hatte. *Wohin denkt er, wird ihn all das menschliche Geschwafel bringen?*

Es war jedoch menschliches Geschwafel, das die Inspiration dafür geliefert hatte, die Technologie zu erschaffen, die *uns* gestern Nacht beinahe vernichtet hätte. Surt war vermutlich wegen des menschlichen Geschwafels hergekommen, weil er mehr darüber erfahren wollte. Menschen nahmen sich die Zeit, um über eine Menge Themen nachzudenken, mit denen sich die Götter nie befassten, was den Sterblichen alle Ehre machte.

Was interessierte es mich, was die anderen von mir hielten? Niemand, der mir wichtig war, würde eine abfällige Bemerkung machen. Ich wollte mehr über die Frau wissen, die Surt getötet hatte. Die Bücher, die in ihren Regalen standen, würden so viel Aufschluss über sie geben wie alles andere.

Ich zog das Buch heraus, nach dem ich bereits gegriffen hatte, und schlug es an der ersten Seite auf. Mit einem Fingerschnipsen huschte meine Magie über das Papier und flüsterte die gedruckten Worte in mein Ohr.

Es war ein Text über Physik, etwas über Thermodynamik. Daran war nichts besonders Erhellendes. Ich wählte wahllos noch zwei weitere Bücher – eines über organische Chemie und die Biografie eines Politikers, von dem ich noch nie gehört hatte – bevor ich die Regale sorgfältiger erkundete. Welche dieser Bücher hatten dieser Frau am meisten bedeutet?

„Ich kann mich nicht in ihren Computer einloggen", berichtete Bragi. „Er wird von einem Passwort geschützt."

„Keines der Blätter auf ihrem Schreibtisch sieht nach etwas aus, an dem Surt Interesse hätte", stellte Freyr fest. „Es sind nur Rechnungen und gewöhnliche Dinge."

Meine Finger fanden einen Ledereinband, der vom Alter steif, jedoch robust und faltenfrei war, als hätte man beim

Umgang mit diesem Buch größte Sorgfalt an den Tag gelegt. Hmm. Ich zog es vorsichtig heraus und schlug es auf.

Das erste Flüstern, das sich in mein Ohr wand, war eine Widmung. „Für Dr. Carmen, weil du uns die Tage versüßt und beim Schutz unserer Jungs geholfen hast. General Yancy & Sergeant Ramirez."

Ich ließ meine Finger reglos auf der Seite liegen. „Gibt es irgendwelche Hinweise auf die Arbeit, der sie nachgegangen ist?"

„Offensichtlich Kerntechnik", entgegnete Freyr.

„Nein, ich meine, *für* wen sie gearbeitet hat." Ich legte das Buch aufgeschlagen auf den Schreibtisch. „Ich glaube, sie war möglicherweise eine Kriegswissenschaftlerin."

Jemand riss das Buch weniger sanft an sich, als es Dr. Carmen vermutlich gutgeheißen hätte, wenn sie noch am Leben gewesen wäre, um Anstoß daran zu nehmen. Angeln quietschten und der Inhalt der Schreibtischschubladen klirrte. Ari trat neben mich an die Regale.

„Hier ist eine Gedenktafel", verkündete sie. „Eine Art Anerkennung. Es sieht wie etwas Militärisches aus."

„Wir können aufgrund von diesen zwei Dingen nicht zu viele Vermutungen anstellen", wandte Njörd ein, klang jedoch, als würde er selbst an seinen Worten zweifeln.

„Oh, ich weiß nicht", meinte Loki, in dessen ruhiger Stimme ein Hauch Unbehagen mitschwang. „Ich glaube, wir können anhand der dargelegten Information ein ziemlich überzeugendes Bild zeichnen. Surt war nicht zufrieden mit der Explosion des Kernkraftwerks. Er ist jetzt auch noch darauf aus, ein oder zwei Bomben in die Finger zu kriegen."

Mein Magen machte einen Salto. „Manche der Bomben, die die Menschen entwickelt haben … Sie verfügen über so viel Energie, dass sie die Welt im Grunde genommen in einem Zug auslöschen können."

Und so viel feurige Energie konnte ich unter keinen Umständen kontrollieren.

Während sich die anderen vor dem Gebäude versammelten, in dem wir Unterschlupf gefunden hatten, und ein Abendessen zubereiteten, blieb ich in dem Krankenzimmer, das man mir zuvor gegeben hatte, und blätterte eines der Bücher durch, das ich aus Dr. Carmens Büro mitgenommen hatte. Ich dachte mir, es würde sie nicht stören. Sie hatte vermutlich noch lebende Freunde und Familie und würde sich sicherlich freuen, wenn ihre persönliche Bibliothek bei deren Rettung half.

Wenn wir sie überhaupt retten konnten. Was ich bisher gelesen hatte, bestätigte nur meine schlimmsten Befürchtungen.

Waffen waren nicht unbedingt mein Lieblingsthema, wenn es um wissenschaftliche Abhandlungen ging. Ich hatte schon genug Tod in meinem Leben. Daher war mein bestehendes Wissen über Atombomben ziemlich begrenzt. Nachdem ich in Dr. Carmens Büro meine Behauptung ausgesprochen hatte, hatten die anderen Götter und sogar Thor die Idee als irrsinnig abgetan, dass Menschen eine Waffe konstruieren konnten, die eine solch zerstörerische Kraft besaß, wie ich behauptet hatte. Lokis Ermahnung, dass die Menschheit nicht unterschätzt werden sollte, war ebenfalls auf taube Ohren gefallen.

Es stimmte jedoch. Die wirkungsvollsten Bomben, welche die Menschen gebaut hatten, konnten im Grunde genommen alles Leben in diesem Reich auslöschen. Vielleicht nicht auf einen Schlag, doch wenn sich die Nachwirkungen erst einmal ausbreiteten …

Ich nahm meine Finger von der Seite und schloss das Buch. Mir war bereits übel.

Mein neues Verständnis hatte mir jedoch einen Funken Hoffnung geschenkt. Ich stand vom Bett auf, ging durch den Gang und tastete nach einer vertrauten Präsenz, die sogar für mich hell war. Ich hatte meinen Zwilling stets in einer Menge finden können.

Zu meiner Überraschung fand ich ihn dieses Mal nicht bei den anderen Göttern. Er war ein Stück auf die Wiese hinter dem Gebäude geschlendert. Eine kühle Nacht bahnte sich an und seine innere Wärme strahlte in die Luft, als wäre er eine Mini-Sonne.

„Hödur", sprach er und trat zu mir, bevor ich ihn erreicht hatte. „Was ist los? Hast du etwas gefunden?"

Er hatte mir geholfen, einige der Bücher zu tragen.

„Nichts, was uns weniger Anlass zur Sorge gibt", antwortete ich. „Wenn Surt diese Raketen oder Bomben in die Finger kriegt, selbst wenn es nur eine ist … Dann ist die Menschheit dem Untergang geweiht."

Ich glaubte, mein Zwillingsbruder konnte einfach nicht anders, als die positiven Aspekte zu sehen. „Wir wissen nicht mit Sicherheit, ob Surt von den militärischen Verbindungen der Wissenschaftlerin wusste. Es könnte ein Zufall sein. Möglicherweise hat er nur nach Informationen gesucht, wie er die Kernkraftwerke effektiver für seine Zwecke nutzen kann."

Das wäre nicht viel besser und ich bezweifelte, dass sich einer von uns darauf verlassen wollte.

„Vielleicht", sagte ich. „Aber solange wir das nicht mit Sicherheit wissen, müssen wir uns auf das Schlimmste gefasst machen. Und ich glaube … Ich glaube, du könntest der Schlüssel sein, mit dem wir Surt aufhalten können, wenn es dazu kommt."

Ich spürte die Luftbewegung, als Balders Kopf

emporschnellte. „*Ich?*", fragte er. „Du bist derjenige, der zuvor die Energie mit seiner Dunkelheit gezügelt hat."

„Ich weiß", erwiderte ich. „Das war bei dem Atomkraftwerk jedoch schon schwer genug. Bei einer Bombe … Ich hätte keine Chance, Balder. Das kann ich zugeben."

„Und du glaubst, ich hätte eine?"

Mein Mund verzog sich, als ich das Einzige aussprach, das auf jeden Fall wahr war. „Ich glaube, wenn Surt eine dieser Bomben explodieren lässt, sind wir alle Asche. Ihre Explosion hängt jedoch von einer Kettenreaktion ab, bei der alle Teile im genau richtigen Zustand sein müssen. Du könntest deine Kräfte nutzen, um die Elemente im Inneren der Bombe – langsam – zu schmelzen und miteinander zu verbinden. Selbst wenn dir das nur bei einem kleinen Teil rechtzeitig gelingt, könnte das reichen, um die Reaktion und den tödlichsten Teil der Explosion komplett zu stoppen."

„Ich weiß nicht", meinte Balder. „Wenn es nicht … Lass mich darüber nachdenken."

Er wandte sich ab. Seine Stimme war barsch geworden. Er machte dicht. Er verschwand zwar nicht in dem träumerischen Nebel, in dem er seit unserer Wiedergeburt so viel Zeit verbracht hatte, aber er zog sich von mir zurück.

Mein Instinkt riet mir, mich ebenfalls zurückzuziehen. Lange Zeit hatte ich jedes unangenehme Thema zwischen uns gemieden. Ich hatte alles in meiner Macht Stehende getan, um die Dunkelheit von seinem Licht fernzuhalten.

Doch er hatte von Anfang an Dunkelheit in sich gehabt. Eine Dunkelheit mit der ich ihm schon eher hätte helfen können, wenn ich diese Gespräche zugelassen hätte. Ich holte tief Luft und wich nicht von der Stelle.

„Was ist los, Bruder?", fragte ich. „Erzähl es mir, auch wenn du nicht mit ihnen reden willst." Ich neigte den Kopf zu den Göttern, die sich in der Nähe des Parkplatzes versammelt hatten.

Balder schwieg noch einen Augenblick und rieb über seinen glatten Kiefer. „Ich … Letzte Nacht, als wir das Kernkraftwerk erreichten … Ich spürte, dass die Explosion kurz bevorstand, und versuchte, mich einzumischen, aber mein Licht … Es hat die Wirkung nur verstärkt. Es hat die Explosion *genährt*. Meine Macht, die Helligkeit in mir, sie war beinahe die Gleiche wie diese … diese Energie, die uns alle fast getötet hätte. Die Energie, von der du sprichst und die das ganze Reich innerhalb weniger Minuten zerstören könnte.“

„Licht war schon immer in der Lage, zu brennen“, erwiderte ich. „Wir würden die Sonne viel weniger genießen, wenn wir direkt neben ihr stehen würden.“

„Ich weiß“, entgegnete Balder. „Ich hätte nur nie gedacht, dass ich diese Seite in mir habe.“ Ein kurzes Lachen entfuhr ihm. „Ich habe mir solche Sorgen wegen der Dunkelheit gemacht, die ich absorbiert habe, dabei sollte der Rest von euch Angst vor dem Talent haben, das einen Großteil von mir ausmacht.“

„Hey.“ Ich schlug meinem Zwilling auf die Schulter und mein Magen verkrampfte sich wegen des Entsetzens in seinen Worten. Entsetzen über *sich selbst*. „Niemand wird Angst vor dir haben, denn wir wissen, dass du diese Macht kontrollierst. Du nutzt sie, um Leben zu spenden, nicht um es anderen zu entreißen. Du hast die Explosion aus Versehen verstärkt, weil du nicht wusstest, womit du es zu tun hattest. Jetzt weißt du es.“

„Und du möchtest, dass ich an den Bomben herumpfusche, die Surt womöglich sammelt.“

Ah. Jetzt verstand ich, warum er sich sträubte. „Bevor die Explosion ausgelöst wird“, erklärte ich. „Du sollst die Einzelteile einer Bombe verschmelzen und unter deine

Kontrolle bringen. Du würdest deine Energie nutzen, um die Komponenten der Bombe zu beeinflussen, bevor Surt sie zu seinen Zwecken benutzen kann."

„Wenn es wirklich so einfach ist", wandte Balder ein.

„Ich glaube, das ist es", erwiderte ich. „Ich glaube, es ist die beste Chance, die wir haben, sollten wir uns in dieser Situation wiederfinden. Es ist besser, dieses Risiko einzugehen, als zu wissen, dass er uns auf jeden Fall vernichten wird, oder?"

Balders Schultern hoben und senkten sich, als er tief einatmete. Er drückte den Rücken durch. „Wie machst du das nur?", fragte er und seine Stimme klang jetzt weniger angespannt. „Wie kannst du weitermachen in dem Wissen, dass etwas Tödliches in dir schlummert? Etwas, was dich *ausmacht.*"

„Ich hatte keine andere Wahl", antwortete ich ehrlich. „Ich … ich diene einem Zweck. Ich sorge für das Gleichgewicht. So oft wie möglich nutze ich meine Kräfte, um Schmerzen zu nehmen, anstatt sie zuzufügen. Wir müssen alle derartige Entscheidungen treffen."

„Ich schätze, das ist es, was uns zu Göttern macht", sinnierte Balder. Er lachte noch einmal, dieses Mal entspannter. „Danke …, dass du mir zugehört hast. Und für den Plan. Ich werde bereit sein, wenn es dazu kommt."

An der Art, wie er langsam zu den anderen schlenderte, erkannte ich, dass er erwartete – und wollte – dass ich mich ihm anschloss. Ich lief neben ihm her.

Da uns unser Zuhause gestohlen worden war und Surt eine Gefahr darstellte, die wir noch nie zuvor in Erwägung hatten ziehen müssen, waren vielleicht alle Asen ein wenig durcheinander. Möglicherweise fühlten sie sich ein wenig getrennt von ihren Kameraden. Die Dunkelheit in den Lücken zwischen uns musste allerdings nicht leer sein. Ich konnte sie füllen.

KAPITEL NEUNZEHN

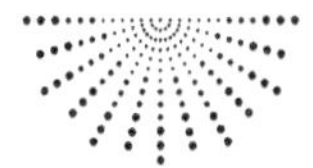

Aria

Als das Telefon klingelte, strampelte ich mich hektisch aus meinem Schlafsack. Mein Herz hämmerte wie wild und meine Augen waren trüb von einer Nacht, die mehr von angespanntem Warten in Erwartung eines Aufrufs zum Kampf als echter Ruhe geprägt gewesen war. Mein panischer Körper brauchte eine Sekunde, um sich daran zu erinnern, dass Loki mir nicht übers Telefon Bescheid geben würde, hätte er Surts Ankunft in dieser Welt gespürt.

Diese Nummer hatte ich nur einer Person gegeben. Mein Puls beschleunigte sich erneut, als ich nach dem richtigen Knopf suchte, um den Anruf anzunehmen.

„Harrison?", fragte ich und blinzelte, um wacher zu werden.

„Da bist du ja, Ari", erwiderte der Ganganführer. „Ich

dachte schon, du wärst in den Himmel aufgestiegen oder so etwas."

Ich verzog das Gesicht. „Ich bin so schnell drangegangen, wie ich konnte. Was gibt's Neues?"

„Wir haben alles."

Ich setzte mich auf und schloss meine Finger fester um das Telefon. „Alles?"

„Alles, was deine Leute wollten. Das Geld hat locker gereicht, um für die Ausrüstung zu bezahlen. Vielleicht sollte ich in Erwägung ziehen, die Chefs zu wechseln." Sein Ton klang trocken und amüsiert.

„Ich glaube nicht, dass ‚meine Leute' jemanden einstellen, wenn die ganze Welt-Retten-Geschichte vorbei ist", entgegnete ich. „Aber das ist super. Kannst du das ganze Arsenal sofort zusammen mit genügend Leuten hierherbringen, die es bedienen können?"

„Ich dachte, das wäre der nächste Schritt", erwiderte Harrison. „Momentan trommle ich unsere kleine Armee zusammen. Wenn wir keinen unvorhergesehenen Problemen begegnen, sehen wir dich in einigen Stunden."

„Perfekt", sagte ich. „Der gleiche Ort wie beim letzten Mal. Und danke schön."

„Hey, ich verdiene Geld und rette zugleich meinen eigenen Hintern. Großmut war nicht einmal Teil der Gleichung. Gedulde dich oder was immer Walküren tun, bis ich zu euch komme."

Nach dem Licht zu urteilen, das durch das schmale Fenster fiel, hatte meine ruhelose Nacht damit geendet, dass ich bis spät in den Morgen hinein geschlafen hatte. Ich hatte meine Alltagskleidung anbehalten für den Fall, dass es mitten in der Nacht einen Notfall gab, weshalb ich nun sofort in den Gang joggte und mir im Gehen mit den Fingern durch die zerzausten Haare fuhr. Die Zimmer, an denen ich vorbeiging und in denen die anderen Götter geschlafen hatten, waren leer.

Heimdall war im ehemaligen Sekretariat, wo wir die Lebensmittel aufbewahrten, und durchstöberte das Angebot mit unzufriedener Miene. Nein, ihm würde ich die Neuigkeiten nicht als Erstes erzählen. Es war besser, mit den Göttern anzufangen, die sich tatsächlich darüber freuen würden. Sie konnten es mit den anderen besprechen. Es war nicht so, als würden mir die anderen Götter jemals Beachtung schenken.

Thor und Balder standen unweit von der Göttergruppe entfernt, die sich auf dem Hof unterhielt. Ich fing Thors Blick auf und ruckte mit dem Kinn zur Seite. Er neigte den Kopf und packte die Schulter seines Bruders. Ich entdeckte Hödur, der mit dem Rücken an den verwitterten Backsteinen in der Nähe der Schulrückseite saß und mit den Fingern über die Seiten eines Buches glitt, in dessen ungefähre Richtung er starrte. Thor und Balder folgten mir dorthin.

„Hey", sagte ich, als ich Hödur erreichte und uns die anderen beiden einholten. „Hat einer von euch Loki gesehen?" Es machte mich erneut nervös, dass ich ihn nirgends sehen konnte. Ich konnte mir nicht vorstellen, dass er weit weggegangen war, da er unsere einzige Möglichkeit war, Surts Bewegungen nachzuverfolgen. Letzte Nacht waren wir kurz in Panik geraten, als Loki Surts feurige Magie gespürt hatte. Allerdings waren wir gerade erst aufgebrochen, als der Eindruck auch schon wieder verschwunden war.

Der Riese hätte in den zehn Minuten, die er in Midgard gewesen war, nicht viel tun können, hatte jedoch *etwas* getan. Dass wir nicht wussten, was er getan hatte, machte mir zu schaffen.

Bevor jemand die Gelegenheit erhielt, mir zu antworten, trat der Trickster hinter dem Gebäude hervor. „Du hast gerufen?", fragte er mit seinem verschlagenen Grinsen, die gute Laune erreichte seine bernsteinfarbenen Augen allerdings nicht. Er war ebenfalls angespannt. „Es ist schön, zu sehen, dass du endlich das Bett verlassen hast, Fee."

„Nicht, dass man es ein ‚Bett' nennen kann", brummte ich. „Ich habe einen Anruf von Harrison erhalten. Er hat die Waffen und trommelt jetzt seine Leute zusammen. Sie wollen in einigen Stunden hier sein."

Thors Miene hellte sich auf. „Raketenwerfer und Maschinengewehre?"

Loki gluckste. „Hast du vor, Mjölnir einzutauschen, alter Freund?"

„Natürlich nicht." Der Donnergott tätschelte seinen allgegenwärtigen Hammer liebevoll. „Aber ich kann nicht behaupten, dass ich nicht neugierig darauf bin, wie es ist, diese menschliche Technologie auszuprobieren."

„Ich glaube, wir sollten uns besser an unsere Stärken halten", sagte ich. „Zumindest diejenigen von uns, deren Stärken erfolgreich gegen Surt eingesetzt werden können. Vielleicht sollte ich mich im Einsatz von Maschinengewehren unterrichten lassen, falls Zeit dafür ist. Dann müsstet ihr euch immerhin nicht mehr so viele Sorgen um mich machen."

Hödur stand auf und streckte eine Hand aus, um an einer meiner Haarsträhnen zu zupfen, wobei er meine Wange mit seinen Fingerknöcheln streifte. „Ich bezweifle, dass es etwas gibt, mit dem du dich bewaffnen könntest, was uns die Sorgen nehmen würde, Walküre. Oder willst du mir sagen, dass du dir keine Sorgen um uns machst?"

Ich rempelte ihn leicht mit dem Ellenbogen an. „Irgendwie glaube ich, dass *ein wenig* mehr Sorge in die eine Richtung fließt als in die andere. Aber vergesst das. Wir müssen uns einen Plan überlegen, was wir mit diesen Männern – und vielleicht Frauen – tun wollen, wenn sie hier ankommen." Ich schaute zu Loki. „Hast du herausgefunden, was Surt gestern Nacht getrieben hat?"

Der Trickster schüttelte den Kopf. „Seitdem habe ich nicht einmal einen Hauch von ihm aufgefangen. Möglicherweise war es bloß ein Täuschungsmanöver, das uns verwirren sollte. Ich bin mir nicht sicher, ob ihm bewusst ist, dass ich nicht nachverfolgen kann, wo die Brücke platziert wurde, nachdem er sie entfernt hat. Vielleicht ist ihm auch noch gar nicht klar, wie wir ihn finden. Für einen Riesen mag er relativ gerissen sein, bei Riesen sagt das allerdings nicht besonders viel aus. Wobei ich natürlich die Ausnahme bilde."

„Natürlich", wiederholte Hödur und zog eine Braue hoch, klang jedoch vor allen Dingen belustigt.

„Soweit wir wissen, ist er dreimal hintereinander in Nordamerika aufgetaucht, oder?", fragte Balder auf seine ruhige, gelassene Art. „Wir können vermutlich …"

Er hielt inne und sein Blick glitt zu etwas hinter meiner Schulter. Zu *jemandem* hinter meiner Schulter, wie mir aufgrund des Geräuschs von Stiefeln bewusst wurde, die über die staubige Erde stapften. Ich drehte mich um und sah, dass die anderen Götter auf uns zukamen, die sich miteinander unterhalten hatten. Vidar hatte sich dabei an die Spitze gesetzt.

„Was soll diese private Besprechung, die ihr hier abhaltet?", wollte der muskulöse Gott wissen. Sein Ton war noch nicht offen anschuldigend, in seinen Augen lag jedoch ein hartes Funkeln. „Wenn ihr Pläne schmiedet, sollten wir dann nicht alle daran beteiligt werden? Ich glaube, darauf haben wir uns gestern geeinigt."

Damit meinte er, dass er und einige der anderen zu dieser Einigung gelangt waren und sie nun annahmen, dass ich tun musste, was immer sie mir auftrugen.

„Bruder", begrüßte Thor Vidar und boxte ihm spielerisch

gegen den Arm. „Wir haben nur überlegt, ob wir einen Plan haben, den wir dem Rest von euch präsentieren können, bevor wir zu der eigentlichen Präsentation kommen.“

„Das ist in der Regel die erfolgversprechendste Reihenfolge“, fügte Loki hilfreich hinzu.

„Sie haben ihre eigene kleine Clique“, bemerkte Skadi und trat mit vor der Brust verschränkten Armen neben Vidar. „Mit ihrer kleinen Walküre als Mittelpunkt.“

Ich schaffte es, mir abgesehen von dem angespannten Lächeln, das sich auf meine Lippen legte, nichts anmerken zu lassen. Balder legte eine beruhigende Hand auf mein Kreuz.

„Wir vier haben in den letzten Jahrhunderten sehr viel Zeit miteinander verbracht“, erklärte er. „Ich halte es für normal, dass wir immer wieder zueinanderfinden, obwohl jetzt so viele von euch hier sind. Ari kennt uns zudem viel besser als jeden anderen hier. Es war nur ein Gespräch.“

„Wir sehen eine Menge dieser gesonderten Gespräche zwischen euch“, warf Freyr ein. „Nach all der Arbeit, die ihr darauf verwandt habt, uns zu versammeln, erweckt ihr stark den Eindruck, als wärt ihr der Meinung, ihr bräuchtet unsere Beiträge gar nicht.“

„Jetzt macht aber mal halblang“, protestierte Thor, der sich noch immer bemühte, mit freundlicher Stimme zu sprechen. „Wir haben keine Entscheidungen getroffen und wir denken auf keinen Fall, dass wir das Sagen haben. Das ist die Rolle des Göttervaters und ich würde sie nicht wollen, selbst wenn er sie mir anbieten würde. Ihr seid jetzt hier. Lasst uns reden. Außer ihr möchtet lieber mit uns als mit den Draugar kämpfen.“

Vidar schaute ihn finster an. „Ich sage, du solltest …“

Ein Schrei erklang auf der anderen Seite des Hofs. Eine schimmernde weiße Gestalt glitt auf der Seite der Straße begleitet von zwei Personen vom Himmel herab: ein älterer Mann und eine junge Frau, die aussah, als könnte sie nicht älter sein als ich. Es war Idun, die Göttin der Jugend, die sich uns mit der letzten Welle Neuankömmlinge angeschlossen hatte. Begleitet wurde sie von zwei weiteren Göttern, die sie vermutlich dank Heimdalls Anweisungen gefunden hatte.

Thor atmete scharf ein. Es klang, als wäre er nicht besonders erfreut. „Was?", fragte ich und betrachtete ihn.

„Dieses Mädchen", antwortete er und nickte zu der jungen Frau, die eine Strähne ihrer goldenen Haare um einen Finger wickelte, als sie vorsichtig näher kam. „Das ist Hnoss. Freyas Tochter."

Wenn man von der familiären Beziehung wusste, war es unmöglich, Freyas Gesicht und Figur nicht in Hnoss zu sehen – selbst wenn sie sich auf gegenüberliegenden Seiten des Hofs befanden.

Ich spielte in meiner Tasche mit dem Klappmesser, während ich von der einen zur anderen sah. Hnoss unterhielt sich mit einigen der anderen neuen Götter und wirkte nach ein paar Stunden in unserer Gegenwart noch immer angespannt. Sie hatte sich von ihrer Mutter abgewandt. Freya war näher zu Odin getreten, der sich aktuell mit Njörd zu beratschlagen schien, ihr Blick huschte jedoch immer wieder zu der jüngeren Göttin.

Nach all dem Kummer über die Trennung von ihrer Tochter, von dem mir Freya erzählt hatte, war ihr Wiedersehen ein Flop gewesen. Vielleicht waren die Gründe für diesen Kummer auch der Grund für den Flop. Die Göttin der Liebe und des Kriegs war aus dem alten Schulgebäude gerannt, als ihr jemand die Nachricht von Hnoss' Ankunft überbracht hatte. Hnoss hatte beim Quietschen der Tür aufgesehen. Ihre Blicke waren sich begegnet, bevor Hnoss ihren Kiefer angespannt und sich abgewandt hatte. Freya war daraufhin wie angewurzelt stehen geblieben und hatte ihre Arme schlaff herabbaumeln lassen.

„Aber das ist es doch", sprach Bragi nun auf Hnoss' Seite des Hofs. „Wir können uns nicht sicher sein, an welchen Erkenntnissen sich Surt orientiert. Deshalb können wir seine nächsten Schritte nicht vorhersehen, obwohl es in der Vergangenheit ein Muster gab."

Wir hatten den Großteil der Zeit, seit uns die zwei Neuankömmlinge erreicht hatten, damit verbracht, sie auf den neusten Stand zu bringen und darüber zu diskutieren, was wir als Nächstes tun sollten. Thor war es gelungen, den anderen mitzuteilen, dass Harrisons Männer und ihre Waffen auf dem Weg waren. Die meisten der anderen hatten jedoch den Eindruck gemacht, als wäre es ihnen unangenehm, das zu besprechen. Ich vermutete, wir würden uns diesem Teil unserer Strategie widmen, wenn einige Dutzend lebende, atmende menschliche Wesen vor ihnen standen, die sie viel schwieriger ignorieren konnten.

„Wir können eine vernünftige Vermutung anstellen", meinte Vidar und deutete zur Karte. Bevor er fortfahren konnte, gesellte sich der Göttervater zu der größeren Gruppe, gefolgt von Freya und Njörd.

„Ich spüre, dass wir uns der kritischen Kreuzung mit großen Schritten nähern", berichtete Odin mit seiner tiefen, volltönenden Stimme. Sie jagte mir einen unbehaglichen Schauder über den Rücken. „Die Visionen, die ich mitgebracht habe, enthalten möglicherweise den Schlüssel. Wir sollten unser Bestes geben, sie zu enträtseln, bevor wir fortfahren."

„Ich nehme an, dein Verständnis dieser Visionen wäre das akkurateste, Vater", sagte Balder. „Du kennst den gesamten Kontext."

„Aber vielleicht kenne ich ihn nicht." Der Göttervater

zog das Ende seines Speers über die harte Erde. „Der Kontext sind Surt, diese Kämpfe und ihr alle.“

„Das Licht des Tages kann vor einem Feuer brennen. Doch nur das höchste Wasser kann alle Flammen löschen‘“, intonierte Loki. „Das war es doch, oder?“

Balder blickte zu seinem Zwilling. „Der erste Teil – das Licht des Tages – das könnte sich auf meine Kräfte beziehen. Ich werde nach Gelegenheiten Ausschau halten, sie einzusetzen, um Surts Feuer aufzuhalten.“

Was der helle Gott ohnehin getan hätte. Ich war mir nicht sicher, wie uns Odins Geschwafel hier geholfen hatte. Die anderen Götter regten sich und eine rastlose Energie erfasste die Gruppe.

„Das höchste Wasser könnte eine Art Bergquelle sein“, äußerte sich Idun vorsichtig. „Was ist der höchste Berg in Midgard?“

Freya trat an die Karte heran und Heimdall stieß einen scharfen Laut aus. „Ist das wirklich das, was wir tun werden?“, fragte er. „Durch die ganze Welt rennen und nach Bergwasser suchen, anstatt uns auf die nächste Schlacht zu konzentrieren?“

Odin machte eine ausschweifende Armbewegung. „Wenn das Wasser aus meinen Visionen gefunden wird, könnte es die ganze …“

„Das reicht!“, unterbrach ihn Heimdall. „Du bist der Göttervater und du hast uns lange Zeit gut geführt, doch wir brauchen jetzt einen echten Anführer, nicht die Träume eines alten Mannes. Hörst du dir jemals selbst zu? ‚Licht des Tages‘ und ‚höchstes Wasser‘ – das hier ist keines von Bragis Gedichten, es ist ein echter *Krieg*, und er geschieht in eben diesem Moment.“

„Nicht, dass du das wissen würdest“, rief Vidar. „Da du nicht hier gewesen bist.“

Ich trat von einem Fuß auf den anderen und schlang

instinktiv die Arme um mich. Bei dem veränderten Gesprächston kribbelten meine Nerven. Ich war nicht Odins größter Fan, dies schien jedoch kein guter Zeitpunkt zu sein, um all die persönlichen Beschwerden der Götter an seiner vergangenen Führung zu besprechen.

„Jetzt wartet mal", mischte sich Freya ein und hielt die Hand hoch. „Odins Worte haben uns, selbst wenn sie vage waren, oft auf die richtige Spur gebracht ..."

„Haben sie das getan?", erklang Hnoss' klare Stimme, die so süß wie die ihrer Mutter war, auch wenn eine gewisse Schärfe darin lag. Sie trat näher an die Spitze der Gruppe und schaute Freya anstatt Odin an. „Sie haben uns geradewegs zu Ragnarök geführt, oder nicht? Nicht, dass er in dieser Hinsicht jemals einen Fehler eingestehen würde. Was interessiert ihn der Rest von uns? Ihm geht es nur darum, seine hohe Stellung zu wahren."

Thors Augen blitzten auf. „Was immer man über meinen Vater sagen kann, er hat immer das Beste für alle Einwohner Asgards getan."

Hnoss funkelte den Donnergott böse an. „Dann war sein Bestes viel weniger als das, was man uns schuldete."

„Hnoss", begann Freya.

Der Kopf ihrer Tochter fuhr herum. „Fang ja nicht damit an. Du kennst meine Meinung. Sie hat für dich offensichtlich nie etwas geändert."

Loki klatschte mit einem feurigen Knistern in die Hände. Kurz verstummte das unruhige Murmeln der Menge.

„Meine guten Leute", begann der Trickster fröhlich, „ihr wisst alle, dass ich nie davor zurückschrecke, Kritik anzubringen. Doch auch wenn Odins Methoden Elemente beinhalteten, mit denen ich nicht immer einverstanden war, glaube ich, dass seine Visionen stets akkurat waren, wenn die Bedeutung erst einmal ersichtlich wurde. Ich sage nicht, dass wir uns sofort auf die Suche nach Bergquellen machen sollten, aber wir könnten die Möglichkeiten kurz besprechen, bevor wir zum nächsten Thema übergehen?"

„Warum sollten wir auf *deinen* Rat hören, Trickster?", höhnte Freyr. „Du hast uns öfter ins Verderben geführt als jeder andere."

Ich zuckte um Lokis Willen zusammen. Der Trickster erwiderte den Blick von Freyas Bruder lediglich unheilvoll.

„Genau", bekräftigte Hnoss. „Wenn der Verschlagene sagt, dass wir auf Odin hören sollten, ist das ein Grund mehr, es nicht zu tun. Er war nie etwas anderes als ein Verräter."

Ein Protest stieg in meiner Kehle auf, doch ich wusste nicht, ob ich der Situation helfen oder Öl ins Feuer gießen würde, wenn ich erzählte, was ich wusste. Selbst wenn Loki es für unklug zu halten schien, ausführlich darüber zu sprechen, wen welche Schuld traf ...

„Nein!" Die einzelne Silbe rollte wie ein Donnerschlag über den Hof begleitet vom Pochen von Odins Speer, mit dem er auf den Boden klopfte. Seine Fingerknöchel traten weiß hervor, während er den Stab fest umklammerte. In seinem einzigen Auge leuchtete eine Wildheit, die so strahlend wie Balders Magie war.

„Du willst ein Schuldeingeständnis?", fragte der Göttervater Hnoss. „Ich werde es ablegen. Der Trickster war der Loyalste aller Einwohner Asgards. Er hat meine Anweisungen ausgeführt, wie ich es von ihm erwartete, häufig entgegen seiner eigenen Wünsche, jedoch in Rücksichtnahme des Blutschwurs, den wir geleistet hatten. Ragnarök stand uns bevor. Alles musste organisiert werden, damit ich uns so reibungslos wie möglich hindurchführen konnte. Wir brauchten Chaos, um beim Frieden anzugelangen. Wir brauchten einen Schurken. Mit dieser Verantwortung habe ich ihn belastet."

Er hielt inne und seine Stimme wurde ein wenig heiser.

Sein Blick glitt über die versammelten Götter. „Möglicherweise habe ich nicht alles richtig beurteilt. Ich habe euch womöglich mehr Schmerz zugefügt, als nötig war. Und vielleicht hätte ich euch notwendige Schmerzen ersparen können, wenn ich euch mehr verraten hätte. Das bereue ich und ich bereue es, dass ich so lange gebraucht habe, um euch das zu sagen."

Einige Sekunden lang schien niemand zu wissen, wie er reagieren sollte. Der Zorn, der unter den Göttern aufgebrandet war, war verpufft. Ich vermutete, dass es schwer war, auf jemanden wütend zu sein, der all diese Wut einfach akzeptiert und als fair hingenommen hatte.

Loki starrte Odin an. Nach seinem schockierten Gesichtsausdruck zu urteilen, hatte er nie erwartet, dass der Göttervater jemals freiwillig die Wahrheit über ihre Verbindung preisgeben würde. Er befeuchtete seine Lippen und reckte das Kinn.

„Unser König übertreibt vermutlich ein wenig", verkündete er und schaffte es, seinen üblichen lässigen Ton zu wahren. „Ich bin mir sicher, ich habe öfter als einmal aus freien Stücken gegen jemanden gestichelt. Ihr könnt mich gerne weiterhin hassen, wenn ihr dann besser schlafen könnt."

„Odin", begann Njörd mit großen Augen und schien nicht zu wissen, wie er fortfahren sollte.

Der Göttervater neigte den Kopf. „Wir können diese Angelegenheit später gründlicher besprechen, wenn ihr das wollt. Nun möchte ich jedoch das Wort an Vidar und Heimdall übergeben. Eine Schlacht muss ausgefochten werden. Meine Visionen werden ihre Bedeutung offenbaren, wenn die Zeit kommt. Ich bitte euch lediglich darum, dass ihr euch an sie erinnert und dementsprechend handelt, falls ihr eine Gelegenheit bemerkt."

„Nun", begann Vidar. Er betrachtete die Karte, sah zu

seinem Vater auf und mahlte mit dem Kiefer. „Ich schätze …"

Motoren grollten in der Ferne. Mein Herz machte einen Satz. Ein vertrauter SUV, ein kleiner LKW und einige Lieferwagen rollten über die Straße zu uns. Harrison und seine Verstärkung waren eingetroffen.

KAPITEL ZWANZIG

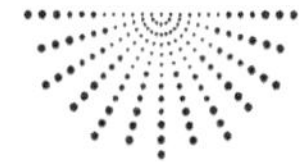

Aria

Die Fahrzeuge der Gang fuhren eines nach dem anderen auf den Parkplatz. Energie bebte durch die Luft, als sich mehrere der Götter für sterbliche Augen sichtbar machten. Ich tat es ihnen gleich und eine frische Böe der heißen Sommerbrise wehte über meine Haut.

Die Motoren erstarben und Leute begannen, aus den Wägen zu springen. Harrison kam als Erster zu uns, während sich sein Team zurückhielt. Er nickte mir zu und betrachtete die Götter, wobei seine Augen hinter der rechteckigen Brille so scharf wie eh und je waren. Ich fragte mich, ob er erkennen konnte, dass sie gerade gestritten hatten.

„Ich habe alle Waffen gebracht, die ihr verlangt habt, und die Leute, die sie verwenden können", verkündete er. „Möchtet ihr sie sehen?"

Thor marschierte los, bevor jemand Gelegenheit hatte, Zweifel zu äußern. Ich joggte ihm hinterher und eine

Gruppe der anderen folgte uns langsamer. Harrison gab dem Kerl ein Zeichen, der sich an die Rückseite des Trucks gestellt hatte, und der jüngere Mann öffnete die Ladeklappe mit einem Ruck. Wir spähten in den dunklen Raum. Ein widerlich metallischer Geruch stieg mir in die Nase.

Harrison sprang zusammen mit dem jungen Typ in den Wagen und schob einige der Kisten näher zum Sonnenlicht. Er klappte den Deckel einer Kiste auf, um uns eine ziemlich beeindruckende Panzerfaust zu zeigen, und öffnete eine andere, um einige Maschinengewehre zu präsentieren. „Wir sind auch sehr gut mit Munition bestückt", erklärte er. „Wenn Kugeln und Raketen diesen Riesen zu Fall bringen können, wird er auf jeden Fall untergehen."

Vidar war neben uns getreten. Sein Rücken wurde steif, als er den Inhalt des Trucks musterte. „So kämpfen Götter nicht", brummte er.

Harrison warf dem Kriegergott einen verdutzten Blick zu. „Deswegen sind meine Leute hier. Ich habe es so verstanden, dass wir die Waffen handhaben würden."

„Das ist der Plan", bestätigte ich rasch und wandte mich an Vidar. Vielleicht würde er dem Ganzen weniger kritisch gegenüberstehen, wenn ich ihm das Gefühl gab, als hätte er die Kontrolle über die Situation. Odin hatte ihm diese Rolle ohnehin mehr oder weniger angeboten. „Wir könnten unterschiedliche Gruppen an den wahrscheinlichsten Zielorten stationieren, damit wir sofort Verstärkung haben, egal wo Surt auftaucht. Was hältst du für die Schlüsselorte? Sollten wir uns an diese Gegend halten, da er hauptsächlich hier erschienen ist?"

Vidars Miene war noch immer argwöhnisch, aber er trat vom Truck zurück und blickte zu der Karte, die nach wie vor auf dem Boden ausgebreitet war. „Das wäre mein Vorschlag, zumindest für einheimische Verbündete." Er berührte die

Seite des Trucks. „Wie schnell können die hier ihre Posten beziehen?"

„Wir fahren schnell", erwiderte Harrison lächelnd. „Ihr sagt uns, wohin wir gehen sollen, und wir machen uns auf den Weg."

„Nehmt nicht alle Waffen mit", sagte Loki und beugte sich vor, um mit den Fingern über die Panzerfaust zu fahren. „Großartig. Dann wollen wir mal sehen, was Surt von *dieser* Art von Feuer hält." Er drehte sich um und winkte die restlichen Götter näher. „Kommt her. Wer von euch ist kein Kämpfer? Mit raffinierten Geräten wie diesen werdet ihr sogar Thor übertreffen!"

Thor protestierte leise, grinste jedoch, als einige seiner Götterkollegen herbeikamen, um das Waffenangebot zu betrachten.

„Wartet", mischte sich Vidar ein. „Wir kämpfen mit unseren eigenen Kräften und den Waffen, die wir kennen. So haben wir es entschieden."

„Ich glaube nicht, dass wir zu einer endgültigen Entscheidung gelangt sind, Bruder", entgegnete Thor. Er wuchtete ein Maschinengewehr aus dem Truck und bot es Bragi an, der es in den Arm nahm, als hätte er Angst, es könnte in seinen Händen explodieren, wenn er es durchschüttelte. „Warum sollen wir nicht alle nach bestem Vermögen kämpfen, sogar diejenigen von uns, deren Kräfte nicht dafür gedacht sind?"

„Ich kann mir nicht vorstellen, dass dabei etwas Gutes herauskommt", brummte Freyr. „Können wir diesen menschlichen Erfindungen überhaupt trauen? Sie könnten stattdessen *uns* in die Luft jagen."

„Ich kann dir versichern, dass wir unsere Lieferanten sehr gewissenhaft aussuchen", beteuerte Harrison. „Vergesst nicht, dass es *unsere* Welt ist, die wir zusammenzuhalten versuchen. Wir werden keinen Pfusch betreiben, um Geld zu sparen."

„Sehr gewissenhaft nach ihrem besten Ermessen", warf Skadi ein, die hinter der Gruppe hin und her tigerte. „Wie viel das auch wert sein mag."

Sie gingen mir wirklich auf die Nerven. „Hey", sagte sich. „Wir haben eine weitere Möglichkeit, Surt zu Fall zu bringen. Solange ihr genug Urteilsvermögen besitzt, die Waffen nicht in die falsche Richtung zu richten, solltet ihr es schaffen, euch nicht selbst mit ihnen in die Luft zu jagen."

Bragi verlagerte die Waffe in seinem Griff und testete ihr Gewicht mit zunehmendem Selbstvertrauen. Vidar beobachtete ihn, presste den Mund zusammen und schüttelte den Kopf.

„Ich weiß, was wir zuvor besprochen haben", entgegnete der Kriegergott. „Aber Thor, du hast den Rest von uns einfach überrumpelt und auf dieses Vorgehen bestanden. Wir brauchen das hier nicht. Weder Menschen noch Menschenwaffen. Ich weiß, du hast eine Schwäche für deine Walküre, doch schau dir das einmal an. Wir brauchen unsere besten Waffen, nicht … das." Er deutete abweisend auf Bragis Maschinengewehr.

Oh, um Himmels willen, konnten wir keine Situation ohne einen Streit hinter uns bringen? Ich begann allmählich, zu verstehen, warum die Götter zuvor getrennter Wege gegangen waren. Vor Ragnarök hatten sie allerdings gemeinsam gegen alle möglichen Bedrohungen gekämpft, oder nicht? Wenn sie damals zusammengearbeitet hatten, sollten sie auch jetzt dazu in der Lage sein.

„Jegliche Waffen, die ihr nicht bei euch tragt, sind in Asgard", erinnerte Loki ihn trocken. „Das, wie ich dir hoffentlich nicht erklären muss, von dem Riesen kontrolliert wird, den wir in die Luft jagen wollen. Falls du keinen ausgeklügelten Plan hast, um sie zurückzuholen, von dem du uns bis jetzt aus irgendeinem Grund noch nicht erzählt hast …"

„Dann gehen wir zu den Schwarzalben und *bestehen* darauf, dass sie uns etwas Angemessenes schmieden.“

Hödur, der am Rand der Menge stand, spannte sich an. „Unser Frieden mit ihnen steht ohnehin auf sehr wackligen Beinen“, mahnte er. „Wenn ihr versucht, sie einzuschüchtern, werden sie sich wieder auf Surts Seite stellen.“

„Nicht solange Surt ihre Kehlen durchbrennt“, bemerkte Heimdall.

Harrison hob die Hände. „Vielleicht habe ich das Ganze missverstanden. Ich habe gehört, dass ihr diese Waffen wollt und meine Leute für euch kämpfen sollen. Ich habe sie mit eurem Geld gekauft. Es juckt mich nicht, wenn ihr sie nicht benutzt. Aber ich kenne meine Jungs. Wir werden mit euch mithalten. Ihr werdet am Ende nicht behaupten können, dass wir uns nicht eingesetzt haben.“

„‚Mithalten‘“, schimpfte Vidar leise. „‚Einsetzen.‘ Ihr könnt kaum begreifen, womit wir es zu tun haben. Das hier ist nur …“ Er drehte sich zum größten Teil der Gruppe um, zu den Göttern, die noch immer zögerten, und packte das Handgelenk von Harrisons jungem Lakaien, der in der Nähe stand. „Schaut sie euch an! Wollen wir Surt das entgegenschleudern – Sterbliche? *Menschen*? Wir werden über sie stolpern. Er wird einen Blick auf diese ‚Armee‘ werfen und lachen und dann …“

Er wackelte mit dem Arm des Kerls, wodurch dessen ganzer Körper durchgeschüttelt wurde. Ich war mir nicht sicher, was genau Vidar vorzuführen hoffte, konnte jedoch bereits sehen, dass es nicht gut enden würde. Ich eilte zu ihm. „Lass ihn …“

Das Knacken eines brechenden Knochens durchschnitt die Luft. Der Kerl schrie auf und erstickte mit seiner freien Hand einen Fluch. Vidar blinzelte und starrte auf die Gestalt hinab, die er mit seiner göttlichen Kraft geschüttelt hatte, und auf den Arm, der jetzt abgewinkelt war, wo er es nicht sein sollte. Daraufhin ließ er das Handgelenk des Kerls los, als hätte es ihn verbrannt.

Was immer er im Sinn gehabt hatte, es war offensichtlich nicht *das* gewesen.

„Was zur Hölle?", rief Harrison und hastete an die Seite des jungen Mannes. Er riss sich sein kariertes Hemd vom Leib, um es zu einer behelfsmäßigen Schlinge zu binden, während sich sein Untergebener mit einem leisen Zischen wappnete. Der Ganganführer wirbelte zu Vidar herum. Seine Augen loderten vor Zorn, seine Haltung war jedoch defensiv.

Mein Magen machte einen Salto. Ich hatte Angst benutzt, um Harrisons Hilfe zu erhalten – Angst vor dem, was uns allen zustoßen würde, wenn wir Surt nicht aufhielten. Jetzt hatte er auch vor den Göttern Angst.

„Ihr wollt uns hier nicht", blaffte der Ganganführer. „Wir verstehen den Wink. Ich glaube, wir werden auch die Waffen mitnehmen, da ihr sie anscheinend genauso wenig wollt. Außerdem werden wir die Augen offen halten. Vielleicht werden wir diesen Riesen ohne eure Hilfe besiegen."

Vidars Entsetzen verflog, da er sich über diese Andeutung empörte. „Jetzt hör mal zu …"

„Stopp." Thor packte die Schulter seines Bruders. „Wenn jemand das hier in Ordnung bringen kann, bist das nicht du, nicht jetzt." Er wandte sich an Harrison. „Das rücksichtslose Verhalten meines Bruders tut mir so leid. Balder kann den Arm deines Mannes heilen – was die Verletzung nicht wiedergutmacht, aber sie wenigstens aus der Welt schafft."

Der helle Gott war bereits an die Seite des Verletzten getreten. Er schenkte ihm ein kleines Lächeln. Harrison schaute von ihm zu Thor und zu mir. Im Vergleich zu den göttlichen Wesen um uns herum war ich ihm trotz meiner neuen übernatürlichen Kräfte vertraut, da wir einander bereits vor meiner Verwandlung gekannt hatten.

„Balder hat bei mir schon schlimmere Verletzungen geheilt", versicherte ich ihm. „Besser als es einer unserer Ärzte tun könnte." Ich wusste nicht, was ich zu Vidars Taten sagen sollte.

Der Körper des jungen Mannes wurde stocksteif, als Balder ihm seine Hand reichte, doch nach einem Augenblick nickte er. Ein Leuchten sickerte von der Handfläche des hellen Gottes durch die improvisierte Schlinge und die Schmerzfalten auf dem Gesicht des Kerls glätteten sich beinahe sofort. Harrison schwankte, zog die Schultern hoch und spannte sich an wie ein wildes Tier, das sich unsicher war, ob es einfach fliehen konnte, ohne sich freikämpfen zu müssen.

Freya zerrte Vidar beiseite, um leise mit ihm zu schimpfen.

„Du solltest das dorthin zurücklegen, wo es herkam", wies Skadi Bragi an und der Gott der Dichtkunst schloss seine Hand fester um das Maschinengewehr.

Odin schob sich in die Mitte der versammelten Leute. „Wenn wir alle einen Schritt zurücktreten und unseren menschlichen Verbündeten ein wenig Freiraum geben, besteht vielleicht noch eine Möglichkeit, eine ruhige Diskussion zu führen."

Ob das wahr war und wie diese Diskussion verlaufen wäre, erfuhr ich nie. Denn einen Augenblick später schoss eine schwarze Gestalt wie ein Blitz vom Himmel herab.

Munin schlug so hart auf dem Boden auf, dass sie stolperte, als sie sich verwandelte. Odin packte sie am Arm, um sie zu stützen. Sie wischte sich die Haare aus den Augen, wirbelte herum und sah uns alle mit panischer Miene an. Eine Verbrennung, die in ihrer Rabengestalt nicht sichtbar gewesen war, zog sich als dunkler Streifen über ihre Wange.

„Wir müssen los", verkündete sie. „Jetzt. Surt hat sich für sein nächstes Ziel entschieden. Er organisiert in eben diesem

Moment seine Armee und gibt ihnen Anweisungen. Möglicherweise können wir vor ihm dorthin gelangen …"

„Wohin?", unterbrach Thor sie mit rauer Stimme. „Wohin geht er?"

„Albuquerque", antwortete sie. „New Mexico. Er hat von irgendeinem Waffenlager dort gesprochen … Er hat einen Menschen entführt und den Mann gefoltert, um Informationen zu erhalten. Ich glaube, deswegen hat er sich für diesen Ort entschieden … aber ich habe erst jetzt die Einzelheiten gehört. Eine der Wachen in Walhalla hat mir fast den Kopf abgeschlagen, als ich gegangen bin. Surt weiß mittlerweile womöglich, dass ich dort war."

Waffenlager. Thor fing meinen Blick auf und sein Gesicht wirkte so gequält, wie ich mich fühlte. „Es muss sich um Atomwaffen handeln. Er will die Bomben."

Loki fluchte. Er setzte zum Sprechen an, schaute dann jedoch zu Odin. „Göttervater?", fragte er.

Würden die hier versammelten Götter überhaupt auf ihren König hören? Odin räusperte sich und deutete auf die Menge. „Wir müssen schnell gehen, jeder einzelne von uns mit all der Macht, die wir heraufbeschwören können. Das Überleben dieses Reichs hängt möglicherweise davon ab, dass wir die Einrichtung vor Surt erreichen."

„Was ist mit …" Mein Blick glitt zu Harrison. Der Ganganführer stand wie gelähmt da und sah zu, wie mehrere der Götter zu ihren Waffen eilten oder in die Luft sprangen, um loszufliegen.

Einige der Götter hatten allerdings nach wie vor keine Waffen. Wir wussten nicht, ob die Kräfte, die wir hatten, reichen würden, um Surt und seine Armee aufzuhalten, selbst wenn wir als Erste dort eintrafen.

Ich trat an Harrison heran und wartete, bis er mir in die Augen sah. „Bitte", flehte ich. „Dieses Monster hat es darauf abgesehen, eine gewaltige Menge Atomwaffen in die Finger zu kriegen. Wir sind alle erledigt, wenn ihm das gelingt. Ich weiß, dass manche der Götter Arschlöcher sind, aber ein gebrochener Arm im Vergleich zur vollkommenen Vernichtung …“

Harrison rieb sich mit der Hand über den Mund. Er blickte zu seinem Handlanger, der seinen einst gebrochenen Arm staunend bewegte. „Woher wissen wir, dass wir am Ende nicht von einer der beiden Seiten getötet werden?“, fragte er.

Ich schluckte schwer. „Ich schätze, das könnt ihr nicht wissen“, antwortete ich. „Doch wenn Surt gewinnt, sind wir auf jeden Fall alle tot. Ihr seid hergekommen, bereit das hier zu tun. Lass nicht zu, dass ein Arschloch im Machtrausch all die Gründe nichtig macht, aus denen du dich bereit erklärt hast, zu helfen.“

Er atmete zittrig ein und wandte sich an seine Leute, die um die Fahrzeuge herumstanden. „Ich werde euch keine Befehle erteilen“, sagte er. „Ich habe euch von Anfang an gesagt, dass dies ein besonderer und riskanter Auftrag ist. Falls jemand einen Rückzieher machen möchte …“

„Wenn du sagst, dass es in Ordnung ist, ist es das auch für uns, Boss“, erwiderte eine Frau, die ihren Arm aus dem Fenster eines Lieferwagens baumeln ließ. Die anderen nickten.

„Ja“, sprach ein Kerl. „Zeigen wir diesem Scheißkerl, aus welchem Holz wir geschnitzt sind.“

Angesichts dessen, wie diese Gangs funktionierten, hätte es mich überrascht, wenn bisher keiner von ihnen jemals von seinen Kameraden oder Vorgesetzten verprügelt worden wäre. Der gebrochene Arm hatte die anderen Götter vermutlich stärker schockiert als sie.

Harrison wandte sich wieder an mich. „Ich vertraue deinen Kollegen zwar nicht, werde allerdings dir trauen, Ari. Doch wie zur Hölle sollen wir uns und unsere Ausrüstung so schnell nach New Mexico bringen, wie ihr uns dort braucht?"

So weit hatte ich nicht einmal gedacht. Kein Fahrzeug konnte so schnell fahren. Ich zögerte, woraufhin Loki herbeitrat und eine Hand auf meine Schulter legte.

„Wir können uns darum kümmern", versprach er mit einem angespannten Lächeln und deutete zu Hödur, der sich auf seinem fliegenden Schattenteppich in die Luft befördert hatte, jedoch auf mich wartete. „Dunkler, ich glaube, wir sollten früher als erwartet zusammenarbeiten."

Hödur verzog den Mund, erwiderte allerdings bloß: „Was brauchst du, Verschlagener?"

„Erschaffe mit deinen Schatten einen Wagen – so wie Thors alten Wagen, jedoch größer?"

„So groß, dass er die Menschen und ihre Waffen tragen kann", ergänzte Hödur. „Ich bezweifle, dass ich all das so schnell ziehen kann, wie wir uns bewegen müssen."

Lokis Lächeln wurde breiter und spannte sich zugleich an. „Du musst ihn nicht ziehen", entgegnete er. „Darum werde ich mich kümmern."

Mit einem lässigen Achselzucken beugte er sich vornüber. Sein Körper erbebte und dehnte sich sofort aus. In der einen Sekunde schaute ich den Gott an und in der nächsten stand ein gewaltiger Hengst an seiner Stelle, dessen Mähne und Körper rötlichgrau waren und fast die gleiche Farbe wie die Haare des Tricksters hatten.

„Teufel noch eins", rief eines der Gangmitglieder. Mehrere von Harrisons Leuten starrten Loki mit offenem Mund an. Wenn sie zuvor nicht vollkommen überzeugt gewesen waren, dass dies kein aufwendiger Streich war, so wussten sie nun mit Sicherheit, dass es real war.

Hödur formte bereits ein Konstrukt aus solider Dunkelheit. Es legte sich um Lokis Hengstkörper und erstreckte sich hinter ihm, bis es die Hälfte des Parkplatzes einnahm.

„Kommst du damit klar?", rief der dunkle Gott herab und Loki warf den Kopf herum, als wollte er sagen: *Wag es ja nicht, an mir zu zweifeln.*

Harrison setzte sich in Bewegung. „In Ordnung, jeder holt eine Kiste und springt dort auf. Lasst euch zurückfallen, wenn das hier zu verrückt für euch geworden ist – wenn ihr nicht mitkommt, erhaltet ihr allerdings keine Bezahlung."

Fünf Minuten später war der Wagen gepackt. Loki warf erneut den Kopf herum und galoppierte los. Seine Hufe trampelten über den Boden und hoben sich in die Luft, da ihn seine Flugschuhe sogar in dieser ungewöhnlichen Gestalt trugen. Ich eilte ihm mit Hödur an der Seite hinterher und wir flitzten in Richtung Süden.

Oh, bitte, betete ich, auch wenn ich nicht wusste zu wem, *mach, dass wir rechtzeitig ankommen.*

KAPITEL EINUNDZWANZIG

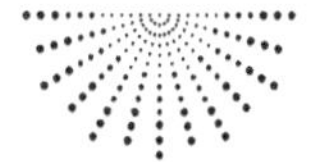

Loki

Obwohl ich unsere kleine Menschenarmee und ihren Waffenvorrat zog, hatte ich die restlichen Götter überholt, als schließlich unser Ziel in Sicht kam. Für einen Ort, der zum Ende von ganz Midgard führen konnte, sah er recht trostlos und unscheinbar aus. Am südlichen Ausläufer der ausgedehnten Großstadt, kurz bevor sich rotbraune, mit Büschen gesprenkelte Ebenen zu einer Hügelkette erhoben, standen mehrere niedrige Gebäude in Reihen auf einem Gelände, das von einigen schmalen Straßen durchzogen war.

Ein Auto rollte über eine dieser Straßen. Einige Menschen gingen von einem der kleineren Gebäude über den asphaltierten Boden zu einem größeren mit einem hellen gefleckten Dach. Während ich unsere sterblichen Verbündeten hierhergezogen hatte, hatte ich keine Zeit gehabt, über die Sterblichen nachzudenken, die bereits vor

Ort waren. Sie sahen nicht aus, als wären sie bereit, gegen eine plötzliche Invasion von Draugar zu kämpfen.

Ich galoppierte hoch oben in der Luft in einem Kreis um den Stützpunkt, als mich die anderen Götter einholten. Der irre Galopp in Pferdegestalt war tatsächlich belebend gewesen. Jetzt sehnte ich mich danach, zu landen und mir einen dieser sehr verlockend aussehenden Raketenwerfer zu schnappen. Surt konnte uns gern mit seiner Armee und seinen Flammen angreifen. Wir waren jetzt auf ihn vorbereitet und mussten ihm nicht mehr hinterherjagen.

„Bleibt in der Luft, bis die Brücke erscheint", brüllte Thor. „Menschen, haltet eure Waffen bereit. Wir werden ihn von oben angreifen."

Nun, ich vermutete, das war ebenfalls eine vernünftige Strategie, auch wenn ich dadurch nicht mehr als ein Zugpferd sein würde. Ich schnaubte und trat obendrein etwas schneller mit den Hufen aus. Ari segelte an mir vorbei und wechselte einige Worte mit dem Anführer ihrer ehemaligen Kollegen. Sie kam mir so nahe, dass sie mit den Fingern über meinen Hals streicheln konnte. Ich drehte mich zu ihr …

Und der Himmel wurde von einem Feuerstrahl entzweigerissen, der wie ein Blitz zur Erde raste.

Surt hatte eine Schippe draufgelegt. Die Götter schrien und sprangen vor. Das Rattern von Maschinengewehren erklang hinter mir, doch die Flammenbrücke hatte Surt innerhalb eines Wimpernschlags an uns vorbeikatapultiert. Er sprang von deren Ende auf den Hof und rannte zu dem Gebäude, das ihm am nächsten war.

So viel zu einem Hinterhalt. Ich tauchte in einem Galopp hinab. Sowie Hödurs Schattengefährt am Boden aufsetzte, schüttelte ich meine Tiergestalt ab und sprang zu den Waffen. Mit einer Handbewegung legte ich einen Schwaden tarnender Magie über die Menschen dort. Die

Soldaten des Stützpunkts riefen einander bereits Befehle zu. Wir brauchten es nicht, dass sie auf unsere Verbündeten schossen. Sie würden lediglich das Ergebnis des Chaos sehen, nicht den Grund dafür.

Die Brücke hatte auch eine Welle Draugar mitgebracht. Dutzende ergossen sich auf den asphaltierten Hof, während weitere von oben herabkamen.

Thors Hammer krachte in die Truppe in seiner Nähe. Vidar, Heimdall, Freya und Freyr rannten mit ihren Schwertern herbei. Flammendes Licht und brennende Schatten schossen an mir vorbei. Ein Geschoss pfiff durch die Luft und zerfetzte mindestens zwanzig der untoten Körper, als sie von der Brücke sprangen.

Ich riss eine der Panzerfäuste an mich und drehte mich dorthin, wo ich Surt zuletzt gesehen hatte. Er brach gerade durch die Tür des Gebäudes, zu dem er gerannt war. Thor und Vidar verfolgten ihn brüllend.

Ich konnte nicht auf ihn schießen, ohne die Götter zu verletzen. Verdammt. Daher wirbelte ich herum und feuerte stattdessen eines meiner Geschosse in den Schwarm Draugar.

Die untoten Gestalten schwangen ihre durch Feuer verbesserten Schwerter und versteckten sich hinter ihren Schilden. Da sie es mit so vielen Göttern und unseren menschlichen Verbündeten zu tun hatten, war der Kampf viel ausgeglichener als vor einigen Tagen, als sie uns sechs und unsere Walküre in Asgard angegriffen hatten. Sogar unser Rabe stürzte sich jetzt ins Getümmel und hieb mit dem Schnabel auf das Gesicht eines Draugr ein, der zu Odin gestürmt war. Die verwesten Gestalten taumelten nach links und rechts, wurden durchschnitten, zerfetzt oder zu Asche verbrannt.

Ich legte die Menschenwaffe beiseite, um einer Reihe Draugar eine Feuersbrunst entgegenzuschleudern. Sie kreischten, als hätten sie Schmerzen, das gehörte jedoch zu der schrecklichen Magie, die ihre Körper belebt hatte. Wir befreiten diese armen Körper aus dem Elend ihrer Sklaverei.

„Wo ist Surt?", rief Ari, die über unseren Köpfen kreiste. Sie hatte sich ein Maschinengewehr geschnappt und sah mit den ausgestreckten silbernen Flügeln und der kalten schwarzen Form in den Händen wie ein ruchloser Racheengel aus. Ich hätte mich zurücklehnen und sie den ganzen Tag lang bewundern können, wenn wir uns nicht mit weiteren Draugar – und diesem verfluchten Riesen – hätten auseinandersetzen müssen.

Thor stolperte zu uns. Blut sickerte aus einer Wunde, die sich quer über seinen Bauch zog und entlang der Ränder schwarz, in der Mitte jedoch roh und rot war. Surt hatte ihn mit seinem verdammten Feuerschwert erwischt.

Ari erbleichte. „Balder", kreischte sie und suchte die Menge ab.

„Ich werde überleben", entgegnete Thor abgehackt. „Surt ist unter der Erde. Vidar verfolgt ihn. Wir müssen ihnen folgen. Falls die Waffen dort unten sind …"

„Die Zerstörung wird sich weiter ausbreiten, wenn er die Bomben oberirdisch aktiviert", erklärte Hödur grimmig. „Er wird zu uns zurückkommen. Bereiten wir uns darauf vor."

Wir strömten zu dem Gebäude. Mein Puls pochte wild durch meine Adern. Vorhin hatte es sich nicht real angefühlt, auf dieser Seite der Schlacht zu stehen. Auf der richtigen Seite, Asgards Seite – der Seite, auf der ich sein wollte. Es gab hier zwar Götter, die ich lieber anpinkeln würde, als ihnen einen Gefallen zu tun, sie waren mir allerdings immer noch lieber als der Rohling, der diesen Konflikt verursacht hatte.

Vielleicht würde den meisten nur jene allererste Schlacht in Erinnerung bleiben und diese nicht, doch hier zu sein und auf der Seite zu kämpfen, auf der ich sein wollte, reichte.

„Wo braucht ihr uns jetzt?", brüllte der Anführer unserer menschlichen Verbündeten.

Thor winkte Aris ehemalige Kollegen aus dem Wagen und zu unserer Blockade. Trotz der Proteste des Donnergotts hatte Balder bereits seine Seite erreicht und die Wunde mit dem Leuchten seiner Magie geschlossen.

In meiner Nähe warf Hödur einige Draugar mit einer Woge seiner dunklen Magie um. Gemeinsam mit den Göttern und den Menschenwaffen hatten wir den Großteil von ihnen vernichtet. Die Soldaten des Stützpunkts zerschlugen ebenfalls Draugar, obwohl sie mit offenen Mündern fassungslos die Szene betrachteten, von der sie nur einen Teil sehen konnten.

„Sollen wir versuchen, die Erde zu durchbrechen und Surt zu folgen?", fragte Ari, als sie zwischen Hödur und mir landete. „Wenn wir unsere vereinten Kräfte nutzen, wie wir es bei seiner Festung getan haben, können wir womöglich den Boden aufreißen."

„Damals wussten wir genau, wo wir zuschlagen mussten", erwiderte Hödur. „Ich bin mir nicht sicher ... Wir wissen nicht, wo genau die Waffen sind, oder wie sich unsere Magie auf diese auswirkt. Surts Plan zu unterstützen, ist das Letzte, was wir wollen."

„Er entkommt uns nicht", grollte Thor. „Dieses Mal haben wir seine Armee tatsächlich zerstört und ..."

Ein Chor Schlachtrufe hallte durch die Luft. Wir wirbelten zu einer Horde Riesen herum, die am höchsten Punkt der Brücke erschienen war.

In meiner Lebzeit hatte ich gegen unzählige Riesen gekämpft, sehr häufig wie jetzt mit dem Donnergott an meiner Seite. Die erste erbärmliche Zeit meines Lebens hatte ich unter ihnen verbracht. Dennoch rutschte mir der Magen in die Hose, als ich diese Horde über die Flammen von Surts Brücke auf uns zu rennen sah.

Während wir Verbündete um uns geschart hatten, war Surt nicht untätig gewesen.

Aris ehemalige Kollegen eröffneten das Feuer. Ein Geschoss erwischte einen Riesen an der Schulter, als er von der Brücke sprang, und warf ihn zu Boden. Zwei weitere trampelten jedoch sofort mitten in die Menschengruppe. Die Schläge ihrer Arme und die Schnitte ihrer Klingen brachen Schädel und verspritzten Blut.

Ari stieß einen gequälten Laut aus und sprang vor, als wollte sie es allein mit hundert Riesen aufnehmen. Mein Herz setzte aus. Ich eilte schneller vor, als sie es konnte, und packte sie am Ellenbogen.

„Wir kämpfen gemeinsam gegen sie, Fee", erinnerte ich sie. „Wir brauchen dich bei uns."

„Sie werden alle sterben", murmelte sie. „Ich habe sie gebeten, herzukommen, und jetzt werden sie abgeschlachtet."

„Nicht, wenn wir ein Wörtchen mitzureden haben", sagte ich bestimmt und fing Thors sowie Balders Blicke auf. Hödur flog bereits auf einem seiner Schatten zu uns. Ich deutete mit dem Arm auf die Riesen und wir griffen an. Die anderen Götter stürmten an unseren Seiten vorwärts.

Leider konnte eine beachtliche Anzahl unserer menschlichen Verbündeten nicht mehr gerettet werden. Die Riesen schleuderten ihre leblosen Körper auf uns und zerquetschten hier ein Gewehr und dort einen Raketenwerfer mit ihren muskulösen Armen. Blutspritzer und möglicherweise Gehirnmasse tüpfelten meine Wange. Ich verzog das Gesicht und schleuderte meine Arme mit all der sengenden Magie nach vorne, die ich heraufbeschwören konnte.

Die anderen vier Mitglieder unseres Quintetts bewegten sich gleichzeitig. Der bizarre Zusammenhalt, den wir dank unserer Walküre zwischen uns entwickelt hatten, knisterte durch meine Nerven. Mein Feuer raste über Thors Hammer und verband sich mit Hödurs Schatten und Balders messerscharfer Lichtwelle.

Bisher hatten wir unsere vereinten Kräfte hauptsächlich gegen Schwarzalben und Draugar eingesetzt. Mehrere Riesen gingen bei dem Angriff zu Boden, einige rappelten sich jedoch sofort wieder auf, verbrannt und blutend, aber nicht besiegt. Weitere Mitglieder ihrer Sippschaft strömten auf uns zu.

Klingen blitzten auf und Zähne schnappten zu. Als wir uns im Kreis drehten in dem Versuch, noch eine Gruppe Riesen zurückzudrängen, sah ich, dass ein Riese Njörd ein Schwert in den Rücken trieb. Der alte Meeresgott brach zusammen und Blut sprudelte aus der Wunde. Irgendwo im Getümmel kreischte eine Stimme, die bestimmt Skadi gehörte.

Obwohl unser nächster Angriff Dutzende Riesen zu Boden beförderte, rannte eine weitere Gruppe herbei, um die Lücke zu füllen. Der Asphalt am Fuß der Brücke schmolz, blieb an meinen Schuhen kleben und füllte die Luft mit einem teerartigen Geruch. Bragi richtete das Maschinengewehr, das er sich genommen hatte, auf unsere Feinde, doch als die Kugeln die Oberkörper zweier Riesen zerfetzten, warf sich ein anderer auf den Dichter. Bragis Schädel brach unter dem Schlag der stacheligen Keule.

Ich riss meine Augen von dem Anblick los und holte gequält Luft. Wir konnten noch immer gewinnen. Die Riesen setzten uns übel zu, doch wir taten das Gleiche mit ihnen. Möglicherweise würden wir einige aus unseren Reihen verlieren, bevor die Schlacht zu Ende war, die Riesen konnten uns jedoch nicht besiegen. Dessen war ich mir sicher.

Dann drang ein Siegesschrei an meine Ohren und ich erkannte, dass es unter Umständen nicht reichen würde, die Riesen zu überwältigen.

Auf der anderen Seite des Hofs war Surt aus dem Gebäude getreten, in dem er verschwunden war. Er hatte sich eine Art Metallnetz über den Rücken geworfen, in dem sich mindestens zehn glänzende weiße Geschosse befanden, von denen jedes beinahe so lang wie er und so dick wie sein Schenkel war. Sein Bein, Arm und seine Seite waren blutbesudelt, er stand allerdings relativ sicher und schwang sein Schwert. Seine Beute schepperte, als er sie auf den Boden fallen ließ. Er griff mit einem feurigen Funkeln in den Augen nach dem nächstbesten Atomsprengkopf.

„Schaut zu, was er tut!", rief Ari den anderen Riesen zu, als sie uns umzingelten und uns Göttern den Weg zu dem Riesen blockierten, der diese Welt vernichten wollte. „Wenn er diese Bombe aktiviert, wird sie euch ebenfalls töten! Ist euch das egal? Wollt *ihr* nicht leben?"

Oh, meine herzallerliebste Walküre. Meine liebste Ari, die einst so viel Angst vor der Dunkelheit in sich zum Ausdruck gebracht hatte, versuchte nun, zu den verdammten Riesen durchzudringen, als würden sie auf die Vernunft hören und sich retten. Sie gab nie jemanden auf, oder?

Der Gedanke sorgte für ein eigenartiges Engegefühl in meiner Kehle. Vor mir drängte sich Thor zu Surt, doch die Kameraden des Riesen hatten es geschafft, uns komplett zu umzingeln. Thors Hammer krachte gegen einen erhobenen Schild, ohne den Riesen dahinter zu verrücken, und flog in seine Hand zurück.

Balders strahlendes Licht schleuderte einige Riesen gegen die Wand aus Körpern hinter ihnen, und ihre Kollegen stellten sie wieder auf die Beine. Freyas Schwert und das ihres Bruders klirrten gegen flammende Klingen, die ihnen entgegenkamen.

Wir würden irgendwann durch die Riesenblockade brechen, ja, und es würden mehr von ihnen als von uns fallen, aber es würde uns möglicherweise nicht rechtzeitig gelingen, um Surts beabsichtigte Zerstörung aufzuhalten. Wenn wir schnell einen Pfad durch seine Verbündeten hindurch zu ihm schaffen wollten, brauchten wir Schnelligkeit und eine Ablenkung.

Zwei Elemente, die keiner besser zur Verfügung stellen konnte als ich.

Plötzlich sah ich, wie es sich abspielen würde. Vielleicht erhielt Odin seine Visionen auf die gleiche Art wie ich gerade diese Idee. Ich sah jede Bewegung, die ich machen könnte; ich sah, in welche Richtung sich die Menge neigen würde; ich erhielt einen kurzen Blick auf das unvermeidbare Ende. Obwohl sich mein Magen verkrampfte, fühlte sich ein noch größerer Teil von mir plötzlich frei und so leicht wie eine Feder.

Dies war mein Moment, so sicher, als wäre er für mich geschaffen worden. Ich wäre ein Schurke, wenn ich ihn nicht ergreifen würde.

Allerdings war ich nicht so selbstlos, diese Gelegenheit zu nutzen, ohne kurz zu zögern. Mein Blick blieb an Aris Gesicht hängen, das in seiner panischen Wildheit so hübsch war, und mein Herz zog sich auf eine Weise zusammen, an die ich mich erst allmählich gewöhnte.

Ich durfte ihr keine Gelegenheit geben, sich einzumischen, doch nach dem Vertrauen, das sie mir geschenkt hatte, nach all dem Schmerz, den ich ihr vielleicht verursachen würde, auch wenn ich ihn ihr gerne erspart hätte, konnte ich ihr wenigstens eine kleine Wahrheit anbieten, an die sie sich klammern konnte, wenn ich fort war.

Körper drängten und drehten sich ringsum mich herum. Ich packte die Hand meiner Walküre und zog sie so eng an mich, dass meine Lippen ihre Wange streiften.

„Ich liebe dich", sagte ich leise, jedoch deutlich. Keine richtige Verkündung, sondern eine schlichte Feststellung.

Sie atmete erschrocken ein und ich sprang bereits von ihr weg zu der Mauer aus Riesen.

Meine Flugschuhe katapultierten mich so schnell durch die Luft, dass ich zwischen den schwingenden Schwertern hindurchraste und über einen Speerstoß hinwegsauste. Flammen schossen aus meinen Händen. Ich warf Feuer in alle Richtungen und erhellte mein Umfeld so stark, dass mich kein Riese übersehen konnte.

Ich rannte nicht zu Surt. Diese Richtung versprach viel Ruhm, sollte ich erfolgreich sein, war jedoch zu riskant, sollte ich versagen. Ich rammte meine Fersen gegen die Köpfe mehrerer Riesen, die im äußeren Ring standen, und grapschende Hände erwischten beinahe meine Knöchel. Ich wirbelte spöttisch davon und eilte in die entgegengesetzte Richtung.

Die Menge wogte ringsum um mich herum, als die Riesen zur Verfolgung ansetzten. Ich könnte höher fliegen, sie würden mir allerdings nicht folgen, wenn sie wüssten, dass sie keine Chance hatten, mich zu erwischen. Außerdem konnte ich auf diese Weise einige Riesenschädel zerschlagen. Ich trat hier gegen eine Stirn und schleuderte dort Feuer in ein Gesicht. Sie sollten fallen, sie sollten fallen, sie sollten …

Kein einziger der Götter hätte schnell oder flink genug rennen können, um die Horde für immer abzuhängen. Ich huschte so lange vorwärts, wie es kein anderer gekonnt hätte. Zu viele Hände griffen gleichzeitig nach mir und eine schloss sich mit einem Ruck um meinen Fuß, der mir beinahe das Knie auskugelte. Ich fuhr herum und schlug mit meinen Flammen um mich. Riesen stolperten stöhnend und grunzend zurück, der Griff um meinen Fuß lockerte sich – und eine Keule krachte mit einem durchdringenden *Knack* gegen meine Rippen.

Ich hob den Kopf für einen letzten Blick. Die meisten Riesen waren mir gefolgt und die anderen Götter drängten sich an den wenigen vorbei, die bei Surt geblieben waren. Ein Lächeln breitete sich auf meinem Gesicht aus.

Dann traf eine Faust meinen Schädel. Eine letzte Feuerwelle explodierte aus meinen Händen, kurz bevor sich ein sengender Schmerz in meine Brust bohrte. Ich fiel in die Dunkelheit.

KAPITEL ZWEIUNDZWANZIG

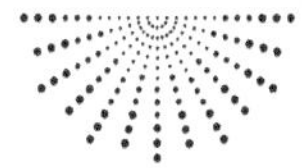

Aria

Es geschah so schnell, dass ich kaum Zeit zum Denken hatte: Lokis Flüstern an meinem Ohr, sein flammender Sprint über die Köpfe der Riesen hinweg, das Meer der Riesen, die sich teilten und die Verfolgung aufnahmen, und die Götter ringsum, die zu dem einen Riesen drängten, den wir vor allen anderen aufhalten mussten.

Mein Herz wollte Loki folgen, doch ich rannte mit den anderen Göttern los. Surt, der über seine Ausbeute an Sprengköpfen gebeugt gewesen war, hob ruckartig den Kopf. Er knirschte mit den Zähnen und seine Hand schnellte zu seinem Schwert.

Thor brach durch die letzte Reihe Riesen zwischen uns und Surt, wobei sein Hammer Fleisch zerschlug und Knochen zerbrach. Er schleuderte Mjölnir vor sich. Surt schaffte es, den Hammer mit einem Schlag seines Schwerts abzuwehren, und wich zugleich den beiden Licht- und Schattenstrahlen aus, die Balder und Hödur losgeschickt hatten. Er machte sich bereit, eine Welle seines eigenen Feuers auf uns abzufeuern.

Bevor er die Gelegenheit dazu erhielt, erschütterte ein *Bumm* direkt neben mir mein Trommelfell. Das Geschoss einer Panzerfaust pfiff durch die Luft und flog geradewegs durch die Schulter des Riesen.

Harrison atmete dort heiser aus, wo er seine Füße fest auf der Erde platziert hatte, um den Schuss abzugeben. Die Panzerfaust wackelte in seinem Griff. Seine Haare waren feucht von Schweiß und Blut und die Seite seines Gesichts war aufgeschürft, doch er hatte das Gemetzel überlebt.

Surt stieß ein Brüllen aus, das schmerzerfüllt und zornig zugleich klang. Sein Schwertarm baumelte nutzlos an seiner Seite. Thor und die anderen stürmten auf ihn zu. Mit einem geknurrten Fluch und seinem unversehrten Arm wuchtete der Riese den Haufen Sprengköpfe in seinem Netz vom Boden und rannte zu seiner Brücke.

Der flammende Bogen züngelte empor, um ihn aufzufangen. Mit dem Zischen von Hitze verschwand er mit seiner Beute im Himmel – allein.

Einige seiner Riesenkameraden, die er hier unten im Stich gelassen hatte, trampelten von hinten auf uns zu. Wir wirbelten herum, Thors Hammer flog, Odins Speer schlug aus und Schwerter blitzten auf, als sie die Körper unserer Feinde aufschlitzten. Ich hatte das Gewehr, das ich mir geschnappt hatte, irgendwo im Getümmel verloren. Daher stieß ich mich vom Boden ab und griff die Riesen mit der Waffe an, die in mir schlummerte.

Meine Finger streiften den Kopf eines Riesen. Der Hohlraum der Dunkelheit in mir öffnete sich auf meinen Ruf hin und ich riss sein Leben hinein. Die Woge der

Energie war klebriger und dicker als die der Schwarzalben, die ich zuvor genommen hatte.

Als er zusammenbrach, konnte ich kaum aus dem Weg fliegen, bevor eine Riesin mit ihrem Dolch auf die Stelle einhieb, wo mein Hals gewesen war. Ich wirbelte herum – und mein Blick blieb an einer hochgewachsenen, schlanken Gestalt hängen, die ausgestreckt mit so wenig Eleganz zwischen den anderen Leichen lag, dass sich mein Gehirn weigerte, sie zu erkennen.

Doch es *war* Loki. Es war mein verschlagener, aufsässiger Trickster, totgetrampelt und niedergeschlagen mit einer gezackten Wunde in der Brust, wo ihm die Riesen anscheinend das Herz herausgerissen hatten.

Mein Herz drehte sich um. Galle schoss durch meine Kehle. Ich würgte, spuckte, trieb mich vorwärts und zwang meine Augen, sich zu irren.

Ich konnte kaum etwas sehen, als ich schließlich den Körper des Tricksters erreichte, da meine Sicht vor Tränen verschwamm. Ich unterdrückte ein Schluchzen und hob eine zittrige Hand an seine hellroten Haare, die nun scharlachrot von seinem Blut waren. Sein Kiefer hing in einem unnatürlichen Winkel zur Seite. Einer seiner perfekten scharfen Wangenknochen war plattgeschlagen worden. Eine weitere Woge der Übelkeit erfasste mich.

Loki hatte gewusst, was er tat. Er hatte gewusst, dass er den Riesen die Gelegenheit geben musste, ihn zu erwischen, wenn er sie weit genug weglocken wollte. Warum hätte er sonst diese drei Worte zu mir gesagt, bevor er davongesaust war?

Er hatte gedacht, er würde keine weitere Gelegenheit dazu erhalten.

Und die würde er auch nicht bekommen. Er lag ohne einen Funken Leben in seinem Körper da. Obwohl ich so sehr glauben wollte, dass er plötzlich einatmen, sich aufsetzen und mich angrinsen würde, als wären meine Tränen lächerlich, bestätigte jeder Moment, den ich neben seiner ausgestreckten Gestalt kauerte, was wir bei Tyr gelernt hatten und die entstellten Körper der anderen Götter bewiesen, die heute gefallen waren. Sie hatten bereits ihre zweite Chance erhalten. Sie würden nicht mehr auferstehen.

Außer …

Meine Brust verkrampfte sich. Ich starrte meine Hand an, die über dem Gesicht des Tricksters schwebte. Meine kleine zitternde *Walküre*-Hand.

Diese Hand hatte erst vor einer Minute einem Riesen das Leben gestohlen. Sie sollte angeblich auch Leben wiederherstellen können – sie sollte sie nach Walhalla schicken können. Ich hatte es nie versucht – ich wusste nicht, ob ich das konnte …

Jede Sekunde, die ich zögerte, entglitt mir Lokis Geist weiter.

Das Herz schlug mir bis zum Hals, als ich mich über ihn beugte und beide Hände auf seine Brust legte, wobei ich die blutige Wunde in der Mitte mied. Ich schloss die Augen, bevor ich in die Tiefen meines Wesens zu der Stelle griff, wo diese tödliche Dunkelheit lauerte. Zugleich beschwor ich jede Erinnerung herauf, die bewies, dass dieser Geist würdig war.

Das Gewicht der Verantwortung, die Loki im Vorfeld von Ragnarök getragen hatte. Die Beleidigungen und der Spott, die er so oft mit einer schlagfertigen Bemerkung abgetan hatte. Dass er sogar in mir etwas von Wert sehen konnte, und die Mühen, die er auf sich genommen hatte, um mich davon zu überzeugen – so viele Worte der Bewunderung, dass mein Herz anschwoll, als ich an sie dachte. Die Leidenschaft, mit der er sich in jeden Kampf gestürzt hatte, an dem ich mit ihm teilgenommen hatte.

Seine Eile, Surt aufzuspüren, egal, wie spät es war oder in welcher Situation wir uns befanden.

Und erst vor einem Augenblick hatte er mit Beleidigungen um sich geworfen und Flammen geschleudert, während er zu seinem Verderben gerast war, um uns den Weg zu ebnen, damit wir mein Reich retten konnten.

Er hatte mir vor nicht allzu langer Zeit erzählt, dass er zwar kein Schurke war, allerdings auch kein Held. Ich konnte mir nicht vorstellen, dass seine Definition auf viele Leute zutraf, wenn sie ihn nicht einschloss.

In der gewundenen Dunkelheit in meinem Magen entzündete sich ein Funke. Dessen Hitze breitete sich in meinem Oberkörper und in meinen Gliedern aus und sorgte dafür, dass sich die Härchen auf meinen Armen und in meinem Nacken aufrichteten. Die Luft in meiner Lunge schimmerte. Ich konzentrierte mich mit aller Kraft auf diese Empfindung.

Ihn. Ihn. Lasst ihn aufsteigen.

„Erlaubt mir, ihn für Walhalla zu beanspruchen", flehte ich.

Der Funke öffnete sich mit einer Lichtexplosion, die mich von innen heraus blendete.

In diesem sengenden Weiß schmeckte ich das würzig süße Aroma, das Lokis Haut stets anhaftete. Meine Finger schlossen sich um das Beben eines noch helleren Lichts. Es vibrierte in meinen Händen mit einer Energie, die sich beinahe wie ein verschlagenes Grinsen anfühlte. Keuchend schleuderte ich es mit aller Kraft hoch in die gewaltige Halle Walhallas mit ihren Wänden voll glänzender Klingen, weg von diesem sterblichen Reich.

Der Geist flitzte weg von mir nach Asgard und mein Magen verkrampfte sich wegen eines plötzlich einsetzenden Verlustgefühls. Mein Bewusstsein taumelte zurück zur Erde.

Nein. Ich musste dort sein – ich musste sicherstellen,

dass mein Plan funktionierte und Surts Wachen Lokis Leben nicht erneut ein Ende bereiteten.

Ich hievte mich vom Asphalt und konzentrierte mich auf mein inneres Bild von Walhalla. Der Geruch abgestandenen Mets kitzelte meine Sinne. Ich zwang mich, mit meinem gesamten Wesen dorthin zu reisen.

Die Luft erbebte und ich stolperte zwischen den langen Eichentischen unter der hohen Gewölbedecke.

Irgendwo in meiner Nähe erklangen ein Krächzen und Grunzen. Die Riesen, die in der Nähe des Kamins und bei Odins Thron auf der anderen Seite der Halle standen, wirbelten bereits herum.

Ein eigenartiges Hochgefühl erfasste mich. Ich riss mein Klappmesser schneller aus der Tasche, als ich mich je zuvor bewegt hatte. Anschließend rammte ich es direkt und hart zwischen die Augen einer Wache, ehe ich mit einem schnellen Flügelschlag zu einer anderen sauste.

Meine Hand streifte die Stirn der Wache, als er nach mir schlug, und riss ihm das Leben an der Wurzel aus. Ich wirbelte außer Reichweite des Schwerts eines dritten Riesen …

Und dieser ging in Flammen auf.

Mein Blick schnellte gerade rechtzeitig durch die Halle, um eine hochgewachsene, schlanke Gestalt mit Haaren wie Flammen zu sehen, die noch einen feurigen Blitz auf die Wachen schleuderte. Loki riss zwei Dolche von der Wand, einen mit jeder Hand, und schleuderte sie gleichzeitig auf die zwei Riesen, die noch standen. Die Klingen bohrten sich in die Herzen der Wachen. Sie brachen mit einem widerhallenden dumpfen Knall zusammen.

Loki rieb seine Hände aneinander und lächelte scharf und zufrieden. „Nun, damit wäre unser unmittelbarstes Problem aus dem Weg geräumt." Er sah sich in der Halle um und an sich herab.

Er war in den gleichen Klamotten erschienen, die er noch vor Augenblicken in Midgard getragen hatte: seine typische grüne Tunika und eine graue Hose. Der Stoff war jedoch unversehrt und sauber, ganz anders als noch vor wenigen Momenten. Ein Hauch von Verwirrung huschte über sein Gesicht. „Vielleicht kannst du mir erklären, wie wir hier gelandet sind, Fee, denn ich scheine eine verstörende Erinnerungslücke zu haben."

Ihn so lebhaft und echt und *lebendig* zu sehen, raubte mir den Atem. Ich hatte es getan. Ich hatte es tatsächlich getan. Mit einer Begeisterung, die mir geradewegs in die Flügel fuhr, tauchte ich zu ihm hinab. Ich packte ihn, schlang die Arme fest um seine Taille, presste mein Gesicht an seine Brust und atmete seinen würzig süßen Geruch tief ein.

„Du hast dich *umbringen* lassen", entgegnete ich. „Das ist passiert."

Seine Arme legten sich um meine Schultern. Er senkte den Kopf und drückte seine Lippen auf meine Haare. „An diesen Teil erinnere ich mich", erwiderte er leise, jedoch lässig. „Anscheinend ist das nicht ganz so abgelaufen, wie ich es erwartet habe."

„Weil du das Glück hattest, eine Walküre an deiner Seite zu haben", murrte ich in sein Oberteil.

„Also hast du ..." Er lachte voller Staunen. „Du hast mich in der Halle der Krieger wieder auferstehen lassen."

„Ich musste es versuchen." Ich klammerte mich fester an ihn und genoss es, wie warm und unversehrt sich sein Körper an meinem anfühlte, bevor ich zurückwich und ihm in die Augen blickte. Meine Kehle schnürte sich kurz zu, doch bei diesem zweiten Mal war es einfacher. Die Worte purzelten trotzdem durcheinander, als sie über meine Lippen sprudelten. „Ich liebe dich auch. Du musstest nicht etwas so Wahnsinniges tun, damit ich es ebenfalls sage, du Irrer."

Loki lachte erneut kurz und atemlos, bevor er mich mit

so viel Begehren küsste, dass meine Nerven Feuer fingen. Ich wollte mich an ihn schmiegen und mich in der Freude über sein Überleben verlieren, das hier war allerdings weder der richtige Zeitpunkt noch der richtige Ort dafür.

Was Loki ebenfalls wusste. Er küsste mich noch einmal zärtlich und ließ seine Fingerspitzen über die Seite meines Gesichts gleiten. Anschließend wich er zurück und sah sich um.

„Was ist nach meinem vorzeitigen Ableben in Midgard passiert?", fragte er. „Hat Surt …"

„Wir haben ihn erreicht, bevor er die Sprengköpfe aktivieren konnte", erzählte ich. „Allerdings ist er mit ihnen hierher geflohen. Einer meiner Leute hat mit einer Panzerfaust auf ihn geschossen. Er ist verletzt. Ich weiß nicht, wie sehr ihn das ausbremsen wird."

„Ich schätze, wir sind in der idealen Position, das herauszufinden." Der Trickster blickte grinsend zur Eingangstür. „Wir können einige dieser Waffen mitnehmen, die Vidar so sehr vermisst hat, wenn wir schon dabei sind. Lass uns nachschauen, ob meine Tarnkräfte meine zweite Auferstehung überlebt haben!"

„Warte kurz." Ich marschierte zu dem ersten Riesen, den ich getötet hatte, und riss ihm mein Klappmesser aus dem Schädel. Dann wischte ich es an seinem Shirt ab, bevor ich es wieder in meine Tasche schob. Anschließend nahm ich ein Kurzschwert von der Wand, das mir gefiel. Seine schmale Klinge schimmerte bedrohlich. „Okay, jetzt bin ich bereit."

Lokis Grinsen wurde breiter. „Meine Walküre."

Ich wackelte mit dem Schwert und meine Lippen zuckten nach oben. „Oh, nein, ich bin nicht mehr deine Walküre. Du bist *mein* auferstandener Held."

Loki blinzelte. Das Lächeln, das als Nächstes über sein Gesicht huschte, war so hell und strahlend wie die Sonne draußen.

„Das bin ich", bestätigte er und das gleiche Strahlen funkelte in seiner Stimme. „Dann komm mit, damit wir herausfinden können, welche Heldentaten noch vor mir liegen."

Er schloss seine Hand um meine und gemeinsam traten wir an die Tür.

KAPITEL DREIUNDZWANZIG

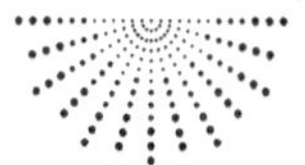

Aria

Als der Trickster und ich Walhallas Eingang erreichten, kribbelte mein vorheriges Hochgefühl weiterhin durch meine Adern.

Ich hatte die beste Macht benutzt, die eine Walküre besaß. Ich hatte ein Leben zurückgebracht, anstatt es zu nehmen.

Das wollte ich erneut tun.

Wir hätten eine viel größere Armee, wenn Walhalla wieder voll wäre. Musste Odin in der Halle sein, wenn er weitere Walküren heraufbeschwören wollte? Ich vermutete, diese Möglichkeit war vom Tisch, seit Surt Asgard erobert hatte. Doch wenn wir mehr gewesen wären und wir alle Helden aus Midgard nach Asgard gerufen hätten …

Loki machte eine ausladende Handbewegung und Licht schimmerte kurz auf, bevor es sich über uns legte. „Wir werden nicht bemerkt werden, solange wir direkte

Interaktionen mit Surt und seinen Handlangern meiden", erklärte er. „Erdolche niemanden, dann sollten wir unbemerkt an ihnen vorbeikommen."

„Ich glaube, das schaffe ich", erwiderte ich.

Er hob eine Augenbraue. „Du freust dich bestimmt darauf, dieses Schwert auszuprobieren."

Als er die Tür öffnete, erkannte ich, dass es womöglich etwas schwieriger werden würde, Interaktionen mit unseren Feinden zu vermeiden, als ich angenommen hatte. Surt hatte eindeutig nicht seine gesamte Armee zu dem Waffenlager mitgenommen. Mindestens einhundert Draugar schlurften über den Hof und durch die Straßen der Götterstadt – zwischen den Hallen waren diese nun geschwärzt und stellenweise sogar aufgebrochen.

Ein paar Riesen schienen große Freude daran zu haben, die Statue in der Mitte des Springbrunnens zu zerschlagen. Mehrere andere ihrer Art standen als Grüppchen unweit von Walhalla und unterhielten sich. Es war gut, dass wir die Wachen in der Halle getötet hatten, bevor sie Alarm schlagen konnten. Andernfalls wären wir jetzt erledigt.

Der Anblick der umherwandernden Untoten versetzte meiner Freude einen Dämpfer. All diese hageren, leeren, menschlichen Gesichter … Was Surt getan hatte, war kein Vergleich zu dem, was ich für Loki getan hatte. Ich hatte den Trickster vollständig ins Leben zurückgeholt samt seinen Gedanken und seinem freien Willen. Dennoch drehte sich mir plötzlich der Magen um bei der Vorstellung, eine Armee gefallener Menschenkrieger auferstehen zu lassen, damit sie nach unserer Pfeife tanzten.

Vielleicht war es besser, dass wir diese Option nicht gehabt hatten. Auf diese Taktik zurückzugreifen, wäre damit vergleichbar gewesen, auf Surts Niveau herabzusinken. Ich hatte Loki gekannt – ich hatte gewusst, dass er, wenn möglich, weiterleben wollte – und es war nicht so, als hätte ich wirklich Macht über ihn. Fremde auferstehen zu lassen und in einen Kampf gegen Riesen und Draugar zu schicken, ohne dass sie ein Wörtchen mitreden durften … In mancherlei Hinsicht wäre das sogar schlimmer. Diese Zombies waren wenigstens geistlos. Auferstandene Krieger würden wissen, dass sie benutzt wurden.

Ich erinnerte mich nur allzu gut daran, wie ich mich gefühlt hatte, als mir die Götter erzählt hatten, dass sie mich heraufbeschworen hatten. Sie hatten mir eine Wahl gelassen. Erneut zu sterben, hatte sich allerdings nicht wie eine gute Alternative angefühlt. Ich war mittlerweile zufrieden mit meinem Schicksal, bezweifelte allerdings, dass ich in nächster Zeit viele ehemals toten menschlichen Wesen nach Walhalla rufen würde.

Loki schlich in die Stadt und ich folgte ihm. „Thor hat einen großen Vorrat an Waffen, von denen viele von Schwarzalben geschmiedet wurden", flüsterte der Trickster. „Das scheint ein vernünftiger Anfang für unsere Sammlung zu sein."

Wir überquerten den Hof, liefen durch die gefliese Straße und umgingen Riesen und Draugar gleichermaßen. Sie schlenderten vorbei, ohne uns auch nur einen Blick zuzuwerfen. Meine Haut kribbelte, als ich so dicht an unseren Feinden vorbeiging. Ich hatte zwar nicht vor, einen zu erstechen, hielt den Griff des Schwertes jedoch weiterhin fest, das ich mitgenommen hatte, und spreizte die Flügel über meinem Rücken.

Weitere Riesen standen um Thors Halle herum. Einige Sekunden später verstand ich warum. Surts harsche Stimme brüllte durch die Wände.

„Du wirst mir erzählen, wie ich diese Waffen benutzen kann. Sag mir nicht, dass du es nicht weißt."

Ein Schrei durchschnitt die Luft – einer der eindeutig menschlich klang. Meine Schultern spannten sich an.

„Munin hat erzählt, dass Surt einen anderen Menschen aus Midgard entführt hat", sagte ich. „Das hat er bei dem kurzen Besuch getan, den wir nicht nachverfolgen konnten. Vielleicht noch ein Atomwissenschaftler?"

„Er versucht, seine Wissenslücken zu füllen", erklärte Loki. „Ich wäre ein wenig beeindruckt von seiner Findigkeit, wenn sie nicht zur Zerstörung von allem führen würde, das uns wichtig ist. Es klingt allerdings so, als wäre er nicht besonders weit gekommen, was ein kleiner Trost ist."

Es klang auch so, als würde er den Mann foltern in dem Versuch, zu erhalten, was er wollte. Es juckte mich in den Muskeln, zur Tür zu fliegen, hindurchzurauschen und den armen Kerl von dem Riesen wegzubringen. Dadurch würde ich unsere Tarnung allerdings auffliegen lassen. Falls ich überhaupt so weit in die Halle kam, dass ich dem Mann helfen konnte. Als ich näher trat, konnte ich sehen, dass Riesenwachen die gesamte Halle umringten und Schwerter sowie Äxte in ihren Händen glänzten. Surt ließ sich gut beschützen.

„War ja klar, dass er es sich in der Halle des Donnergottes gemütlich macht", brummte Loki. „Er wünscht, er wäre auch nur ein halb so guter Krieger wie Thor. Vielleicht sollten wir auf diesen Waffenvorrat verzichten. Ich kenne andere Schätze, die wir leichter in die Finger kriegen können."

Er marschierte die Straße entlang. Ich wich Blutflecken aus, welche die hellgrauen Fliesen verdunkelten. Surt hatte noch aus seiner Wunde geblutet, als er hierhergelangt war. War es Harrison gelungen, seinen Schwertarm dauerhaft zu beschädigen?

Nicht, dass wir uns um sein Schwert Sorgen machen mussten, solange der Riese ungefähr ein Dutzend Atomwaffen mit sich herumschleppte.

Lokis Halle war besonders übel zugerichtet worden. Eine

ganze Seite des Gebäudes war bis zum Dach verkohlt. Mehrere Stellen des Strohdachs waren eingestürzt.

Wir schlüpften in die Halle, wo Sonnenlicht durch die Löcher in der Decke fiel. Der Trickster seufzte und trat ausgebrannte Holzstücke beiseite, während er durch den vorderen Teil der Halle lief. „Ich muss sagen, dass mir Surts Geschmack in Sachen Inneneinrichtung nicht gefällt."

Sein Tod und seine Auferstehung hatten sich offensichtlich nicht auf seinen Sinn für Humor ausgewirkt. Ich musste joggen, um mit ihm mitzuhalten. Vor einer verschlossenen Tür blieb er stehen, legte seinen Finger auf das Schlüsselloch und drückte die Tür auf.

Das Zimmer auf der anderen Seite roch nach Maschinenöl. Kisten und Säcke waren entlang der Wände gestapelt. Loki zog erst einen, dann noch einen auf, während ich mich umsah.

„Was ist all dieses Zeug?", erkundigte ich mich.

„Ich habe die Angewohnheit, hier und da einige Dinge zu sammeln", antwortete der Trickster. „Selbstverständlich drehen sie sich nicht ganz so stark um Kampf-Themen wie der Schatz des Donnergottes, aber ich sollte einige nützliche Dinge haben ... Ah." Er steckte etwas Kleines in seine Hosentasche. Einige Augenblicke später warf er sich einen ganzen Sack über die Schulter. Er stopfte eine Schachtel in der Größe eines Textbuchs zu dem, was der Sack bereits enthielt. Schließlich holte er aus einer Kiste in der Ecke einen glatten Dolch mit einem Leder umwickelten Heft, der wie ein Mondstrahl schimmerte, als er ihn mir anbot.

„Ich denke, du wirst feststellen, dass dir der hier noch bessere Dienste leisten wird als das reizende Stück, das du mitgenommen hast, Fee", sagte er. „Die Magie, die an der Klinge haftet, wird dir erlauben, jedes Material zu durchschneiden, das du durchbohren willst."

Oh, ich wollte so einige Dinge durchbohren. Ich nahm

den Dolch vorsichtig entgegen und meine Finger schlossen sich um den Griff, als wäre er für sie gemacht worden. Ich durchschnitt die Luft experimentell mit dem Dolch und ein Beben der Macht raste meinen Arm hinauf.

Ich lächelte. *Das* war eine echte Waffe. Ich hoffte bloß, dass ich eher früher als später die Gelegenheit erhielt, sie an Surt zu testen.

Nachdem wir Lokis Halle verlassen hatten, huschten wir in Freyas. Loki rümpfte über den Großteil ihrer Waffensammlung die Nase – „funktional, aber nicht außergewöhnlich", bemerkte er – nahm jedoch das polierte Schwert in seiner Scheide in der Nähe der Tür mit.

„Sie hatte keine Zeit, zurückzugehen und ihre Lieblingsklinge zu holen, als Surt angriff", erklärte er. „Ich glaube, sie wird es zu schätzen wissen, die hier beim nächsten Kampf zu haben."

Nachdem wir die Straße ein Stück entlanggelaufen waren, deutete der Trickster mit dem Kopf auf ein hohes Gebäude mit einem Bronzedach, das leicht versengt worden war. „Vidars Halle", erklärte er. „Ich habe bemerkt, dass er seine berühmten Schuhe nicht anhat. Wenn sie gut genug waren, um meinem Sohn den Kiefer zu brechen, sollten sie gut genug sein, um es mit Surt aufzunehmen."

„Berühmte Schuhe?", wiederholte ich und eilte ihm hinterher. „So wie deine?"

„Macht Vidar auf dich den Eindruck, als hätte er ähnliche Interessen wie ich?", erkundigte sich Loki. „Schnelligkeit und die Fähigkeit, zu fliegen, waren ihm nicht wichtig. Er hat sich die stärksten und robustesten Schuhe aller Zeiten besorgt. Mit ihrer Hilfe konnte er Fenrir töten. Sie schützten seine Zehen, als er das Maul meines Sohnes auftrat, um ein Schwert in dessen Kehle zu rammen."

Er fand die fraglichen Schuhe hinten in einem Schrank und warf sie ebenfalls in seinen Sack. Als wir auf die Straße zurückkehrten, marschierte er schnurstracks zum Wald hinter den Hauptgebäuden der Stadt und sah die anderen Hallen nicht einmal an.

„Wohin gehen wir jetzt?", fragte ich.

Ein weiteres Brüllen hallte hinter uns durch die Luft. Surt klang noch wütender als zuvor. „Das reicht nicht! Mir sind die ‚Regeln' deiner Leute egal!"

„Wir sind fast fertig", versicherte mir Loki. „Es gibt noch eine letzte Sache … Ich bin mir nicht sicher, ob es da sein wird. Doch ich habe Gerüchte gehört und die Nornen sind nicht mehr da, um uns am Schnüffeln zu hindern."

„Gerüchte in Bezug worauf?"

Wir betraten den Wald und Lokis Schritte beschleunigten sich zu einem übernatürlichen Tempo. Ich hob vom Boden ab und flog ihm hinterher, um mit ihm mitzuhalten.

„Hast du jemals die Geschichte von Freyrs Schwert gehört?", fragte er.

Ich schüttelte den Kopf. „Ich weiß nichts über Freyr abgesehen davon, dass er Freyas Bruder ist."

„Ich schätze, es ist nicht die aufregendste aller Geschichten", meinte der Trickster. „Thors und meine Abenteuer sind viel unterhaltsamer. Nun. Eine von Freyrs wertvollsten Habseligkeiten war ein Schwert, das selbstständig kämpfen konnte ohne die Führung seines Besitzers. Es führte die Hand seines Eigentümers und wusste genau, wie es sein Ziel treffen konnte … Manche behaupten, dass Freyr Surt womöglich besiegt hätte, wenn er es für Ragnarök behalten hätte. Also erscheint es mir logisch, dass es hilfreich wäre, es jetzt gegen den Rohling einzusetzen anstelle des schlechteren Schwertes, das er momentan benutzt."

„Er hatte dieses Schwert während Ragnarök nicht bei sich?", hakte ich nach. „Warum nicht?"

„Oh, wegen dieses lächerlichen Leidens namens Liebe." Loki schenkte mir über seine Schulter ein schiefes Lächeln. „Eine Emotion, die wundersame Taten provozieren kann, ohne Frage, manchmal allerdings auch ziemlich idiotische. Freyr setzte es sich in den Kopf, eine bestimmte Riesin zu heiraten. Mein ehemaliges Volk verlangte sein Schwert, bevor sie ihr erlaubten, das in Erwägung zu ziehen. Er war so verliebt in sie, dass er einwilligte. Wenn du es also aus diesem Winkel betrachtest, ist eigentlich *er* derjenige, der Asgards Untergang herbeigeführt hat, nicht ich."

Ich verzog das Gesicht. „Irgendwie habe ich das Gefühl, dass Odin bei dieser Geschichte auch die Hand im Spiel hatte."

„Ich wäre nicht überrascht. Der Göttervater hat es jedoch nie erwähnt. Jedenfalls geht das Gerücht um, dass einer der Riesenkönige das Schwert zu den Nornen brachte, als sie noch ihre Visionen der Vergangenheit und Zukunft mit uns teilten. Er hatte irgendeine wichtige Angelegenheit, zu der er ihre Meinung wollte, und das Schwert war der kostbarste Gegenstand, den er als Bezahlung anbieten konnte. Es ist wahrscheinlich, dass sie es akzeptierten. Die einzigen Fragen sind, ob diese Geschichte wahr ist und, falls ja, wo sie das Schwert versteckt haben."

Er blieb auf einer Lichtung stehen, die ich von meinen Reisen durch die verzerrte Version Asgards kannte, die wir in Munins Gefängnis erkundet hatten. Der Bogen einer riesigen Baumwurzel ragte aus dem Boden – ein Teil von Yggdrasil dem großen Baum, der die Reiche verband, wie mir Freya damals erzählt hatte. Ein Steinbrunnen stand daneben. Ansonsten war die Lichtung leer und es machte nicht den Eindruck, als wäre in letzter Zeit jemand vorbeigekommen.

„Was ist mit den Nornen passiert?", fragte ich, als Loki um den Brunnen schlenderte.

„Keiner von uns weiß das so genau", antwortete Loki. „In

den Jahren nach Ragnarök verblassten sie. Ich glaube, als sich die Götter immer weniger an sie wandten und andere Reiche ihre Existenz vergaßen, verblassten ihre Verbindungen zur Gegenwart. Sie waren nie greifbare Wesen wie wir. Es würde mich nicht überraschen, wenn sie eines Tages wieder auftauchen würden, einfach nur aus der Freude daran, uns auf Trab zu halten."

Wir suchten die ganze Lichtung ab und testeten die Steine der Brunnenwand, den Untergrund darum herum und die Stämme der Bäume, die den offenen Platz säumten. Schließlich blieb Loki stehen, verschränkte die Arme und schnaubte niedergeschlagen.

„Vielleicht haben sie das verdammte Ding mitgenommen. Ich schätze, dieses eine Schwert kann keine so große Rolle spielen. Wenn es der Schlüssel zum Sieg gegen Surt gewesen wäre, hätte ich erwartet, dass etwas in Odins Visionen bezüglich Klingen oder Stahl erschienen wäre oder …"

Er verstummte und seine Augen wurden schmal, als er den Brunnen betrachtete.

„Was?", fragte ich.

„Ich denke darüber nach, was uns Odins Visionen verraten *haben*. ‚Das höchste Wasser.' Asgard ist das höchste aller Reiche. Der Brunnen der Nornen wurde für heilig erachtet. Man könnte sagen, dass er durch den Nebel dessen brannte, was war und was noch sein wird. Es könnte sein, dass Odins Visionen das hier gemeint haben."

Ich bedachte den Brunnen mit einem skeptischen Blick. „Denkst du wirklich, dieses Wasser könnte Surt aufhalten?"

Loki zuckte mit den Achseln. „Wir sind jetzt hier. Es kann nicht schaden, ein wenig davon mitzunehmen."

Er ließ den Eimer mit einem fernen Platschen in den Brunnen fallen. Als er ihn mit einem Arm wieder hochkurbelte, zog er mit der anderen Hand zwei kleine Beutel aus seinem Sack.

Das Wasser in dem Eimer funkelte mit einer unheimlichen Energie, bei der meine Haut kribbelte. Vielleicht besaß es die Macht, einen Unterschied zu machen. Loki tauchte einen Beutel in den Eimer, steckte ihn in seine Tasche und bot mir den anderen an, nachdem er ihn gefüllt hatte.

„Nur für den Fall", sagte er und sein schiefes Grinsen kehrte zurück. „Ich habe es bereits einmal geschafft, mich umbringen zu lassen."

Ich pikte ihn mit meinem Finger in die Brust, als ich den Beutel entgegennahm. „Wehe, wenn das nicht das letzte Mal war, dass du das getan hast. Was jetzt?"

Loki runzelte die Stirn. „Wir wollen Surt keine Gelegenheit geben, diese Bomben in Midgard zu zünden. Lass uns nachschauen, wie schwer Bifrösts Tor momentan bewacht wird. Du kannst durch Walhallas Toren schnell zu Odin zurückfinden. Falls wir den Weg freiräumen können, könntest du unsere Fundstücke nach unten bringen und ihnen mitteilen, hier hoch zu kommen und zu kämpfen."

Ich vermutete, dass Surt die Stelle, an der sich die Regenbogenbrücke bilden konnte, beinahe genauso schwer bewachen ließ wie seine auserwählte Halle. Vielleicht konnten wir mit Lokis Tricks einige seiner Verbündeten weglocken, wenn wir die Angelegenheit nicht mit roher Gewalt regeln konnten?

Wir eilten durch den Wald zurück in die Stadt. Wir hatten gerade die erste Halle passiert, als ein Schrei vor uns erscholl, der weder wütend noch gequält klang, was ihn irgendwie noch schrecklicher machte.

„Ja! Ich kann es spüren. Das ist der Schlüssel. Kommt, kommt, wir müssen aufbrechen. Midgard wird noch vor Ablauf dieser Stunde mir gehören."

Surt platzte gefolgt von einem Strom Riesen aus Thors Halle. Sein Schrei sorgte dafür, dass die umherwandernden Draugar zu ihm eilten. Sein Schwertarm baumelte nach wie vor schlaff an seiner Seite und seine Schulter war mit einem dicken Verband umwickelt, der bereits blutbefleckt war. Sein anderer Arm bewegte sich jedoch problemlos, als er ihn durch die Luft fegte. Die Flammen seiner Brücke wölbten sich vom Boden. Er sprang auf und das Netz aus Sprengköpfen hing über seinem breiten Rücken.

Mein Herz setzte aus. „Er geht jetzt. Er geht jetzt mit den Bomben nach Midgard." Und nach dem Freudenschrei zu urteilen, war er sich sicher, dass er wusste, wie er die Bomben aktivieren konnte. „Wir müssen ihm folgen … Wir müssen ihn aufhalten."

Dutzende Riesen und Draugar eilten ihrem Anführer hinterher auf die flammende Oberfläche. Lokis Mund verzog sich. „Nicht einmal ich bin so arrogant, zu denken, dass wir beide seine ganze Armee allein ausschalten können."

Plötzlich hatte ich eine zündende Idee. „Wir müssen es nicht allein tun", verkündete ich. Ich stieß mich vom Boden ab und flog so schnell wie möglich nach Walhalla.

KAPITEL VIERUNDZWANZIG

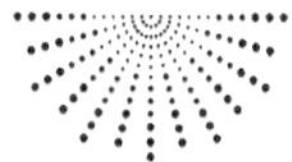

Balder

„Sie werden ihren Weg zu uns zurückfinden", beruhigte ich Hödur, während er über das Stück Wüste in New Mexico tigerte, zu dem wir uns zurückgezogen hatten. „Du weißt, dass Loki sich aus jeder Situation befreien kann. Und Aria …"

Und Aria fiel aus dem Himmel.

Sie schlug in der Hocke auf dem trockenen Boden auf und spreizte die Flügel, um ihren Sturz zu verlangsamen und den Aufprall zu dämpfen. Wir hatten uns kaum zu ihr umgedreht, als sie bereits aufsprang. Sie rannte nicht zu uns, sondern zu Odin.

„Du musst die Brücke nach Asgard öffnen", sagte sie und packte den Saum seines Mantels. „*Jetzt*. Surt wird gleich die Bomben zünden … es ist die einzige Möglichkeit, wie wir ihn rechtzeitig erreichen können …"

„Warte mal einen Augenblick, Walküre", bremste der Göttervater sie auf seine distanzierte Art.

Aria stieß einen frustrierten Laut aus, bevor er noch etwas sagen konnte. „Nein. Es ist keine Zeit zum Warten. Du musst es tun. Ich war gerade oben in Asgard … ich weiß, was passiert. Kannst du mir einfach vertrauen?"

Alle Anwesenden – alle Götter, die wir gefunden hatten, mit Ausnahme der drei, die in der letzten Schlacht gefallen waren, sowie Arias menschlicher Kollege und eine Handvoll seiner Handlanger – schwiegen und beobachteten Odin. Er starrte Aria kurz an. Dann hob er zu meiner überraschten Erleichterung die Hände.

„Ich glaube, dies ist der Punkt, an dem wir getrennter Wege gehen müssen", erklärte er dem Anführer der Menschen. „Wir müssen uns schnell bewegen und derjenige, der euch zuvor getragen hat, weilt nicht mehr unter uns."

Der Mann, der auf Surt geschossen hatte, starrte auf die Ausdehnung schimmernder Farben, die sich in den Himmel erhob, und lachte erstickt. „Ich werde deinem Urteilsvermögen trauen. Besiegt dieses Arschloch für uns, okay?"

Thor eilte neben unsere Walküre, als wir uns auf den Weg über die Brücke machten. Er streichelte mit seiner breiten Hand über ihre Haare. „Loki?", fragte er.

„Ich habe ihn nach Walhalla gerufen", antwortete sie mit einem kleinen Lächeln und schaffte es, trotz der Anspannung auf ihrem Gesicht ein wenig zufrieden auszusehen. „Er lenkt die Wachen ab, die die Brücke bewachen. Es sind nicht viele. Surt sind die Lakaien ausgegangen. Er hat die meisten dorthin mitgenommen … wo immer er hingeht." Sie berührte sanft seine Seite. „Bist du okay?"

Er tätschelte die Stelle, an der ich seine Wunde so gut wie möglich geschlossen hatte. Allerdings konnte ich an seinen unrunden Schritten erkennen, dass er noch Schmerzen hatte.

Ich hatte mich ziemlich verausgabt, da ich alle geheilt hatte, die ich heilen konnte. Außerdem würde ich vor Ablauf der Stunde möglicherweise noch mehr Energie brauchen. Ich blickte zu Asgard hoch, während ich schneller über Bifrösts leuchtende Oberfläche rannte, und mein Magen verknotete sich.

Ich konnte nicht leugnen, was Hödur über meine Affinität für Licht gesagt hatte. Die brennende Energie in dem Atomkraftwerk hatte mit meiner harmonisiert, bevor sie uns beinahe ausgelöscht hatte, was mich sehr erschüttert hatte. Wenn ich jedoch die richtige Methode fand, um sie zu benutzen und zu kontrollieren …

Die Worte steckten in der Vision, die Odin uns erzählt hatte. *Das Licht des Tages kann vor einem Feuer brennen.* Sollte ich all die explosive Kraft dieser Bomben verbrennen, bevor sie entfesselt wurde?

Die Farbstreifen flogen unter meinen Füßen dahin. Munin segelte über unseren Köpfen und die anderen Götter rannten neben mir her. Einige atmeten bereits schwer. Surt war verletzt von der letzten Schlacht, wir hatten allerdings ebenfalls einige Treffer eingesteckt und waren müde. Die Verbündeten, die er mitgebracht hatte, waren diejenigen, die er zuvor in Asgard zurückgelassen hatte, weshalb sie für diesen Kampf frisch und unverbraucht waren.

Wir hatten viel verloren. Njörd. Bragi. Vidar irgendwo in den Tiefen der Einrichtung, wo er versucht hatte, Surt zu verfolgen. So viele der menschlichen Verbündeten, die Aria zu uns gebracht hatte. Beinahe Loki. Wie viele würden noch sterben, weil weder ich noch Aria sie retten konnten, bevor wir diesen Krieg beendeten? Würde irgendeiner von uns überleben?

Ich trieb mich dazu an, schneller zu gehen, und beschleunigte meine Füße mit Lichtblitzen. Hödur glitt neben mir her und verließ sich auf seine Schatten. Sein

Gesicht war angespannt vor Entschlossenheit. Thor führte trotz seines leichten Humpelns unseren Angriff an. Mjölnir blitzte in seiner Hand.

Ganz gleich, was vor uns lag, wir würden keinen Rückzieher machen.

Wir platzten durch die Wolken. Mein Herz schmerzte beim Anblick von Asgard vor mir, der mir so willkommen und trotzdem so entsetzlich war wegen der geschwärzten Hallen und des zertrümmerten Springbrunnens.

Einige Riesen standen angespannt am Rand des Reichs und beobachteten die Brücke. Thor sprang vor, um seinen Hammer zu schleudern, und ich bewegte mich instinktiv zur gleichen Zeit, um einen Lichtspeer zu werfen. Aria schlug mit ihrem leuchtenden Dolch durch die Luft, Hödur sandte eine Schattenwelle aus – und unser Trickster rannte um die Seite einer Halle in der Nähe und warf einen Feuerball, als hätte er gewusst, dass dies der richtige Zeitpunkt war, um uns entgegenzukommen. Vielleicht war das auch der Fall.

Unsere Kräfte wirbelten um die Riesen und knallten sie mit einem Funkenregen gegeneinander. Mjölnir krachte durch alle drei Schädel, bevor er zu Thors Hand zurückflog. Dieser nickte Loki mit einem breiten Grinsen zu.

„Verschlagener. Du hast es sogar geschafft, dem Tod zu entrinnen."

„Der Ruhm dafür gebührt allein Aria", erwiderte der Trickster. „Ich dachte, dieses Mal wäre ich wirklich erledigt. Und das kann noch immer geschehen, wenn ihr euch nicht Feuer unter dem Hintern macht. Wortwörtlich. Auf geht's!"

Er wedelte mit dem Arm und mein Blick folgte der Geste. Surts Flammenbrücke bog sich von der Straße hinter dem großen Platz über das Reich.

Aria schnellte vor und schlug mit einem Flüstern ihrer Federn mit den Flügeln. Der Rest von uns rannte neben ihr her. Die Hitze der Brücke kribbelte über mein Gesicht, als wir näher kamen. Ein schwarzer Fleck breitete sich auf den Marmorfliesen aus, von denen sie sich nach oben bog.

Die Riesen und Draugar hatten es überlebt, auf dieser Oberfläche zu laufen. Daher wappnete ich mich und eilte weiter.

„Freya", sagte Loki. „Ich dachte, du würdest das hier möglicherweise zu schätzen wissen." Er warf der Göttin ein Schwert zu, die ihre weniger gute Klinge beiseite schleuderte und die neue lächelnd auffing. Der Trickster sah sich beim Rennen um. Seine Miene verdüsterte sich. „Ist Vidar gefallen?"

„Wir haben ihn irgendwo in den Tunneln unter den Gebäuden verloren", erklärte Thor. „Wir haben nach ihm gerufen und versucht, zu ihm zu gelangen, er hat allerdings nicht geantwortet, und die menschliche Armee ist herbeigeströmt, um den Stützpunkt so gut wie möglich zu sichern ... Vielleicht schafft er es doch noch." Der Donnergott konnte nicht besonders viel Hoffnung in seine Stimme legen. Er wollte sich vielleicht nicht eingestehen, was er wusste, aber ich hatte den Tod unseres Bruders wie einen Schnitt durch den Magen gespürt in demselben Moment, in dem sich Schmerzen auf Hödurs Gesicht abgezeichnet hatten.

Loki verteilte einige weitere Gegenstände aus seinem Sack an die anderen Götter. Die Flammen der Brücke zischten, als unsere Füße über sie trampelten. Eine stärkere Hitze wusch über meinen Körper hinweg. Meine Haut fühlte sich an, als würde sie backen, das konnte ich jedoch überleben.

Genauso wie Bifröst bog sich Surts Brücke nach oben und fiel steil gen Midgard ab. Funken knisterten durch die Wolken, welche die Brücke geteilt hatte. Der Geruch von heißem Eisen verstopfte mir die Lunge.

Als wir die steile Brücke teils rennend, teils stolpernd

überwanden, kamen der feurige Riese und seine restliche Armee auf der Erde in Sicht. Er hatte die Brücke zu einem grasigen Hügel gelenkt. Nichts regte sich mit Ausnahme von ihm und seinen Handlangern, doch nur wenige Meilen entfernt erstreckten sich die Vororte einer riesigen Großstadt bis zu deren Zentrum und funkelnden Wolkenkratzern.

Surt wollte sicherstellen, dass er mit der ersten Explosion so viele Menschen wie möglich tötete.

Nicht jetzt. Niemals, wenn wir etwas zu sagen hatten.

Wir eilten nach unten und Thor durchschnitt die Luft mit seinem Schlachtruf. Surt deutete mit seiner funktionstüchtigen Hand auf uns und drängte seine Armee, sich in Bewegung zu setzen.

„Was immer nötig ist, was immer wir tun müssen", rief Aria uns zu. „Wenn er auch nur einen dieser Sprengköpfe zündet, sind wir verloren."

Sie deutete mit dem Dolch auf Surt und flog schneller. Heimdall hob sein Horn an die Lippen und blies es wie eine Warnung und einen Ruf zu den Waffen in einem.

„Wir kämpfen alle gemeinsam", brüllte ich und Entschlossenheit loderte durch mich. Jeder Gott, der noch bei uns war, warf sich mit seiner Magie und seinen Waffen nach vorne, doch nur wir fünf bewegten uns absolut gleichzeitig.

Mittlerweile hatte ich im Kampf in der Gegenwart unserer Walküre viele Male eine Verbindung zu meinen Brüdern und Loki gespürt. In diesem Moment summte die Empfindung mächtiger denn je durch mich. Ich konnte Hödurs scharfes Einatmen spüren, sowie das Zwicken in Thors Bauch und das Zähneknirschen des Tricksters, als wir unseren Angriff gemeinsam starteten.

In diesem Augenblick waren wir nicht nur wir selbst, sondern Teil eines großen Ganzen, einer größeren Harmonie.

Unsere vermischte Woge der Magie wand sich um

Mjölnir und warf die erste Reihe Angreifer um, die auf uns zu rannte. Freya sauste vorbei und stieß mit ihrem Schwert zu. Odin sprang mit einer Geschicklichkeit von der Flammenbrücke, die ich nicht von ihm erwartet hätte, und rammte seinen Speer in die Brust eines Riesen. Freyr sprang herab und ließ sein Schwert durch die Luft singen.

Surts Armee schwärmte uns entgegen, um uns wie zuvor den Weg zu dem Riesen zu versperren, den wir aufhalten mussten. Unser größter Feind war über seinen Haufen zylindrischer Bomben gebeugt und seine gute Hand war auf die Metalloberfläche gestützt. Nach seinem angespannten Kiefer zu urteilen, bearbeitete er sie mit irgendeiner Form magischer Energie, um sie nach seinem Willen zu beugen. Um sie zur Explosion zu zwingen.

Mein Herz setzte einen Schlag aus. Sofort konzentrierte ich mich auf ihn und die Waffe unter seiner Hand. Daraufhin strahlte ein Eindruck all der ätzenden Energie, die diese Hülle enthielt, durch mich hindurch wie eintausend brennender Nadeln. Eintausend brennende Nadeln, die im Einklang mit der leuchtenden Macht in mir bebten. Übelkeit wallte in meinem Magen auf.

Ich wollte diese Waffen nicht berühren, nicht einmal aus dieser Entfernung und nur mit meiner Magie. Ich wollte so viel Abstand wie möglich zwischen mich und dieses schreckliche Zerstörungspotenzial bringen.

Doch ich konnte der Zerstörung nicht davonlaufen. Meine Abwesenheit würde sie nicht verhindern. Die Frage lautete nicht, ob ich diese Geräte zum Explodieren brachte oder nicht. Die Frage lautete, ob ich die Explosion aufhalten konnte oder ob ich den Versuch erst gar nicht riskierte.

Ich blickte zu meinem Zwilling. Hödur stand nun hinter einem Schild aus Schatten und schleuderte Dunkelheit ins Getümmel. Ich konnte mir nicht einmal ausmalen, wie er eine derartige Schlacht ohne Sehvermögen erlebte, mit dessen Hilfe er sich orientieren konnte. Ihm dienten nur die Schreie, das Grunzen und Scheppern sowie die Gerüche von Metall und Blut zur Orientierung. Er hielt sich nicht zurück. Er nahm die Dunkelheit in seinem Körper und formte sie nach seinem Willen, um so viele Leute wie möglich zu retten. Er hatte so lange Zeit so viel Verantwortung auf seinen Schultern getragen.

Wenn er trotz dieses Gewichts aufrechtstehen konnte, möge mir Asgard beistehen, wenn ich es nicht ebenfalls konnte.

Ich atmete scharf ein und zerschlug einen weiteren Draugr mit einem Magieblitz. Dann wich ich an den Fuß der Brücke zurück und machte einige Schritte auf dieser, damit ich Surt und seinen Vorrat deutlich sehen konnte.

Anschließend richtete ich meine gesamte Aufmerksamkeit auf seine Waffen und sandte einen Lichtstrahl aus, der so dünn war, dass er ihn nicht bemerken sollte, während die Sonne auf ihn herabschien. Meine Magie leckte über die Bombe, an der er arbeitete, und durchdrang die Metallhülle.

Da. Dies war die Substanz, die bebte und bereit war, die Kettenreaktion auszulösen, von der Hödur gesprochen hatte.

Ich krümmte meine Finger zu den Handflächen und zwang mehr Hitze in meinen Lichtstrahl. Langsam, vorsichtig verschmolz ich einen Partikel nach dem anderen und zog mich zurück, als sie heftiger zu beben begannen. Ich schmolz den einen an den anderen an den nächsten und so weiter, bis ich spüren konnte, dass sich das Material zu einem stabilen Gewicht in der Hülle verdichtete – inaktiv und unerschütterlich.

Schweiß rann mir über den Rücken. Ich verlagerte mein Gewicht, um einen sicheren Stand zu finden, und konzentrierte mich auf die nächste Bombe. Selbstvertrauen bebte allmählich durch mich, dennoch ließ ich mich davon nicht zur Eile antreiben. Was ich getan hatte, hatte nur funktioniert, weil ich meine Kräfte an eine sehr kurze Leine gelegt hatte.

Ein weiterer Klumpen Materie wurde in der Metallhülle hart und war nun so groß, dass er die Reaktion blockieren würde. Schwer schluckend widmete ich mich der nächsten Bombe und der nächsten. Die Hitze der Brücke verdichtete sich um mich herum und brannte in meine Lunge, was ich jedoch ausblendete. Wenn ich nur alle erreichen könnte … wenn ich jedes einzelne dieser Geschosse deaktivieren könnte …

Ich war bei der sechsten Bombe angelangt, als Surt fluchte und seine Hände gegen die klatschte, an der er gearbeitet hatte. Er wuchtete sie von dem Stapel und griff nach der darunterliegenden, die ich noch nicht bearbeitet hatte. Ich richtete meine Aufmerksamkeit so schnell, wie ich es wagte, auf dieses Geschoss. Schmelze sie, fusioniere die Teile zu einem festen Klumpen, bevor er die schärfere Flamme entzünden kann.

Welche Technik er auch benutzt hatte, um die Waffe zu untersuchen, der Riese wurde ebenfalls selbstbewusster. Nach einer Minute runzelte er die Stirn und schob diese Bombe auch beiseite. Um die nächste hatte ich mich bereits gekümmert. Daher begann ich mit der achten Bombe, dieses Mal dauerte es jedoch nur wenige Sekunden, bis Surt mit einem Brüllen auf die Füße sprang.

Ich sah ihn nicht direkt an, meine Haut brannte allerdings trotzdem, als sein Blick mich fand. Ich ballte meine Hände zu Fäusten und zwang mehr Energie in die Bombe. Es waren nur noch wenige übrig. Nur noch ein paar und dann wäre wenigstens diese Krise abgewandt worden.

„Der Helle", brüllte Surt und deutete mit der Hand auf mich. „Auf der Brücke. Er funkt irgendwie dazwischen. Schnappt ihn euch!"

Riesen und Draugar strömten an der Göttergruppe vorbei, um mich anzugreifen. Ich verlagerte meinen Energiestrom auf die neunte Bombe und ließ zugleich einen brennenden Lichtstrahl um mich herum zu meinen Angreifern peitschen.

Einige fielen zurück, die anderen stürmten allerdings zu mir. Ich versuchte, ihnen auszuweichen, meine erschöpften Beine zitterten jedoch, und ein Riese krachte geradewegs gegen mich und warf mich zu Boden. Er hieb seine Keule in dem Augenblick auf meinen Kopf, in dem mein Schädel auf die Erde krachte, und meine Konzentration riss.

KAPITEL FÜNFUNDZWANZIG

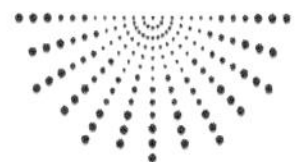

Aria

Ein Schrei blieb mir in der Kehle stecken, als der Riese gegen Balder krachte. Ich bewegte meine Flügel noch schneller und rammte dem Rohling meinen Dolch in den Kopf.

Die Keule des Riesen traf Balder gegen die Stirn und sie landeten beide ausgestreckt im Gras. Balders Gesicht war blass und Blut strömte aus der Wunde, die die Keule geöffnet hatte. Ich konnte nicht erkennen, ob er noch atmete.

„Idun!", brüllte ich. Meine Brust verkrampfte sich schmerzhaft fest um meine Lunge, ich hatte jedoch keine Zeit, mich zu vergewissern, ob es dem Lichtgott gut ging – ob er überhaupt noch am Leben war. Die restlichen Götter hatten es noch nicht geschafft, durch Surts Truppen zu brechen und zu ihm zu gelangen. Jeder von uns könnte nötig sein, um sicherzustellen, dass irgendeiner von uns überlebte.

Mit einem Hauch der Erleichterung entdeckte ich, dass

die dünne schimmernde Göttin durch das Schlachtgewühl zu Balder huschte. Ich stürzte mich an den Rand des Schlachtfeldes.

Solange ich mich außer Sichtweite meiner Götter aufhielt, musste ich mir keine Sorgen darum machen, dass sie im Kampf zögern würden, um mich zu schützen. Ich war um die Meute herumgeflogen, hatte Draugar und auch einen Riesen getötet, der versucht hatte, die Götter von hinten anzugreifen. Ich war allerdings nicht schnell genug gewesen, um die Gruppe Angreifer auszuschalten, die alle gleichzeitig zu Balder gerannt waren.

Surt hatte diesen Angriff befohlen – der Lichtgott hatte anscheinend etwas getan, um seine Pläne zu vereiteln. Es hatte jedoch nicht den Eindruck gemacht, als wäre er bereits fertig gewesen. Panik war auf seinem Gesicht aufgeblitzt, kurz bevor er gefallen war. Der Riese mühte sich noch immer mit seinen Sprengköpfen ab.

Surt hatte während der Schlacht kaum auf mich geachtet, entweder weil ich mich außerhalb seines Sichtfeldes aufgehalten hatte, oder weil er zu sehr mit seinem neuen Arsenal beschäftigt war. Ich trat mit der Ferse gegen den Schädel eines Draugr, durchschnitt die Kehle einer Riesin mit dem Dolch, den mir Loki gegeben hatte, als wäre ihr Fleisch Butter, und beobachtete Surt durch die kämpfenden Körper hindurch. Er hatte bereits ein paar der Bomben beiseite geworfen. Weil Balder sie irgendwie ruiniert hatte?

Während ich zuschaute, fluchte der feurige Riese und wuchtete noch eine aus dem Weg. Munin flog mit ausgestreckten Rabenkrallen über die Köpfe seiner Handlanger zu ihm und er hielt gerade lange genug inne, um mit dem Schwert in ihre Richtung zu schlagen. Sie wich aus, der Feuerstrom folgte ihr jedoch. Er erwischte sie am Kopf und sandte sie zu Boden. Ich zuckte zusammen. Idun sollte auch rechtzeitig zu ihr gehen.

Der Schwarm Angreifer zwischen unseren Leuten und dem feurigen Riesen bedrängte uns mit seinen flammenden Klingen, als hätten sie vor, uns wieder die Brücke hinaufzutreiben. Auf keinen Fall. Ich schlug zwei weitere Draugar beiseite und fand mich neben Heimdall wieder.

Der wachsame Gott atmete schwer und seine Armmuskeln zitterten, als er sein Schwert in die Brust eines Draugr stach. „Wäre dies kein guter Zeitpunkt für dich und deine Verehrer, diese Walküre-verschmolzene-Magie zu benutzen?", brüllte er mich an.

Ich flog hoch, um meine Hand gegen den Kopf eines Riesen in der Nähe zu schlagen und seinem Körper die Lebensenergie zu entziehen. „Das können wir nicht tun", blaffte ich, als der Riese fiel. „Balder ist außer Gefecht gesetzt. Die Verbindung braucht uns fünf. Wenn du es also nicht endlich mit *deiner* Magie versuchen willst ..."

Heimdalls Kiefer verkrampfte sich. Er tötete noch einen Draugr. Ich ließ meinen Blick erneut über das Schlachtgewühl schweifen und schaute nach, wo ich gebraucht wurde. Ich rechnete eigentlich nicht damit, dass er mir antworten würde, doch da atmete er geräuschvoll aus.

„Vielleicht sollte ich das tun."

Als mein Blick verblüfft zu ihm schnellte, klopfte er Freyr neben sich bereits auf die Schulter und wandte sich an alle anderen Götter in unserem Umfeld. „Wir haben eine gewisse Wirkung bemerkt, als wir zuvor zusammengearbeitet haben", rief er. „Auf mein Zeichen wagen wir einen Vorstoß. Wir werden uns gleichzeitig bewegen und ich werde unsere Anstrengungen so gut wie möglich verbinden. Bereit? Jetzt!"

Er ließ sein Schwert durch die Luft peitschen und machte mit dem anderen Arm eine ausladende Bewegung, um ihren Angriff zu signalisieren. Die Götter um ihn herum stürmten los. Ein Summen der Energie bebte durch die Luft und Freyas helle Magie sprang von Klinge zu Klinge zu

Odins Speer. Ein Streifen von Hödurs sengender Dunkelheit verfing sich an einem von Skadis Pfeilen.

Die Wirkung war nicht ganz so explosiv wie das, was meine vier Götter zuvor hervorgebracht hatten, doch es verlieh dem Angriff einen zusätzlichen Kick, wegen dem mehrere der Riesen zurückstolperten. Weitere Draugar fielen mit einem gruseligen Ächzen. Die Götter nutzten den vorübergehenden Vorteil, den sie errungen hatten, schnitten und brannten sich einen Pfad durch unsere Angreifer zu der Hügelkuppe, auf der Surt nach wie vor die überlegene Position hatte.

Mein Blick fand den Riesen und mir drehte sich der Magen um. Er hatte mehrere Bomben beiseite geworfen, umklammerte jetzt jedoch eine neue und ein zufriedenes Lächeln breitete sich auf seinem faltigen, bärtigen Gesicht aus. Er beugte sich näher zu der Bombe, ließ seine Hände über die Metallhülle gleiten und brüllte seiner Armee zu: „Haltet sie auf, schlachtet sie ab, lasst sie bezahlen!"

Die Worte schienen die Draugar anzustacheln. Sie stürzten sich uns noch erbitterter entgegen ohne Rücksicht auf sich selbst, soweit ich das erkennen konnte. Sie existierten bloß, um dem Meister zu dienen, der sie erschaffen hatte.

Die Riesen in dem Schwarm brüllten und stürzten sich auf die Götter in ihrer Nähe. Ich schlug mit den Flügeln, um außer Reichweite eines stechenden Schwerts zu gelangen, und sah, dass Loki ebenfalls vom Boden absprang – doch vier Riesen griffen ihn von allen Seiten an und rissen ihn zurück. Einer ging in Flammen auf und einen anderen erstach er.

Die Hülle in Surts Händen begann, zu glühen.

Das Glucksen des Feuerriesen schallte über die Schreie und den Kampflärm. Mein Herz setzte einen Schlag aus. In diesem Augenblick verengte sich mein Bewusstsein auf eine einzige simple Tatsache: Nur mir bot sich ein freier Pfad zu dem Riesen.

Meine Kehle schnürte sich zu und meine Finger packten den Griff meines Dolchs fester, zugleich erinnerte ich mich an Odins Worte, dass wir handeln sollten, wenn wir unsere Gelegenheit sahen.

Ich war zwar nur eine Walküre und kein Gott und mein Körper konnte viel einfacher brechen als die derjenigen unter mir, doch dies war mein Reich. Ich würde es mit jeder Faser meines Wesens verteidigen, ob das nun reichte oder nicht.

Ich warf mich mit erhobenem Dolch nach vorne und ließ meine Hand zu dem Beutel Brunnenwasser schnellen, den mir Loki gegeben hatte. *Doch nur das höchste Wasser kann alle Flammen löschen.* Hoffentlich war dies das fragliche Wasser.

Der Wind kreischte in meinen Ohren. Surts Kopf hob sich und seine Lippen teilten sich mit einem triumphierenden Knurren. Sein Arm schwang nach oben, um mich wegzuschlagen, ich zielte jedoch nicht auf ihn.

Ich rammte den Dolch mit all meiner Kraft und meinem Willen in die Hülle des Sprengkopfes. Die Klinge glitt ungehindert durch das Metall, woraufhin ich den Inhalt meines Beutels auf die Öffnung schüttete.

Das Leuchten, das die Hülle durchdrungen hatte, verglomm. Surt gab einen erstickten Laut von sich und schlug mit der Faust nach mir. Der erste Schlag erwischte mich an der Schläfe und schleuderte mich ins Gras, wo ich ausgestreckt und mit klingelnden Ohren liegen blieb. Der Riese stürzte sich auf mich, ein Ball zischenden Feuers bildete sich um seine geballte Hand …

Und die Götter brachen durch seine Armee hindurch.

Die Flammen hatten meine Wange lediglich versengt, als Thor Surt zurückzerrte. Ein Schatten krachte dem Riesen ins Gesicht. Surt tastete nach seinem Schwert und schlug nach der Dunkelheit, die sich an seine Augen klammerte, konnte die Fassung allerdings nicht schnell genug zurückerlangen.

Odin ragte über dem Riesen auf. Mit einem Brüllen

rammte der Göttervater die Spitze seines Speers durch Surts Kehle.

Der Körper des Riesen erschlaffte und brach zwischen den nutzlosen Hüllen seiner Bomben auf dem Boden zusammen. Seine flammende Brücke knisterte, verlosch und ließ bloß einen schwachen Rauchgeruch in der Luft zurück. Ich starrte Surts niedergestreckten Körper an, wobei sich meiner anspannte, da ich halb damit rechnete, dass er sich regen und aufstehen würde.

Freya marschierte zu ihm, ihre Augen funkelten wild und ihre goldenen Haare wehten hinter ihr. Sie hob ihr Schwert und ließ es herabsausen, um den Hals des Riesen zu durchtrennen. Sein Kopf rollte zur Seite und kullerte gegen eines seiner Geschosse. Die Augen waren glasig und der Bart blutgetränkt.

Mein Herz hämmerte mehrere Schläge lang wie wild, bevor mich die Realität des Moments traf. Er war erledigt. Tot. Wir hatten ihn endlich geschlagen.

Ein leicht hysterisches Kichern stieg in meiner Brust auf. Loki ließ sich neben mir vom Himmel fallen, berührte die wunde Seite meines Kopfes und verzog das Gesicht. Als ich mich auf die Beine rappelte und gegen den Schwindel ankämpfte, wirbelten die Götter herum, um sich der restlichen Mitglieder von Surts Armee anzunehmen.

Die Draugar waren an Ort und Stelle erstarrt, als ihr Meister gestorben war. Sie brachen alle gleichzeitig zusammen, ihre Körper fielen zu Boden, manche – vermutlich die älteren – zerfielen sogar zu Staub. Die zwei Dutzend Riesen standen noch immer da und starrten die gefallenen Draugar und ihren erschlagenen Anführer mit offenem Mund an. Sie warfen einen Blick auf die Klingen und die lodernde Magie der Götter, bevor sie sich zerstreuten und über den Hügel flohen.

„Balder?", krächzte ich. „Wo ist er? Geht es ihm gut?"

Falls Surts Handlanger ihn getötet hatten, musste ich rechtzeitig zu ihm gelangen, um meine Walküre-Magie zu wirken, obwohl sich mein Kopf anfühlte, als würde er sich gleich von meinen Schultern lösen, so heftig pochte er.

Loki legte sachte einen Arm um meine Taille und brachte mich zu der Stelle, an der der helle Gott gefallen war. Balder saß aufrecht da, seine Stirn war mit Blutergüssen übersät, seine blauen Augen waren jedoch wachsam, als Idun sich über ihm aufrichtete. Sie hatte es geschafft, ihn zu heilen. Die Luft entwich meiner Lunge in einem erleichterten Schwall.

„Ich glaube, diese Dame könnte ebenfalls ein wenig von deiner Magie gebrauchen", sagte Loki und zerzauste mir sachte die Haare. Ich packte die Seite seiner Tunika, als meine Erleichterung mit einem erneuten Schwindelgefühl verschmolz.

„Munin muss auch geheilt werden", protestierte ich krächzend.

Eine heisere Stimme wehte über das Feld. „Ich kann warten. Kümmere dich zuerst um die Walküre." Die Rabenfrau saß vornübergebeugt in ihrer Menschengestalt auf dem Gras und streckte einen versengten Arm vor sich aus, war jedoch so guter Dinge, dass sie ein angespanntes Lächeln zustande brachte.

Idun nickte und trat an mich heran. Ich sank neben Balder und erlaubte der Göttin, sich um meinen Kopf zu kümmern.

„Die Bomben", sagte ich zu dem hellen Gott. „Du hast etwas mit ihnen gemacht, damit sie nicht explodieren, oder?"

„Mit den meisten", antwortete Balder. „Ich konnte nicht ganz … Ich habe mein Licht benutzt, um die Kerne zu schmelzen, damit sie nicht … zersplittern konnten."

„Du hast genug von ihnen erwischt, um Surt zu verlangsamen, bis wir ihn erreichen konnten", berichtete ich und hielt inne. „Dein Licht. Das Licht des Tages?“ Das Kichern, das ich unterdrückt hatte, brach aus meiner Kehle hervor. „Odins Visionen sind wahr geworden.“

Hödur war hinter uns getreten und legte sanft eine Hand auf meinen Kopf. „Das scheinen sie immer zu tun“, meinte er. „Wie ein Licht in der Dunkelheit weisen sie die Richtung und schenken manchmal sogar Gewissheit. Es hat seinen Grund, dass er so lange über Asgard geherrscht hat ungeachtet der Beschwerden, die wir ab und zu gegen ihn vorbringen.“

Die anderen Götter versammelten sich um uns herum. Als Idun mich so weit geheilt hatte, dass sich mein Schädel nicht mehr anfühlte, als würde er jeden Moment aufbrechen, ging sie zu Munin.

Skadi schlenderte näher, wobei sie ihren Ellenbogen an ihre Seite presste, wo sie vor meinen Augen einen schweren Schlag kassiert hatte. Balder rappelte sich auf, um ihr seine Heilkräfte anzubieten. Die Jagdgöttin blickte auf mich herab und ihre Augen glitzerten so scharf wie eh und je. Ihre Stimme war jedoch zaghaft warm.

„Du hast dich dort draußen wacker geschlagen, Walküre. Alle Achtung.“

Ein Grinsen zupfte an meinen Lippen. „Danke.“

Freya wandte sich an ihre Tochter, die einen blutigen Kratzer auf der Wange hatte. Hnoss versteifte sich, wich allerdings nicht zurück, als ihre Mutter vorsichtig eine Hand auf ihre Schulter legte. Niemand schien zu wissen, was er noch sagen sollte.

„Was machen wir jetzt?“, fragte ich schließlich in die Stille hinein. „Wir sind nun in Sicherheit, oder?“

„Der Flammenriese ist gefallen“, verkündete Odin. „Midgard ist gerettet und Asgard gehört wieder den Göttern.“

„Und er hat uns dort oben ziemlich viel Arbeit

zurückgelassen", bemerkte Loki. „Ich sehe eine Menge Schrubben und Bauarbeiten in unserer Zukunft."

„Für uns alle?", hakte Thor nach und sah nacheinander seine Götterkollegen an. „Werdet ihr mit uns nach Asgard zurückkehren?"

Die Götter, die wir für unseren Kampf versammelt hatten, zögerten. Freyr rieb mit einer Hand über seinen Mund.

„Ich schätze, jetzt, da wir es zurückerobert haben, können wir das alte Reich genauso gut besuchen", erwiderte er. „Es wird vermutlich Zeit, dass ich vorbeischaue und meine Kräfte auffrische."

„Ich werde wahrscheinlich nicht lange bleiben", warf Skadi ein.

„Wir verlangen von niemandem etwas", beruhigte Freya sie. „Aber ihr *seid* alle herzlich willkommen. Es ist genauso sehr euer Zuhause wie unseres. Wir können zurückkehren, die nötigen Reparaturarbeiten vornehmen und anschließend schauen, wie wir empfinden. Keiner von uns hätte das hier planen können ... aber vielleicht ist das einzig Gute, das aus Surts Aufstand hervorgegangen ist, dass wir eine Gelegenheit erhalten haben, einander wiederzufinden." Sie schenkte ihrer Tochter ein zaghaftes Lächeln. „Um bitter nötige Wiedergutmachung zu leisten."

„Dann lasst uns nach Asgard aufsteigen", schlug Odin vor. Mit einem Klopfen seines Speers und einer Armbewegung beschwor er seine Regenbogenbrücke herauf.

KAPITEL SECHSUNDZWANZIG

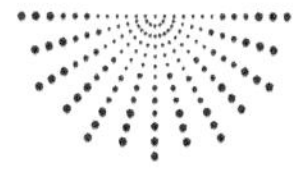

Aria

Der glitzernde Boden schimmerte heller, als Balder mehr Magie hineingoss. Die hohlen Stellen, die sich in der kristallähnlichen Oberfläche gebildet hatten, wurden wieder gefüllt. Die Bäume zu unserer Linken schienen zu erbeben und ihre Blätter leuchteten in einem kräftigeren Grün.

Der Lichtgott lehnte sich mit einem zufriedenen Lächeln zurück auf seine Fersen. Eine Woche nach unserem letzten Kampf mit Surt war noch immer eine schwache rosafarbene Narbe auf seiner Stirn zu sehen, wo ihn ein Riese erwischt hatte. Er hatte mir erzählt, dass er die Wunde lieber von allein ausheilen lassen wollte. *Manche Dinge werden besser ohne Eile gelöst.*

„Und das ist alles", verkündete er jetzt und deutete auf unser leuchtendes Umfeld.

Alfheim, das Reich der Lichtalben, wurde dem Namen

seines Volkes gerecht, vor allem seit Balder seine heilende Kraft gewirkt hatte. Alles glitzerte oder funkelte von dem Gras, das die Erde durchbrach, bis hin zu den Gipfeln der fernen Berge.

„Ich werde alle paar Tage hierherkommen, so wie es Hödur bei den Schwarzalben tut, bis das Reich wieder stabil ist", fuhr Balder fort. „Und danach müssen wir sichergehen, dass wir regelmäßig vorbeikommen und uns mit den Lichtalben unterhalten, damit die Dinge nicht erneut den Bach runtergehen."

„Waren sie freundlich?", fragte ich.

Er nickte. „Distanziert, aber dankbar. Wie es die Lichtalben für gewöhnlich ohnehin sind." Sein Mundwinkel bog sich nach oben. „Ich vermute, Thors Empfang in Jötunheim wird um einiges kühler ausfallen."

Der Donnergott hatte vor, das Land der Riesen zu besuchen, wenn erst mal ein wenig Zeit vergangen war. Sich nach den Kämpfen zu früh an sie zu wenden, würde vermutlich neue Konflikte lostreten, anstatt alte Wunden zu heilen.

„Wehe, wenn sie ihm nicht dankbar sind", schimpfte ich. „Sie sollten um unsere Vergebung betteln."

„Die Riesen sind, wie sie sind", erwiderte Balder. „Trotz all der Schwierigkeiten, die wir mit ihnen hatten, haben wir uns auch oft mit ihnen zusammengetan. Wenn wir sie nicht so lange vernachlässigt hätten wie die anderen Reiche, hätte Surt sie vielleicht nicht so mühelos gegen uns aufhetzen können."

Und niemand wollte, dass eines der neun Reiche auseinanderfiel. Freya und Freyr waren gemeinsam losgezogen, um nach ihrem ursprünglichen Zuhause Vanaheim zu schauen und die Nachricht vom Tod ihres Vaters zu überbringen. Skadi hatte angeboten, so viel wie möglich in Niflheim zu helfen, dem Reich des ewigen

Winters, und Loki schenkte Muspelheim sein Feuer, obwohl sie dort bereits viele Flammen zu haben schienen. *Es gibt immer ein Gleichgewicht, das gehalten werden muss, Fee*, hatte er mich feixend informiert, als ich eine Bemerkung dazu gemacht hatte.

Odin selbst war mindestens einmal in das unterste Reich gereist, das Land der Toten, wo Lokis Tochter Hel anscheinend noch immer regierte. Der Göttervater hatte bei seiner Rückkehr nicht viel gesagt, *war* jedoch wenigstens zurückgekehrt, weshalb ich vermutete, dass der Besuch nicht allzu schrecklich verlaufen war.

Es gab nicht viel, was ich zur Heilung der Reiche beitragen konnte, aber ich war neugierig gewesen und hatte wenigstens einen der Götter bei der Arbeit beobachten wollen. Vielleicht hatte ich das teilweise gewollt, weil es an der Zeit war, dass ich etwas heilte, was sich viel zerbrechlicher anfühlte.

Balder sah mich an, als er näher zu den Bäumen schlenderte. „Solltest du nicht bald diese Reise nach Midgard antreten?"

Ich holte tief Luft. „Ja. Ich sollte vermutlich zurückgehen. Ich habe Hödur gesagt, dass ich ihn suchen würde, wenn er seine Arbeit bei den Schwarzalben beendet hat."

Ich hätte erleichtert, ja sogar aufgeregt, sein sollen, dass dieser Tag gekommen war, doch stattdessen waren meine Nerven angespannt und pikten meinen Magen. Balder blieb stehen und berührte die Seite meines Gesichts. „Egal, für welche Worte du dich entscheidest, es werden die richtigen sein. Du kennst ihn besser als jeder andere."

„Ich weiß", erwiderte ich. „Es ist nur … Er ist mir einfach wichtiger als jeder andere."

„Und du wirst für ihn da sein, so wie es dir bestimmt war." Der Lichtgott streichelte mit dem Daumen über meine

Wange und ich ging für einen Kuss auf die Zehenspitzen. Ein wenig von seiner Helligkeit strahlte in mich und beruhigte meine Nerven.

„Okay", sagte ich. „Ich werde es tun. Wir sehen uns heute Abend."

Ich huschte zwischen den Bäumen davon zu dem Tor, das mich zurück nach Asgard führen würde. Der Ruck, der durch die Dunkelheit ging und zu einer Reise zwischen den Reichen gehörte, wurde mir allmählich vertraut. Ich erschien auf Yggdrasils Ast und eilte dessen Stamm entlang zum Kamineingang nach Walhalla.

Es war nicht schwer, Hödur zu finden, weil der dunkle Gott bereits in der Halle auf mich wartete. Beim Klang meiner Schritte auf dem Hartholzboden drehte er sich um. Ein Lächeln breitete sich auf seinem Gesicht aus, das so viel entspannter war als die, die er mir den Großteil der Zeit geschenkt hatte, die ich ihn mittlerweile kannte. Mit diesem liebevollen Gesichtsausdruck sah er so gut aus, dass mein Herz noch immer einen Schlag aussetzte, obwohl ich mittlerweile seit Wochen von attraktiven Göttern umgeben war.

Ich hatte mit Balder gesprochen, als wäre ich bereit für das, was Hödur und ich vorhatten. Ihn hier zu sehen, bereit zum Aufbruch, sorgte jedoch dafür, dass sich meine Brust erneut verkrampfte. Ich ging zu ihm, schlang meine Arme um ihn und floh einen Moment lang in seine tröstliche Umarmung.

„Hey", begann der dunkle Gott und beugte seinen Kopf neben meinen. „Du kannst dir mehr Zeit nehmen. Wir müssen es nicht jetzt tun."

„Das müssen wir", entgegnete ich. „Ich wünschte, ich hätte nicht so lange gewartet, wie ich es bereits getan habe. Es ist nur ... was, wenn es schiefgeht?"

Erinnerungen aus Munins Gefängnis gingen mir durch

den Kopf – falsche Erinnerungen an Ereignisse, die sie erfunden hatte, die jedoch trotzdem schrecklich waren.

„Deswegen komme ich mit", erklärte Hödur. „Meine Magie kann dabei helfen, die Wogen zu glätten."

„Stimmt." Ich atmete seinen leichten Rauchgeruch ein und fand den Mut, zurückzutreten. „Odin hatte keine Einwände?"

„Tatsächlich schien er die Idee gut zu finden", erwiderte Hödur. „Er sollte jetzt am Rand des Hofes auf uns warten. Ich glaube, du hast es mit all der liebevollen Strenge geschafft, ihn für dich einzunehmen, Walküre."

Ich rammte ihm gespielt beleidigt den Ellenbogen in die Seite und er glluckste, als wir die Halle der Krieger verließen.

Der Göttervater stand tatsächlich bereits auf der gegenüberliegenden Seite des Hauptplatzes. Bei unserem Anblick streckte er den Arm aus und die Regenbogenbrücke sprang von der Kante Asgards zu dem Reich darunter. Dank seiner Fähigkeit, Bifröst an jeden beliebigen Punkt zu lenken, den er wollte, würde unsere Reise viel kürzer ausfallen, als wenn wir uns von Yggdrasils Tor ausgehend einen Weg hätten suchen müssen.

„Gehe frohen Mutes voran und kehre mit dir im Reinen zurück", intonierte Odin, als würde er eine Prophezeiung aussprechen. Diese Worte würde ich nur allzu gern als eine auffassen.

„Danke schön", bedankte ich mich und er zog seinen breitkrempigen Hut vor uns. Es war ein neuer Hut, der nicht mehr verbrannt, jedoch irgendwie genauso zerknittert wie der alte war.

Ich streckte meine Flügel aus, damit ich die Brücke schneller überqueren konnte. Jetzt, da wir gingen, wollte ich die Reise nicht in die Länge ziehen. Hödur glitt neben mir auf einem Schattenfleck und wir folgten der Kurve der Regenbogenbrücke hinab in die Wolken.

Wir durchbrachen die Wolkendecke über einem Wohngebiet, dessen Häuser in Pastellfarben gestrichen waren und Spitzdächer hatten. Es war noch alles ruhig, da es mitten in der Nacht war. Mein Herz schlug schneller, als wir uns auf den Weg zu dem Haus machten, das ich in der Vergangenheit und in meinen Erinnerungen so lange angestarrt hatte.

„Lass dir Zeit und gib mir Bescheid, wenn du irgendetwas von mir brauchst", sagte Hödur. „Ich werde mich im Hintergrund halten und dem Plan folgen, den wir besprochen haben."

Wir hielten vor dem Zimmerfenster auf der Rückseite des Hauses an. Das Licht brannte noch und ein hellgelbes Leuchten füllte den Raum. Mein kleiner Bruder saß im Schneidersitz auf dem Bett im Haus seiner Pflegefamilie, hatte ein geöffnetes Buch auf dem Schoß liegen und sich ein drachenförmiges Kissen unter einen seiner dünnen Arme gesteckt. Er war nicht mehr ganz so dünn wie vor einigen Wochen, als wir ihn aus dem Haus meiner Mutter geholt hatten. Dieser Anblick schenkte mir ein wenig Zuversicht.

Ihn zu verlassen, war mir schwergefallen und hatte uns beiden Schmerzen bereitet, war jedoch besser als die Alternativen gewesen. Und jetzt konnte ich Wiedergutmachung leisten.

Ich landete auf dem Fenstersims und machte mich bereit. Dann zwang ich mich, sichtbar zu werden, und klopfte leicht an den Holzrahmen.

Petey sah auf. Seine blaugrauen Augen weiteten sich, als er mich entdeckte – alles von mir einschließlich der Flügel. Er blinzelte, als würde er denken, ich könnte verschwinden, wenn er seinen Blick klärte.

„Hey", sprach ich leise durch das Fliegengitter. „Petey. Darf ich reinkommen?"

Peteys Mund öffnete und schloss und öffnete sich erneut.

Er sah nicht verängstigt aus, sondern viel mehr erschrocken und unsicher. Damit kam ich zurecht.

„Wer bist du?", fragte er. „Woher kennst du meinen Namen?"

„Erinnerst du dich nicht an mich?", erwiderte ich mit einem kurzen Blick zu Hödur, der unsichtbar neben mir schwebte. „Ich bin's Ari. Deine imaginäre Freundin."

Hödur machte eine komplizierte Handbewegung. Er war derjenige, der den Großteil von Peteys Erinnerungen verschleiert hatte. Jetzt hob er diesen Schleier ein Stückchen an, gerade so viel, dass einige der Erinnerungen, die mein Bruder von mir hatte, hindurchsickerten, allerdings ohne den Kontext dessen, wer ich war oder woher wir einander kannten.

„Ari", murmelte Petey und Erkennen flammte in seinen Augen auf. Das Lächeln, das sich auf seinem Gesicht ausbreitete, war so strahlend, dass es mir Tränen in die Augen trieb. Ich wischte sie rasch weg, als er zum Fenster rannte.

„Also darf ich reinkommen, Kumpel?", fragte ich.

„Natürlich", antwortete er, wobei er mich noch immer anstarrte. Ich löste das Fliegengitter vorsichtig mit einem Schubs meiner Walküre-Kraft und stellte es neben dem Fenster auf den Boden. Anschließend kletterte ich ins Zimmer und faltete meine Flügel dicht an meinen Rücken.

Ich war mir nicht sicher gewesen, wie sehr mir mein Bruder vertrauen würde, wenn ich so zu ihm kam und seine Erinnerungen noch zerbrochen waren. Ich hatte nicht mehr von ihm verlangen wollen, als für ihn in Ordnung war. Doch sowie meine Füße den Boden berührten, schlang Petey seine Arme um meine Taille und drückte mich fest. Er presste sein Gesicht an meine Brust.

„Ich hatte Angst", gestand er mit stockender Stimme. „Ich dachte … ich konnte mich an nichts von zuvor erinnern. Ich wusste nichts. Warum bist du so lange nicht vorbeigekommen? Was ist passiert?"

Ich kniete mich vor ihn, blinzelte heftig, um weitere Tränen zurückzuhalten, und legte meine Hände auf seine Schultern, während ich ihm in die Augen blickte.

„Du warst in Gefahr", erklärte ich. Ich hatte meine Erklärung so viele Male geübt, dass die Worte automatisch herauskamen. „Es gab Leute, die dich verletzen wollten. Jetzt sind sie fort, aber sie … sie wollten, dass du alles vergisst."

Es war einfacher, seinen benebelten Verstand auf unsere Feinde zu schieben, als den Versuch zu unternehmen, zu erklären, warum ich es hatte tun müssen. Ich hätte diesen Schritt nicht machen müssen, wenn Surt und seine Handlanger nicht gewesen wären – und ich musste Petey noch immer vor unserer Mutter und den Männern beschützen, denen sie erlaubt hatte, ihn herumzuschubsen.

„Ich musste sicherstellen, dass sie besiegt waren, bevor ich dich wieder besuchen konnte", fügte ich hinzu. „Doch jetzt wurden sie geschlagen. Du bist in Sicherheit. Du bist hier glücklich, oder nicht?"

„Ja", bestätigte Petey. „Brenda und Stuart sind wirklich nett. Sie sagen, ich kann sie Mom und Dad nennen, wenn mir danach ist, aber ich bin mir noch nicht sicher. Ich wusste allerdings die ganze Zeit, dass es jemanden gab, den ich vermisste. Ich wusste, dass es jemanden geben musste." Seine Hände schlossen sich um meine Arme. „Du fühlst dich nicht imaginär an."

„Nun, ich werde dir ein kleines Geheimnis verraten." Ich senkte die Stimme. „Ich bin nur für alle anderen imaginär. Für dich bin ich vollkommen real. Du bist der Einzige, dem ich mich zeigen möchte, weil du besonders bist."

Er schaute zu meinen Flügeln, die über meinem Rücken aufragten, und zog die Brauen zusammen. „Hattest du schon immer Flügel?"

Ich schluckte ein Lachen. Meine Schwingen kamen auf keinen Fall in seinen Erinnerungen vor. „Die hatte ich. Ich war mir nur nicht sicher, ob du sie zu merkwürdig finden würdest. Aber du hast nichts gegen sie, oder?"

„Nein", antwortete er mit staunender Miene. „Ich finde sie genial. Kann ich mir auch Flügel wachsen lassen?"

Da lachte ich laut auf. „Nein, Kleiner. Aber du brauchst sie nicht. Sie gehören zu der ganzen imaginärer Freund Sache." Ich streichelte mit den Fingern über die Seite seines blassen Gesichts und mein Herz zog sich schmerzhaft zusammen. Ich wollte ihn einfach eine Stunde lang in den Armen halten, es gab jedoch gewisse Grenzen, an die ich mich halten musste. Er musste sich auf sein echtes Leben konzentrieren. Ich musste akzeptieren, dass ich nie wieder ein so großer Teil dieses echten Lebens sein würde, wie ich es einst gewesen war.

Doch ich konnte wenigstens noch ein Teil davon sein, wenn auch nur ein kleiner.

„Ich kann nicht viel länger bleiben", informierte ich ihn. „Ich wollte dir nur Bescheid geben, dass ich noch da bin. Ich passe auf dich auf, seit du geboren wurdest, Petey, und ich werde den Rest deines Lebens für dich da sein. Ich werde ab und zu kommen und mich mit dir unterhalten, aber falls du mich jemals sofort brauchst, befestige etwas Rotes an deinem Fenstersims, okay? Ich werde kommen, sobald ich es sehe."

Petey nickte. „Okay. Du musst nicht *jetzt* gleich gehen, oder?"

Ich schluckte den Kloß in meiner Kehle. „Nein. Noch nicht. Kommst du her?"

Er kuschelte sich erneut in meine Arme und ich hielt ihn, obwohl es nur fünf Minuten waren anstatt der Stunde, die ich bevorzugt hätte. Dann küsste ich seine Stirn und stand auf.

„Ich werde dich bald wieder sehen", versprach ich. „Du

solltest ins Bett gehen. Denk daran, ganz gleich, was geschieht, ich werde immer bei dir sein.“

„Danke, Ari“, erwiderte er strahlend.

Es kostete mich sämtliche Selbstkontrolle, zurück zum Fenster zu gehen und hinauszuklettern. Hödur zog mich sofort in eine Umarmung. Ich drückte meinen Kopf an seine Halsbeuge und ließ ein Schluchzen raus, das Petey nicht mehr hören konnte.

„Das war perfekt“, sagte der dunkle Gott und streichelte mit der Hand über meine Haare. „Du hast ihm alles gegeben, was er brauchte.“

Ich wollte protestieren. Wenn ich das Leben geführt hätte, das ich vor meinem Tod im Sinn gehabt hatte, hätte ich Petey selbst ein Zuhause geschenkt und wäre alles gewesen, was er von Eltern gebraucht hätte. Doch er hatte auch hier alles, was er brauchte. Und Tatsache war, dass Surt Midgard vielleicht erobert hätte, wenn ich nicht gestorben und in dieses göttliche Chaos gezogen worden wäre.

Es war schwer, echte Reue zu empfinden, wenn man das bedachte.

„Zeit, zurückzugehen?“, erkundigte sich Hödur, als ich meine Emotionen wieder im Griff hatte.

„Tatsächlich“, sagte ich, „gibt es noch eine Sache, die ich vorher tun möchte. Es ist nur ein kleiner Umweg.“

***

Wir kamen beide schwer beladen mit Tüten voller chinesischen Essens in Asgard an. Bei den Gerüchen, die aus den Tüten aufstiegen, lief mir das Wasser im Mund zusammen. Hödur grinste mich an, als wir unsere Ausbeute zu der Halle schleppten, die jetzt mir gehörte.

Loki stand mit einigen der anderen Götter, die zumindest für eine Weile in Asgard bleiben würden, vor seiner Halle.

Freyr lachte über etwas, was der Trickster gesagt hatte, und schlug ihm mit einer Belustigung auf die Schulter, die aufrichtig wirkte. Hnoss machte eine wilde Geste, die Idun ebenfalls zum Kichern brachte, und Loki winkte mit gespieltem Entsetzen ab, das rasch von einem Glucksen ersetzt wurde. Seine Augen funkelten so glücklich, dass ich beinahe erneut rührselig wurde.

Sie behandelten ihn wie einen Ebenbürtigen. Wie einen Freund – wie jemanden, der hierher nach Asgard gehörte. An der Anspannung, die sich noch in seiner Haltung zeigte, konnte ich erkennen, dass sich der Trickster nicht ganz sicher war, ob er sich bereits auf ihre Akzeptanz einlassen konnte. Nach all der Zeit, in der sie ihn ausgeschlossen hatten, würde es vermutlich eine Weile dauern, bis er wirklich glauben konnte, dass sie ihre Meinung nicht erneut ändern würden. Die letzten Kämpfe, die Wahrheiten, die Odin verraten hatte, und das Opfer, das Loki erbracht hatte, um den Rest von uns zu retten, hatten das Gleichgewicht zwischen ihm und den Göttern wahrscheinlich dauerhaft verändert.

Er entdeckte uns und verließ die anderen, nachdem er Freyr spielerisch geschubst hatte. Seine Augenbrauen hoben sich vor Neugier, als er näher kam. „Ihr habt ziemlich viel mitgebracht.“

„Ich habe das Abendessen besorgt“, erklärte ich. „Ein echtes Midgard-Abendessen, nicht ein Haufen Müll vom Tankstellenshop. Könnt ihr Thor und Balder suchen und daran erinnern, dass wir gemeinsam essen wollten?“

„Ich bezweifle, dass der Donnergott vergessen hat, wo er seine nächste Mahlzeit bekommt“, erwiderte Loki mit einem Zwinkern und eilte auf seinen verzauberten Schuhen davon.

Als der Trickster mit den anderen zwei Göttern im Schlepptau zurückkehrte, hatte ich unser Festmahl bereits zusammen mit Flaschen voller Met auf dem wahnsinnig großen Esstisch der Halle ausgebreitet. Alle aktuellen

Einwohner Asgards hätten an diesem Platz gefunden, doch ich wollte den heutigen Abend nur mit meinen vier Göttern verbringen.

Thor marschierte herein, packte mich sofort an der Taille und zog mich in eine epische Umarmung. „Was haben wir hier?", fragte er und beugte sich über mich.

„Chinesisches Essen", verkündete ich. „Von meinem Lieblingsrestaurant in Philly. Ich habe drei gebratene Enten für dich gekauft."

Thor lachte schallend und hob mein Kinn für einen Kuss an. „Eine Frau nach meinem Herzen."

Mein Puls machte einen Satz, als seine Lippen meine streiften und ich an die Dinge dachte, die ich heute Abend sagen wollte. Vielleicht würde ich mir das bis nach dem Essen aufheben. „Ich dachte, dieses Herz würde mir bereits gehören", neckte ich ihn und pikte ihn in die Brust, als er mich freigab.

„Du weißt, dass es das tut, Ari", murmelte er mit so tiefer Stimme, dass meine Knie wackelten.

„War der Rest eures Ausflugs ein Erfolg?", erkundigte sich Loki, als wir uns Plastikgabeln nahmen und uns über die Mahlzeit hermachten. Er sprach in seinem üblichen lässigen Ton, beobachtete mich jedoch aufmerksam. Er wusste, wie viel mir der Besuch bei Petey bedeutet hatte.

„Ich glaube schon", antwortete ich. „Er hat die Geschichte akzeptiert, nachdem er die Erinnerungen erhalten hatte, die ihm Hödur zurückgegeben hat. Er hat jetzt diese Gewissheit – dass noch jemand aus seinem vergangenen Leben da ist und auf ihn aufpasst. Ich glaube, dies ist die beste Weg, Teil seines Lebens zu bleiben angesichts dessen …" Ich deutete auf meine Flügel, bevor ich sie in meinen Rücken einzog.

„Dann lasst uns auf dein Wohl und das deines Bruders trinken", sagte der Trickster und hob sein Glas Met. „Und auf Hödur wegen seiner geschickten Magie. Ah, warum nicht auch auf seine Brüder? Ich bin mir sicher, ihr zwei seid ebenfalls für das ein oder andere gut", feixte er gutmütig.

Hödur schüttelte den Kopf, lächelte schief und rempelte Loki absichtlich an, als er sich an ihm vorbeischob, um sich etwas Chow Mein zu nehmen.

Balder schluckte mit entzückter Miene einen Mundvoll Zitronenhähnchen und sah sich am Tisch um. „Ich glaube, das hier ist es wirklich", verkündete er. „Wir haben unseren Frieden gefunden. Keine Angriffe mehr, keine bekannten oder unbekannten Feinde mehr."

„Man weiß nie", mahnte Loki und wackelte mit einem Finger. „Der Rabe ändert vielleicht noch seine Meinung und will Odin die Herrschaft über Asgard streitig machen."

Ich lachte. „Ich glaube, über uns zu herrschen, ist das Letzte, was Munin will." Die Rabenfrau hatte bei den wenigen Malen, als sie uns in der vergangenen Woche in ihrer Menschengestalt besucht hatte, zufriedener gewirkt, als ich sie jemals gesehen hatte. Am meisten schien sie allerdings ihre Freiheit zu genießen und dass sie unter niemandes Fuchtel mehr stand.

„Das ist gut", sagte Thor und legte einen Arm um den hellen Gott. „Wir verdienen ein wenig Frieden nach all den Kämpfen. Und ich meine es ernst, wenn ich sage, dass es keinen anderen als euch vier gibt, mit dem ich diesen Frieden lieber genießen würde."

„Es werden allerdings noch zwei weitere Gäste kommen", bemerkte Hödur und hob den Kopf, als ein Laut im Flur erklang. Er wandte sich an mich. „Ich hoffe, du hast nichts dagegen. Wir haben Odin gesagt, dass er vorbeikommen kann … Er wollte mit dir sprechen, wenn du aus Midgard zurück bist. Ich glaube nicht, dass er ein Abendessen erwartet."

„Oh", sagte ich. „Okay." Ich *hatte* eigentlich nur eine

Mahlzeit zu fünft gewollt, doch wenn Odin nicht lange bleiben würde, spielte das vermutlich keine Rolle.

Was wollte der Göttervater jetzt von mir? Ich war zwar nicht mehr so wütend auf ihn wie kurz nachdem ich ihn kennengelernt hatte, wir waren allerdings auch keine dicken Freunde.

Ich legte meine Gabel ab, als Odin und Freya in der Tür des Esszimmers erschienen. Der einzelne Blick des Göttervaters legte sich sogleich auf mich. „Aria", sagte er. „Danke, dass du uns empfängst. Ich hatte gehofft, wir könnten uns kurz unterhalten." Er winkte mich zu sich.

Meine Beine sträubten sich kurz. Ich zwang mich, zu ihm zu gehen. Was stimmte nicht? Ich bezweifelte, dass Freya so lächeln würde, wenn sie mit schlechten Nachrichten gekommen wären.

Vor Odin blieb ich stehen und fühlte mich plötzlich unbeholfen, da ich mir der vier Blicke bewusst war, die von hinten auf mich gerichtet waren, einschließlich des blinden. Odin spähte auf mich herab und seine dunkelbraunen Augen waren so durchdringend wie eh und je.

„Die Patchwork-Walküre", sagte er und stützte einen kleinen Teil seines Gewichts auf seinen Speer. „Ich habe viel über deine Existenz nachgedacht, seit wir Surts Rebellion beendet haben. Die Wahrheit ist, dass es einen Grund dafür gibt, dass ich diejenigen entlassen habe, die vor langer Zeit in Walhalla lebten. Nun, mehrere Gründe. Der relevanteste Grund in diesem Moment ist jedoch, dass ich keinen Bedarf an einer Walküre habe. Es gibt niemanden in Walhalla, denen sie dienen könnten, und ich habe keinerlei Interesse daran, eine neue Sammlung auferstandener Krieger zu beginnen."

„In Ordnung", erwiderte ich. Mein Rückgrat hatte sich versteift. Warum sagte er all das? Er würde mich nicht wegschicken, damit ich mich selber durch die Reiche kämpfte, oder?

„Liebster", sagte Freya und drückte den Arm ihres Ehemannes. „Weniger ausschweifende Worte, du solltest zum wichtigen Teil kommen. Du beunruhigst sie."

Odin setzte eine Miene auf, die beinahe entschuldigend wirkte. „Damit möchte ich sagen, dass ich hoffe, du kannst mehr beitragen, als es die ehemaligen Walküren getan haben. Du hast bereits vor, regelmäßig nach Midgard zurückzukehren, um nach deinem Bruder zu sehen. Falls du die Verantwortung – und die Ehre – annimmst, würde ich dich gerne zur offiziellen Aufseherin dieses Reichs ernennen."

Ich starrte ihn an. „Ich … was?"

„Es wäre deine Pflicht, nach allen Gebieten Midgards zu sehen, wie es dir die Zeit erlaubt", erklärte Odin. „Angesichts dessen, dass du via Walhalla kommen und gehen kannst, wie es dir beliebt, gibt es niemanden, der sich besser für diese Aufgabe eignet. Und du verstehst dieses Reich in seinem aktuellen Zustand besser als jeder andere von uns. Nicht einmal die Götter, die dort jahrelang gelebt, sich jedoch von Menschen ferngehalten haben, wissen so viel darüber wie du. Du würdest einfach nur über die Menschheit wachen und uns Bescheid geben, wenn du irgendwelche Probleme siehst, bei denen du das Gefühl hast, wir sollten uns einmischen."

Ein eifriges Beben durchlief mich. Ich wäre nicht nur ein Mitläufer in Asgard und würde ohne eine echte Rolle unter den Göttern leben. Ich würde als Ebenbürtige an ihrer Seite arbeiten, um die Reiche zu überwachen. Zum zweiten Mal in ebenso vielen Stunden begannen Tränen, in meinen Augen zu brennen.

„Natürlich werde ich diese Verantwortung annehmen", sagte ich. „Und die Ehre. Es ist eine. Aufseherin von Midgard." Ich konnte mir ein Grinsen nicht verkneifen. „Es ist perfekt."

Odin strich mit seinen Fingerspitzen über meine Stirn. „Dann betrachte es als erledigt. Ich erwarte, dass du Asgard alle Ehre machen wirst. Jetzt werde ich euch fünf eurem Festmahl überlassen.“

Er fegte zurück in den Flur. Freya warf mir eine Kusshand zu und folgte ihm. Ich drehte mich leicht benommen um und stellte fest, dass mich meine vier Götter irgendwie allesamt wissend anstrahlten. Ein Verdacht schlängelte sich durch meinen Verstand.

„Das war eure Idee“, stellte ich fest. „Ihr habt ihm das vorgeschlagen.“

Loki zuckte mit den Achseln. „Ich werde das weder bestätigen noch leugnen. Wessen Idee es auch gewesen sein mag, es war eine exzellente, meinst du nicht auch?“

„Wir wollen schließlich nicht, dass es dir in Asgard langweilig wird – oder mit uns“, erklärte Hödur.

„Als ob *das* jemals passieren könnte“, entgegnete ich und verdrehte die Augen. „Ich hätte nur nie gedacht …“

„Was hättest du nie gedacht?“, fragte Balder sanft.

Die Stimme blieb mir kurz im Hals stecken, bevor ich die Worte hervorzwingen konnte. „Ich hätte nie gedacht, dass ich irgendetwas tun würde, was einen echten Unterschied machen wird.“

Eine Woge an Emotionen, die ich zurückzuhalten versucht hatte, rollte über mich hinweg. Ich ließ das Gesicht in die Hände sinken. Meine Götter umringten mich augenblicklich, ihre Arme umschlossen mich und ihre Köpfe beugten sich zu meinem.

„Du hast bereits einen Unterschied gemacht“, versicherte mir Hödur und rieb mir über den Arm. „Einen gewaltigen Unterschied. Das weißt du, oder, Ari?“

Ich konnte bloß nicken. Ich verschränkte meine Arme mit ihren, lehnte mich an Thors muskulöse Brust und sog ihre vermischten Düfte in mich. In diesem Moment hätte ich beinahe alles glauben können.

Die Worte, von denen ich gedacht hatte, dass sie mir Probleme bereiten würden, purzelten aus mir heraus, als hätte ich sie bereits dutzende Male gesagt. Was ich vielleicht getan hatte – schweigend in meinem Kopf. „Ich liebe euch. Euch alle. *Ihr* wisst das, oder?"

Ich schaute zu Thor und nahm seine Hand. „Ich liebe dich." Als Nächstes sah ich Balder in die Augen und umfing seinen Kiefer. „Ich liebe dich." Ich legte meine Hand auf Lokis Tunika über seinem Herzen, das dank meiner Kräfte noch immer schlug. „Ich liebe dich." Ich wandte mich an Hödur und beugte mich so nah zu ihm, dass ich einen Kuss auf seine Wange hauchen konnte. „Ich liebe dich."

„Ich glaube, das Band zwischen uns fünfen reicht so tief, dass ich ohne einen Zweifel sagen kann, dass wir dich alle lieben", verkündete Balder. „Unsere Walküre."

Mein Lächeln kehrte zurück. „Meine Götter."

Thor neigte seinen Kopf, um an meiner Halsbeuge zu knabbern. „Dennoch ist es wert, es auszusprechen. Ich liebe dich."

Loki ließ mit seiner gelenkigen Hand eine Flamme neckisch über meine Taille züngeln. „Ich liebe dich."

Hödur wanderte mit den Fingern über meine Schulter und schob den Träger meines Tops über meinen Arm. „Ich liebe dich."

Balder trat einen Schritt näher. „Ich liebe dich", murmelte er und sein Mund streifte meinen. Dann küsste er mich, sein Licht schwappte über uns alle und verband sich mit Thors Funken, Lokis Feuer und Hödurs Schatten. All die Elemente, die mich zu der gemacht hatten, die ich jetzt war.

Ich zog sie alle näher, da ich sie auf jede mögliche Weise um mich herum spüren wollte.

Ich hatte meine Freiheit gefunden. Die Freiheit, all die Narben der Vergangenheit abzuschütteln, die mich so lange zurückgehalten hatten. Die Freiheit, die Liebe zu genießen, die mir geschenkt wurde, und sie im Gegenzug ebenfalls anzubieten. Die Freiheit, ein neues Leben mit den Geschenken aufzubauen, die ich erhalten hatte – ein Leben, das den Verlauf der Welt auf positive Weise beeinflussen konnte.

Ich würde mein Leben so führen, dass nicht nur ich stolz auf mich sein konnte, sondern auch die Götter, die ich liebte.

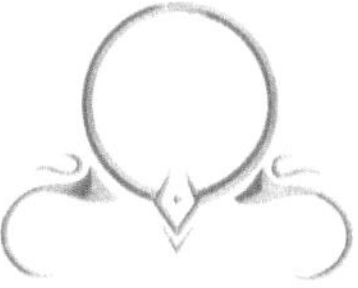

Eva Chase ist eine Amazon Top 100-Bestsellerautorin für Urban Fantasy und paranormale Liebesromane. Sie ist mit Magie, Chaos und Herzschmerz aufgewachsen und bringt alle drei Elemente in ihre Geschichten ein. Aber keine Angst vor dem gefürchteten Liebesdreieck - Evas Heldinnen müssen sich nie entscheiden. Online findet man sie unter www.evachase.com.